Dan Kavanagh

Duffy

Roman

Aus dem Englischen von Willi Winkler

Kampa

Die englische Originalausgabe erschien 1980
im Verlag Jonathan Cape Ltd, London.
Die deutsche Erstausgabe erschien 1981
im Ullstein Verlag, Berlin.
Die vorliegende Ausgabe folgt der 1988 erstmals
im Haffmans Verlag, Zürich erschienenen Übersetzung.

Für den Blick hinter die Verlagskulissen:
www.kampaverlag.ch / newsletter

www.kampaverlag.ch
Covergestaltung: Hannah Kolling, Hamburg
Covermotiv: Malika Favre, Route 78
Satz: Tristan Walkhoefer, Leipzig
Gesetzt aus der Stempel Garamond LT
Druck und Bindung: CPI books GmbH, Leck
Auch als E-Book erhältlich
ISBN 978 3 311 12501 3

Für Pat Kavanagh

I

Am Tag, als man Mrs McKechnie anschlitzte, war sonst wenig los in West Byfleet. Nicht dass in Pyrford oder selbst in ganz Guildford viel los gewesen wäre: Es brauchte eine Woche harter Arbeit, um mit dem Polizeibericht eine ganze Seite im *Guildford Advertiser* vollzukriegen, und auch dann handelte es sich hauptsächlich um gutbürgerliche Weiche-Kragen-Kriminalität: Unterschlagung, klimakterieller Ladendiebstahl, Hundesteuerhinterziehung; manchmal gab's eine Disco-Rauferei, doch die meisten Jugendlichen hatten Angst, deswegen bei den Jungkonservativen rauszufliegen. Als dann Mrs McKechnie angeschlitzt wurde, hätte man erwarten dürfen, dass der *Advertiser* damit die Seite Sieben aufmachte; tat er aber nicht. Den Aufmacher lieferte das andere, was die Männer noch machten, die Zugabe, dieses abartig Gemeine, das selbst Big Eddy, der ja nun wirklich einen eigenartigen Humor hatte, nicht gut finden konnte. Das sagt einem doch alles über die Zeitungsfritzen.

Als Rosie McKechnie an einem Augustnachmittag die Haustür von The Pines öffnete, glaubte sie, es sei der Gasmann. Jeder andere hätte das auch geglaubt. Wenn man zur Haustür kommt, durch das eingelassene Buntglas einen untersetzten Umriss ausmacht, die Kette

aushakt und als Erstes das Wort »Gas« hört, denkt man zunächst an den Gasmann. Man überlegt nicht lange, wann der Zähler das letzte Mal abgelesen wurde.

Der kleine Mann kam rasch durch die Tür und stieß Mrs McKechnie mit seinem gesenkten Kopf hart in die linke Brust. Dann drückte er ihr die Arme an die Seiten, blieb einfach stehen und hielt sie fest. Sie spürte einen heftigen anhaltenden Schmerz in ihrer Brust; sie blickte entsetzt hinab auf den Scheitel des kleinen Mannes und stellte fest, dass seine Haare mit Gaze verdeckt waren; sie sah wieder hoch zur offenen Tür und bereitete sich seelisch darauf vor loszuschreien, als der zweite Mann ankam. Er glitt herein, schloss vorsichtig die Tür hinter sich, legte den Finger auf die plattgedrückte, fleischige Zone, die alles war, was die Strumpfmaske von seinen Lippen erkennen ließ, und machte:

»Schhh.«

Ihr wurde leichter, als er das tat; dann bekam sie plötzlich erst recht Angst. Ihr Mund wollte sich zu einem Schrei formen, doch sofort war der zweite Mann neben ihr, und seine Hand legte sich wie eine Zwinge über ihr Gesicht.

»Na, na, Rosie, keinen Lärm«, flüsterte er, »keinen Lärm. Wir wollen keinen Lärm. Wir brauchen keinen Lärm. Verstanden?«

Sie hatte verstanden. Es blieb ihr keine andere Wahl. Der eine brach ihr zwei Arm voll Rippen, der andere erstickte sie beinah. Sie verdrehte die Augen nach unten und konnte nur einen bestrumpften Kopf erkennen, der gegen ihre Perlen drückte (o Gott, meine Juwelen); und

zur Seite, wo sie nur einen kräftigen Unterarm und verschwommen einen braunen Pullover erkennen konnte. Sie war allein. Mrs Brennan, die Putzfrau, war um zwölf gegangen, nachdem sie die allwöchentliche Parfumflasche heruntergeschmissen hatte; das einzige andere lebende Wesen, das sich außer ihnen dreien im Haus befand, war Godfrey, der Kater.

Jetzt redete der Lange wieder, ihr direkt ins Ohr.

»Nun pass mal auf, Rosie, ich werd dir sagen, was wir machen. Nein, andersherum, ich werd dir sagen, was wir nicht machen. Wir legen dich nicht um. Wir legen dich nicht flach. Wir tun dir nicht weh. Wir klauen auch nichts – naja, außer wenn wir natürlich etwas sehen, das uns *besonders* gut gefällt. Klar?«

Er lockerte den Griff über ihrem Gesicht; sie wollte den Mund öffnen, überlegte es sich anders und nickte einfach.

»Brav, Rosie, und kein Lärm, wie gesagt. Also, wir sind nur wegen einer Sache hier, und wenn wir die erledigt haben, verschwinden wir wieder. O. K.?«

Sie nickte wieder.

»Aber wir schätzen es gar nicht, wenn du uns dazwischenfunkst. Deshalb müssen wir dich leider ein wenig fesseln. O. K.?«

Sie nickte. Ihr Kinn schmerzte von der Hand des Langen. Der Kleine hatte überhaupt nichts gesagt, sie nur mit jener stillen Erregung festgehalten, die sie an die Zeit ihrer scheuen Jugendflirts erinnerte.

»Als Erstes werde ich deinen Mund loslassen, diese Scheißmaske abnehmen und sie dir um die Augen

binden, damit du uns keine Schwierigkeiten von wegen Identifizierung machst. Du könntest jetzt natürlich schreien« (immer schien er ihren Gedanken knapp zuvorzukommen), »aber wenn du schreist, dann sorge ich dafür, dass dein Zahnarzt für einen Monat ausgelastet ist, Schätzchen. Deshalb – kei-nen – Lärm«, wiederholte er langsam.

Dann ließ er vorsichtig ihr Gesicht los, trat hinter sie, riss sich den Strumpf vom Kopf und band ihn ihr rasch über die Augen.

»Brav, Schätzchen. So, dann nimmt jetzt der Kleine seine Maske ab und bindet sie dir über den Mund. Wir müssen nämlich vielleicht ein bisschen im Haus rumlaufen, und wir wollen doch nicht zurückrennen und dir das Maul stopfen müssen.«

Sie spürte, wie ihre Arme freikamen, und stand dann einfach da, die Augen verbunden, während die beiden Männer sie knebelten. Der Strumpf zog ihr die Mundwinkel unsanft nach hinten, drückte die Zunge zurück und schien den ganzen Mund auszufüllen. Er schmeckte scheußlich. Einer der Männer verknotete ihn fest in ihrem Nacken.

»Tut mir leid wegen dem Brylcreem, Schätzchen«, sagte der Lange. Er war anscheinend der Einzige, der sprach. »Die Frage war: Brylcreem oder Schuppen. Wir hätten dich wählen lassen sollen. Ist nicht zu fest, oder?«

Es war zu fest; es schmerzte in den Mundwinkeln; es war, als würden ihr die Lippen aufgerissen. Sie nickte.

»Ah, doch ein wenig fest? Tut mir wirklich leid, Rosie, aber du musst es einmal von unserer Seite aus sehen.

Es würde seinen Zweck nicht erfüllen, wenn es weniger straff wäre. Aber pass mal auf, gleich ist dir wohler: Andere Typen in unserer Branche, weißt du, was die tun? Die hätten dir erst den Mund mit Watte gestopft. Nicht sehr angenehm. Kitzelt so hinten im H-H-Hals. Muss man oft k-k-kotzen von. Ich weiß da von einem alten Knacker, der musste kotzen und ist daran erstickt. Scheußlich. Ist nicht schön gewesen, gell?«

Er sprach offensichtlich zum Kleinen, der ein Grunzen von sich gab. Dann hörte sie ein leises Klickern. Der Antwort des Langen entnahm sie, dass der Kleine offenbar auf das Glas seiner Armbanduhr geklopft hatte.

»O. K., wir wollen ja keine Wurzeln schlagen. Warte mal 'ne Sekunde, Rosie, lauf uns nicht weg.«

Sie ließen sie für ein paar Minuten allein, kamen dann zurück und drängten sie in einen Raum, der ihr Wohnzimmer sein musste. Sie setzten sie auf einen rustikalen Esstischstuhl, den einer der beiden aus der Küche geholt haben musste. Dann spürte sie, wie ihr die Knöchel mit etwas gefesselt wurden, das jedenfalls kein Seil war. Zum Schluss banden sie ihr die Hände zusammen.

»Zwei Paar in bester Nylonqualität sind das, Rosie. Beste C & Arsch. Herbstbeige haben wir für dich ausgesucht. Haben uns gedacht, das könnte deine Farbe sein.«

War es nicht, aber weshalb überhaupt diese Vertraulichkeit? Wenn sie gekommen waren, um etwas zu stehlen, warum nahmen sie es dann nicht einfach? Aber sie konnten unmöglich bloß etwas stehlen wollen, denn warum hätten sie sich sonst die Mühe gemacht, ihren Namen herauszukriegen? Warum kamen sie gerade an einem der beiden Nachmittage, an denen sie nicht wie üblich ihre Freundinnen zu Besuch hatte oder zum Bridge ging? Hatten sie etwa das Haus beobachtet? Mussten sie wohl. Und was in Teufels Namen wollten sie? Wie lange dauerte es noch, bis Brian heimkam? Waren sie vielleicht aus irgendeinem Grund hinter ihm her? Nein, das war nicht möglich – sie wären nicht so früh gekommen, wenn sie es auf Brian abgesehen hätten.

Der Lange mit der ruhigen Stimme, in die sich gelegentlich Londoner Rowdytöne mischten, war noch immer bei den Strümpfen.

»Zwei Paar gratis, Rosie. Das ist besser als ein Drücker, oder? Und wenn dir die Farbe nicht zusagt, kannst du sie ja verschenken, nicht wahr? Wenn ich du wäre, Rosie, dann wären die Nylons für mich der Silberstreif am Horizont dieser kleinen Geschichte hier, ehrlich. Und wie gesagt, wenn sie dir nicht passen, dann könnten sie ja Barbara passen. Ja, ich könnte mir vorstellen, dass sie Barbara passen.«

Rosie McKechnie kannte keine Barbara. Vielleicht hatte sie die eine oder andere Barbara in der Schule oder in ihren Zwanzigern gekannt, aber jetzt zumindest kannte sie keine, die so hieß. Sie war jetzt Ende vierzig und konnte sich an keine Barbara aus den letzten zwanzig Jahren erinnern. Warum also hatte der Mann den Namen wiederholt? Es klang nach Absicht.

Eine Pause trat ein. Als der Lange wieder zu sprechen anfing, klang er fast entschuldigend.

»Ich fürchte, jetzt kommen wir zum unangenehmen

Teil, Rosie. Nämlich, wir mussten dir erst eine kleine Lüge erzählen, damit du auch mitmachst. Das heißt, genaugenommen waren es zwei Lügen. Wir sind nämlich nicht wirklich vom Gaswerk.«

Wieder hielt er inne. Rosie hatte plötzlich schreckliche Angst. Ihr Körper sagte ihr, dass sie Angst hatte. Sie merkte, wie ein Tröpfchen Urin austrat, aber nur eins.

»Schon gut, wir wollen dich nicht umlegen, das ist nicht unser Metier. Wir wollen dich auch nicht flachlegen, obwohl sich, wenn du mir die Bemerkung gestatten willst, Mr McKechnie sehr glücklich schätzen kann. Aber leider werden wir dich ein klein wenig anschlitzen müssen. Es wird ein bisschen wehtun – das ist leider nicht zu vermeiden –, aber wir werden uns alle Mühe geben, damit es so wenig weh wie möglich tut. Weil, wir sind ja keine Sadisten nicht. Und der Boss hat klare Anweisungen gegeben. Es wird also nicht so schlimm werden, wie es sein könnte.«

Rosie McKechnie begann in ihre Augenbinde zu weinen. Sie war überzeugt davon, dass sie ihr das Gesicht zerschneiden würden. Das Gesicht, das sich Brian an einem nebligen Abend im November 1952 aus all den Revuetänzerinnen von *Ahoy There!* herausgepickt hatte. Er hatte sie von der sechsten Parkettreihe aus herausgepickt, obwohl sie einen Matrosenanzug trug und ein dämliches Käppi mit einer roten Bommel obendrauf. In Frankreich, so hatte ihr Brian gesagt, gehen die Mädchen zu den Matrosen hin und bitten darum, die Bommel anfassen zu dürfen; das soll Glück bringen; der Preis besteht in einem Kuss. Als Brian mit einem Strauß Astern hinter der Bühne aufgetaucht war und darum gebeten hatte, ihre Bommel anfassen zu dürfen, hatte sie ihn nicht verstanden, genauer gesagt: Sie hatte gemeint, ihn nur allzu gut verstanden zu haben. Aber er hatte nicht das gemeint, wie er ihr dann beim Abendessen erklärte. Und damals hatte er sie zum ersten Mal »meine kleine Revuetänzerin« genannt. Und jetzt sollte seiner kleinen Revuetänzerin, die er sich von der sechsten Reihe aus herausgepickt hatte, das Gesicht zerschnitten werden. Sie wusste es.

»Jetzt wird's Zeit für Stanley, fürchte ich«, sagte der Lange. Stanley: Das musste der Kleine sein; den Namen musste sie sich einprägen. »Also, Mrs McKechnie« (er war auf einmal förmlich geworden), »wir werden jetzt einen kleinen Schnitt machen, einen Kratzer eigentlich nur, und zwar so in der Gegend Ihrer Schulter.« Gottseidank, sie hatten es nicht auf das Gesicht abgesehen. »Es wird ein klein wenig wehtun, aber Sie werden nicht allzu sehr bluten, paar Stiche, acht bis zehn, würd ich sagen, und, nun ja, eine Zeit lang keine rückenfreien Kleider, aber Sie werden staunen, wie schnell Sie sich erholen.«

Sie wartete. Sie konnte nichts anderes tun als auf das zu warten, was als Nächstes passieren würde.

Was als Nächstes passierte, war, dass der Kleine in seine Hosentasche langte und ein dickes schwarzes Linolschneidemesser mit verstellbarer Klinge hervorholte. Es war graublau und hatte obendrauf ein kleines gezacktes Rädchen, das, wenn man es nach vorne schob, die Klinge zum Vorschein brachte. Auf ein Zeichen des Langen ging er aus dem Wohnzimmer, einen Flur mit ein paar eingerahmten Theaterplakaten entlang und trat in die Küche. Godfrey, der auf der Anrichte saß, bemerkte er nicht; aber Godfrey bemerkte ihn sehr wohl.

Godfrey war der große, fette, grauhaarige Kater der McKechnies. Ein Brocken von einem machohaften Stenz mit eindeutigen Ansichten über Reviergrenzen. Der Typ Kater, der Katzen gegen die Wand drückte und sie der Frigidität beschuldigte, wenn sie sich nicht ergaben. Selbst für die feline Welt, wo Selbstsucht und Gerissenheit als Kardinaltugenden gelten, war Godfrey ein außergewöhnlich böser Kater. Die anderen Katzen machten einen Bogen um ihn; man hatte einige der kleineren Hunde der Gegend beobachtet, wie sie auf die andere Straßenseite wechselten, um ihm auszuweichen; nicht einmal seine Besitzer mochten ihn besonders. Sie versorgten ihn mit allem, was er brauchte, und gingen ihm sonst, so gut es ging, aus dem Weg.

Als der Kleine an der Anrichte vorbeikam, hörte er ein scharfes, zischendes Fauchen. Er drehte sich um und sah Godfrey. Der Kleine hielt sich für einen Katzenkenner und streckte die Hand aus, um Godfrey am Kinn zu kraulen. Godfrey schätzte es nicht, am Kinn gekrault zu werden; er mochte es überhaupt nicht, wenn ihm Menschen zu nahe kamen. Als die Hand herankam, hieb er mit seiner rechten Pfote danach.

Godfrey hielt seine Krallen gut in Schuss. Auf dem Handrücken des Mannes erschienen drei weiße Linien; nach einigen Sekunden schienen sie zu platzen, und Blutperlen kamen zum Vorschein. Ungläubig starrte der Mann seine Hand an. Im Stehen sah er sich langsam in der

Küche um. Als sein Blick auf die Gefrierkombination fiel, schoss seine Hand blitzschnell vor und packte Godfrey am Hals, bevor der sich noch rühren konnte; er durchquerte die Küche, riss die Tür des Eisfachs auf, schmiss den Kater hinein und knallte die Tür zu. Er drehte sich um und sah sich noch mal die Küche an: Arbeitstisch, indirekte Deckenbeleuchtung, Nirostaflächen, überall Schnickschnack; ein Herd mit einem Bratspieß in Augenhöhe. Er nickte zufrieden vor sich hin.

Dann ging er zur Spüle hinüber und ließ das kalte Wasser laufen. Zuerst wusch er sich das Blut von der Hand und hielt sie mehrere Minuten lang unter den Strahl, um die Blutung zu stillen. Dann füllte er den Wasserkessel und stellte ihn auf. Als aus der Tülle Dampf aufstieg, nahm er sein blaues Messer, fuhr die Klinge aus und hielt sie für etwa eine Minute in den Wasserdampf.

Als er ins Wohnzimmer zurückkehrte, wirkte der Lange zum ersten Mal an diesem Nachmittag ungeduldig. Das Rückenteil am Kleid der Frau war jetzt offen.

»Hat aber gedauert.«

Der Kleine streckte die rechte Hand aus und sprach die einzigen beiden Worte, die ihn Rosie McKechnie überhaupt sagen hörte.

»Bleder Kader.« Die Stimme war heller als die des anderen Mannes und hatte einen starken irischen Einschlag. Als er das Messer in die rechte Hand nahm, die linke mitten auf den Rücken der Frau legte, sie vornüber beugte und auf ihrer rechten Schulter, ein paar Zentimeter neben dem Träger ihres BHs einen raschen, aber sorgfältig platzierten vertikalen Einschnitt vornahm, erschienen auf seinem Handrücken einige frische Blutstropfen. Vom Druck, den er auf das Messer ausübte, begann die Hand des Kleinen wieder richtig zu bluten; mechanisch wischte er sie am Rückenteil des Kleides ab.

Jetzt sprach der Lange wieder.

»Sieben Zentimeter. Sieben Zentimeter hat der Boss gesagt.« Rosie war jetzt vornüber gebeugt, sie krümmte sich vor Schmerzen. »Und wie es aussieht, sind's auch sieben Zentimeter.« Er kauerte neben der geknebelten Frau und redete beinah zärtlich auf sie ein. »Jetzt lehn dich zurück, Schatz, sonst blutet es nur noch mehr.« Sie richtete sich auf und versuchte, dabei die Wunde nicht zu beanspruchen. »Acht bis zehn wirst du brauchen, meiner Schätzung nach. Vielleicht auch zwölf. Das wird schon werden. Du könntest was zu trinken haben, wenn du magst.«

Sie schüttelte den Kopf. Sie trank keinen Schnaps; nie. Nach einem Glas Brandy würde sie sich noch eher übergeben müssen als vom Geschmack der Frisiercreme in der Maske des Langen.

»Gleich sind wir so weit«, sagte der Lange.

Der Kleine trug das Messer wieder in die Küche, um es abzuwaschen. Er drehte den Kaltwasserhahn auf, hielt die Klinge für ungefähr eine Minute darunter, trocknete sie am Allzwecktuch und versorgte das Messer wieder in der Tasche. Dann hielt er die Hand erneut unter den Strahl, obwohl mittlerweile fast kein Blut mehr kam. Er tupfte die drei parallelen Striemen auf dem Handrücken mit seinem Taschentuch trocken und marschierte zu dem Herd mit dem Bratspieß in Augenhöhe. Er drehte den einen Knopf voll auf und schlenderte dann nachdenklich zur Gefrierkombination.

Drüben im Wohnzimmer lockerte der Lange den Strumpf über Mrs McKechnies Augen.

»Wenn du deinen Kopf kräftig schüttelst, dann dürfte das Ding von allein abgehen«, sagte er. »Tut mir leid, dass wir nicht mehr für dich tun können, aber du musst dich einmal in unsere Lage versetzen. Wir müssen halt tun, was der Boss sagt. Es bringt keinem was, nicht zu tun, was der Boss sagt.«

Sie hörte, wie der Kleine aus der Küche zurückkam.

»Da drin alles sauber aufgeräumt?«, fragte der Lange und erhielt ein Grunzen als Antwort. »Gut, hier habe ich auch aufgewischt«, fuhr er fort, um sich dann ein letztes Mal an Rosie McKechnie zu wenden.

»Also dann, tschüs, Rosie, wir müssen weiter. Ja und, äh, hoffentlich passen die Strümpfe. Irgendwem werden sie schon passen.«

Wenige Sekunden später schloss sich leise die Haustür. Mrs McKechnie merkte, dass ihr Kleid bis zur Taille nass war von ihrem eigenen Blut. Sie hatte kaum noch die Kraft, die Augenbinde abzuschütteln. Schließlich rutschte diese herunter, und Mrs McKechnie fand sich wieder, wie sie durchs Fenster in ihren hinteren Garten hinausschaute. Zumindest, dachte sie, haben sie mir das Gesicht nicht zerschnitten. Zumindest haben sie nichts mitgenommen. Zumindest haben sie nichts aus lauter Bösartigkeit zerschlagen, wie man das von Einbrechern sonst hört. Aber waren das überhaupt Einbrecher? In wenigen Stunden würde Brian heimkommen; er konnte ihr dann bestimmt sagen, was geschehen war; und warum das geschehen war.

Als Brian aus London zurückkehrte, vermutete er, seine Frau habe mal wieder das Abendessen anbrennen lassen. Der schwere, langsame, rotgesichtige Mann stand nach dem Fußmarsch vom Bahnhof nach Hause noch keuchend im Flur, etwas unschlüssig, ob er zuerst in die Küche oder ins Wohnzimmer gehen sollte. Aus der Küche roch es beißend nach Verbranntem, obwohl es irgendwie nicht den Geruch von verkohltem Essen hatte, an den er sich im Lauf der Jahre gewöhnt hatte; es war irgendetwas anderes, Durchdringenderes. Es roch nach versengten Matratzen. Aus dem Wohnzimmer hörte er ein unterdrücktes Schluchzen; Rosie flennte mal wieder, weil sie sein Essen vermurkst hatte. Ihre Tränen entwaffneten ihn jedes Mal, ganz gleich wie groß sein Ärger bei solchen Anlässen war.

Brian war ein fürsorglicher Ehemann und strebte vor der Küche zuerst ins Wohnzimmer. Verkohlt war verkohlt, auf die paar Minuten kam es nun auch nicht mehr an. Dann sah er, dass Rosie an den Stuhl gefesselt war. Er stürzte zu ihr und wollte eben seine fülligen Arme um sie legen, als er das Blut bemerkte. Er löste den Knebel und befreite dann Arme und Beine. Als er ihren Kopf zwischen seinen Händen hielt und sie auf Stirn und Wangen küsste, sah sie ihn mit den Augen eines verirrten Kindes an und brachte kein Wort heraus. Nachdem sie etwa eine Minute schockiert geschwiegen hatten, ging er zum Telefon und rief seinen Hausarzt an; dann verständigte er die Polizei. Als er aufgelegt hatte und wieder zu ihr zurückkehrte, fing Rosie plötzlich zu sprechen an.

»Wer ist Barbara?«

»Barbara? Weiß ich nicht. Wieso?«

Doch sie antwortete einfach nur und wie von weit her: »Wer ist Barbara?«

McKechnie blickte finster und eilte davon, um zu retten, was vom Essen noch zu retten war. Barbara hieß seine gegenwärtige Geliebte. Aber seine Geliebte war sie erst seit wenigen Wochen – wer konnte das denn schon herausgefunden haben? Und wen kümmerte so was überhaupt? Was hatte das mit dem Überfall auf seine Frau zu tun? Warum standen die georgianischen Kerzenleuchter nach wie vor unangetastet auf dem Wohnzimmertisch? Warum war nichts angerührt worden?

Als er die Küche erreichte, musste er feststellen, dass im Haushalt doch etwas angerührt worden war. Was sich da auf dem Bratspieß in Augenhöhe langsam drehte, war bestimmt nicht Brian McKechnies Abendessen.

II

Der Arzt kam, machte dreizehn Stiche, sedierte Mrs McKechnie und steckte sie ins Bett. Eine Stunde später kamen zwei Polizisten, entschuldigten sich für die Verzögerung und redeten sich auf Personalknappheit hinaus; sie stellten fest, dass das Opfer schwer betäubt war, richteten ein paar Fragen an Mr McKechnie, die nichts erbrachten, verboten ihm, irgendetwas anzufassen – »Was soll das heißen: *Irgendetwas*?«, gab er zurück –, inspizierten beiläufig Türen und Fenster und versprachen, am nächsten Tag wiederzukommen.

Mr McKechnie saß vor einer Fertigsuppe, Geschmacksrichtung Ochsenschwanz, und rätselte, warum jemand seine Frau überfallen und ihr dabei den Namen seiner Geliebten nennen sollte. Er wusste von keinerlei Feinden. Seine Geliebte, die im Nebenberuf als seine Sekretärin tätig war, war nicht verheiratet; und obwohl sie ihre Haare durchaus reizvoll auftürmte, fremden Männern zulächelte und beim Gehen ihren Hintern etwas heftiger als unbedingt nötig schwenkte, wusste er doch von keinem, der ihm ihre Zuneigung streitig machen würde. Davon abgesehen, dass Brian, falls sich doch ein Konkurrent melden sollte, nicht gar so sehr an ihr hing: Sie konnte jederzeit gehen, wenn sie es wünschte. Die Zeiten, da er noch um eine Frau gekämpft hatte, waren vorbei, und zu einem Kampf wäre er überhaupt nicht in der Lage gewesen. Die einzige Sportart, in der er sich verausgabte, war das Hantieren mit Messer und Gabel; beim Treppensteigen ging ihm die Luft aus, er kam leicht ins Schwitzen, war etwas übergewichtig und hatte erst vergangenes Jahr einen leichten mahnenden Herzanfall gehabt.

Am nächsten Tag saß ein Kommissar der Kriminalpolizei von Guildford zusammen mit einem Kollegen am Bett von Rosie McKechnie. Schritt für Schritt trugen sie zusammen, was sie wusste, obwohl es größtenteils das war, was sie nicht wusste. Ein großer Mann mit rowdyhaftem Cockney-Akzent und braunem Pullover; ein kleiner Mann mit möglicherweise irischem Akzent, der sich, wie es Rosie vorsichtig formulierte, über Godfrey »abfällig geäußert« hatte. Der Kleine hieß möglicherweise Stanley. Zweimal – fast dreimal – war nachdrücklich eine gewisse Barbara erwähnt worden. Auch jemand, der als Boss bezeichnet wurde, war mehrfach erwähnt worden.

»Hatten Sie Streit mit jemandem, Mrs McKechnie?«

»Nein – ich streite mich nicht. Außer mit der Putzfrau. Welche Art von Streit denn?«

»Na, Kräche, Reibereien, Sie wissen schon, Wortgefechte, etwas in der Art.«

»Nein.«

»Kennen Sie einen Stanley?«

»Da wäre Brians Onkel, aber …«

»Schon klar, Mrs McKechnie. Wie steht es mit Barbara?«

»Darüber habe ich mir auch Gedanken gemacht. Aber ich kenne keine Barbara, überhaupt keine.«

»Dann können wir wohl nur auf die Kollegen vom Labor hoffen. Es sei denn, dass uns Ihr Mann irgendwie weiterhelfen kann.«

Die beiden Polizisten gingen mit Mr McKechnie langsam die Treppe hinunter.

»Probleme, Sir«, sagte Bayliss, der Kommissar, ein rotblonder, etwas heftiger Mann im blauen Anzug. »Probleme. Keinerlei Hinweise zur Identität der beiden, oder jedenfalls keine, mit der nicht der größte Teil der englischen Bevölkerung unter Verdacht stünde. Keinerlei Fingerabdrücke, sagt der Kollege. Nichts gestohlen. Kein offensichtliches Motiv, oder wüssten Sie eins?«

»Ich wüsste keins.«

»Und ein besonders gemeines Verbrechen. Ganz abgesehen von der Katze. Die Frage, die sich hier stellt: die Tat eines Wahnsinnigen, von zwei Wahnsinnigen, oder nicht? Wenn es nur um die Katze ginge, würde ich sagen, ja. Da laufen genug Schwerverrückte frei herum. Ich weiß von Wahnsinnigen, die Katzen zum reinen Vergnügen von Hochhäusern runtergeschmissen haben. Aber aufspießen und rösten – das kannte ich noch nicht. Sie etwa, Willett?«

Sein Kollege ließ einen Augenblick lang alle Verbrechen gegen Feliden, mit denen er bisher zu tun gehabt hatte, Revue passieren. »Da gab's Ertränkungen und, na ja, Verstümmelungen«, erwiderte der. »Und dann war da mal was mit einem Benzinkanister, aber das ist schon länger her. Aber so etwas nicht.«

»Andererseits«, fuhr Bayliss fort, »andererseits deutet alles darauf hin, dass die Verletzung Ihrer Frau genau geplant war. Sie kannten ihren Namen, sie wussten offenbar, wann sie zu Hause war, und, es tut mir leid, das sagen zu müssen, sie wussten ganz genau, was sie ihr antun wollten. Oder etwa nicht?«

»Sie sind die Experten.«

»Ja, das sind wir wohl. Nett von Ihnen, das zu sagen, Sir. Worauf ich hinauswill, Mr McKechnie, ist ein Motiv. Willett, was meinte Mrs McKechnie gleich wieder, dass sie über diesen Burschen Stanley sagten?«

Willett klappte seinen Notizblock auf und blätterte ein paar Seiten zurück. »›Zeit für Stanley‹ oder so ähnlich hat der Lange ihrer Meinung nach gesagt.«

»›Zeit für Stanley.‹ Das klingt fast danach, als sollte der andere losgelassen werden. Fast als würde man ihn von der Leine lassen. Kennen Sie irgendwelche Stanleys, Sir?«

»Mein Onkel, aber …«

»Wohl kaum. Sonst jemand?«

»Leider nein.«

»Na gut. Kommen wir zum einfacheren Teil. Wer ist Barbara?«

»Keine Ahnung.«

»Sie sind doch ein kleiner Schürzenjäger, nicht wahr, Sir?«

»Was soll das heißen? Alles andere.«

»Nie ein Seitensprung in allen Ehren? An Gelegenheiten wird es ja nicht gefehlt haben, wenn ich das mal so sagen darf. Nie über die Stränge geschlagen?«

»Bestimmt nicht. Ich bin fünfundfünfzig. Letztes Jahr hatte ich einen Herzanfall. Diese Art von Sportlichkeit würde mich wahrscheinlich umbringen.« (Das war insofern richtig, als Barbara und er es gelegentlich etwas vorsichtiger angehen lassen mussten; das wär's natürlich, so den Löffel abzugeben, überlegte er manchmal, wenn er nur imstande wäre, den peinlichen Aspekt davon auszuhalten. Obwohl er ja kaum noch was aushalten müsste; er wäre ja gar nicht mehr dabei.)

»Also Sie und Mrs McKechnie ...?« Bayliss bezog sich ohne Zweifel auf die Tatsache, dass Rosie ein eigenes Schlafzimmer hatte.

»Nachdem es Sie offenbar hochbringt, über derartige Dinge Bescheid zu wissen: Die Antwort lautet in der Tat: Nein, wir tun's nicht mehr. Wir sind allerdings nach wie vor die besten Freunde.«

»Das würde ich keinen Augenblick bezweifeln wollen, Mr McKechnie. Was jetzt Ihre Frau angeht: Hat sie ... hat sie gelegentlich Besucher?«

»Jetzt reicht's mir aber. Mit welchem Recht glauben Sie eigentlich, mir solche Fragen stellen zu können? Meine Frau wurde mit dem Messer angegriffen, sie ist nicht vergewaltigt worden. Warum suchen Sie nicht nach der Tatwaffe oder sonst was? Was soll denn in Teufels Namen bei dieser Art Verhör herauskommen?«

»Das nun weiß man nicht immer so genau, ehe man nicht die Antworten bekommen hat. Also kein Stanley, keine Barbara, auch kein Herumgevögel; und was ist mit dieser Figur, die Boss genannt wurde?«

»Könnte jeder sein. Jeder hat einen Boss.«

»Da haben Sie zweifellos recht, Mr McKechnie. Aber eine komische Geschichte ist es doch, meinen Sie nicht? Da sind also diese beiden Herrschaften, die brechen in Ihr Haus ein, überfallen Ihre Frau, bringen Ihren Kater um und erwähnen die Namen von drei Leuten, aber keiner scheint irgendwas über irgendeinen zu wissen. Wer ist denn *Ihr* Boss, Mr McKechnie?« Bayliss wirkte nicht ausgesprochen freundlich.

»Ich bin mein eigener Boss.«

»So sagen Sie uns doch bitte, Mr McKechnie, wovon Sie der Boss sind.«

McKechnie GmbH & Co. KG. Eingetragen im Handelsregister. Geschäftssitz der Firma: Rupert Street, W1. Einfuhr von und Handel mit Spielzeug, Scherzartikeln, Boutiquenbedarf, Faschingskostümen, Kleinfeuerwerkskörpern, Zauberkästen und Karnevalsmasken. Polizistenhelme im Sortiment, aber nur in Kindergrößen. Geschäftsgang saisonabhängig, flau im Sommer, Spitzen in der Vorweihnachtszeit, versteht sich. Die Bücher in Ordnung. Umsatz sechsstellig. Der Warenbestand in zwei kleinen Lagerhäusern, eines in der Lexington Street, das andere in einem kleinen Hinterhof in der Greek Street. Ein kleines, einträgliches, ehrenhaftes Unternehmen. So weit Mr McKechnies Geschichte.

»Klingt beinah zu schön, um wahr zu sein. Hätten Sie was dagegen, wenn wir einmal vorbeischauen und uns in Ihrem Büro mit Ihnen unterhalten?«

»Natürlich nicht. Den Rest der Woche werde ich zu Hause bleiben und mich um meine Frau kümmern. Sie können dann, wenn Sie einen Sinn darin sehen, Anfang nächster Woche vorbeikommen.«

»Sehr entgegenkommend von Ihnen. Jetzt aber zu dem, was wir hier haben. Ich schicke morgen den Polizeiarzt herüber, damit der sich die Verletzung Ihrer Frau ansieht – vielleicht stellt er etwas fest, was uns Aufschluss über die verwendete Waffe geben könnte. Wir nehmen den Kater mit, falls Sie nichts dagegen haben, und wir hätten auch gerne das Kleid, das Ihre Frau trug. Sollte Ihnen zu diesen Namen doch noch etwas einfallen, dann geben Sie uns Bescheid, nicht wahr?«

»Ja, natürlich.«

Kaum waren die Polizisten aus dem Haus, rief McKechnie schon in seinem Büro an. Barbara ging dran; das war zu erwarten – denn sonst gab es niemanden dort. Er fragte sie, ob er nicht immer lieb zu ihr gewesen sei, und sie bestätigte es. Er fragte sie, ob sie ihm einen Gefallen tun könne, und sie sagte, sie hoffe, es sei der gleiche wie sonst, der mache ihr nämlich Spaß. Er sagte, nein, diesmal nicht, du kleine Verführerin, diesmal sei es ein bisschen was anderes. Er habe gewisse Schwierigkeiten, die er ihr ein andermal erklären würde. Er bitte sie darum, das Büro dichtzumachen und drei Wochen bezahlten Urlaub zu nehmen. Nein, die drei Wochen Jahresurlaub blieben ihr, die könne sie später mal nehmen. Nein, das solle nicht heißen, dass er sie rausschmeiße. Ja, er habe sie noch immer sehr gern. Ja, das würden sie auch bald wieder machen. Bald, sehr bald. Und er werde ihr einen Scheck mit einem Monatsgehalt an ihre Wohnanschrift schicken.

Mit einem weiteren Anruf wandte er sich an eine Zeitarbeitsvermittlung in der Shaftesbury Avenue und bestellte eine Sekretärin für zwei Wochen; sie sollte am nächsten Montag anfangen. Anschließend setzte er sich hin und überlegte, ob er damit das Richtige getan habe.

Das war an einem Dienstag. Am Mittwoch kam der Polizeiarzt, untersuchte Mrs McKechnie, äußerte sein Beileid für Godfrey und brummte im Weggehen etwas von islamischen Strafpraktiken.

Am Donnerstag geschahen zwei Dinge. Der *Guildford Advertiser* erschien mit einer Schlagzeile über die halbe Seite Sieben: PERVERSER KATZENMORD BEI RÄTSELHAFTEM ÜBERFALL: POLIZEI JAGT IRRE. Und Polizeikommissar Bayliss tauchte wieder auf, in seinem Schlepptau Willett.

»Nach dem, was uns der Polizeiarzt berichtet hat«, sagte Bayliss, »können wir Ihren Onkel Stanley mit Sicherheit ausschließen.« McKechnie wirkte verwirrt. Bayliss zog ein kurzes, maschinengeschriebenes Dokument aus seiner Mappe und las daraus vor: »›Opfer … Wunde … Wundhof …‹ Ah ja, hier: ›Mögliche Tatwaffe: mittleres bis schweres Messer mit schmaler Klinge. Von der Klinge wurde nur eine kleine Fläche benutzt, also handelt es sich vermutlich weder um eine Art Klappmesser noch um ein nachgeschliffenes Küchenmesser, sondern eher um eine Art Zuschneidemesser oder auch um ein Spezialwerkzeug zur Holzbearbeitung. Für einen vorangegangenen Gebrauch des Messers ließen sich keine Spuren finden, da die Wunde zum Zeitpunkt der polizeilichen Untersuchung bereits gründlich gereinigt war. Möglicherweise aber ein Spezialwerkzeug, etwa ein Stanleymesser.‹«

Bayliss sah hoch und lächelte selbstzufrieden; dann nickte er Willett zu, der in seinem Notizblock suchte und neuerlich Mrs McKechnies Worte zitierte: »›Zeit für Stanley‹ oder so ähnlich.«

Bayliss hatte noch immer diese Selbstzufriedenheit im Gesicht. McKechnie konnte sich nicht vorstellen, warum es Bayliss irgendwie freuen konnte, dass einer der wenigen Hinweise, die er überhaupt hatte, hinfällig geworden war. Bayliss erklärte:

»Nun, bisher haben wir nach jedem gesucht, der auf den Namen Stanley hört. Jetzt suchen wir nur mehr nach Leuten mit Stanleymessern. Das müsste unsere Chancen eigentlich etwas verbessern.«

McKechnie wusste nicht, ob Bayliss ein Blödmann war oder bloß schnoddrig.

In der Woche darauf tauchten Bayliss und Willett in McKechnies Büro in der Rupert Street auf. Seine neue Sekretärin Belinda führte sie herein. Er hatte der Agentur ohne Umschweife klargemacht, dass er ein wirklich tüchtiges Mädchen wolle, weil er diese Flittchen mit kurzem Rock wirklich satthabe, die nur seine Ausgaben für Tipp-Ex verdoppelten und das auszubügeln meinten, wenn sie beim Aktenablegen ihr Höschen aufblitzen ließen. In der Agentur begriff man, was er meinte, schrieb das firmeninterne Kürzel »fromm« auf die Rückseite der Karteikarte und schickte ihm Belinda, ein Mädchen, das ein wenig hinkte und zwischen deren Brüsten ein riesiges silbernes Kreuz baumelte, als sollten damit alle schwitzigen Männerhände abgewehrt werden. McKechnie war mit ihr recht zufrieden, obwohl sie keineswegs tüchtiger war als die Mädchen, die bereits am ersten Nachmittag ihren Zwickel aufreizend ins Spiel brachten.

Als Bayliss hereinkam, fragte er beiläufig, wie lange Belinda schon da arbeite, doch McKechnie war auf die Frage gefasst. Er habe immer Aushilfskräfte, sagte er, er finde sie zuverlässiger, und die Arbeit sei nicht allzu anspruchsvoll, und bisweilen mache er den Laden wochenlang dicht, und außerdem sei das Büro sowieso so klein, dass er es nicht darauf ankommen lassen könne, eine Sekretärin am Hals zu haben, mit der er nicht klarkäme. Oh, sie kämen von allen möglichen Agenturen, mal von der, mal von jener; er wisse schon gar nicht mehr, wo er Belinda her habe. Aber sie könnten sie ja selber fragen, wenn sie wollten. Der Name seiner vorhergehenden Sekretärin? Oh, Sheila, und die davor, Tracy, und vor der, ach, Millie oder so ähnlich.

Als Bayliss und Willett gingen, fühlte sich McKechnie, als hätte er ein sattes Geschäft an Land gezogen. Er ging zu Bianchi hinüber und verwöhnte sich mit dem Besten, das die Küche zu bieten hatte, nur um zu zeigen, wie zufrieden er mit sich war.

In der folgenden Woche erhielt er den ersten Anruf. Belinda sagte ihm, dass ein Mr Salvatore am Apparat sei.

»Mr McKechnie?«

»Ja.«

»Und wie geht es uns heute?«

»Kann nicht klagen.«

»Sind Sie da sicher?«

»Allerdings. Was kann ich für Sie tun?« Diese Ausländer ließen sich aber auch Zeit – sie hielten das wohl für besonders britische Umgangsformen. McKechnie kannte einen griechischen Einzelhändler, der jedes Mal, wenn er ans Ende seines einleitenden Verbeugens und Kratzfüßelns gelangt war, den Anlass seines Anrufs vergessen hatte. Dann musste er wegen seiner Bestellung später noch mal anrufen.

»Und Ihre Frau, Mr McKechnie, befindet sich auch wohl?«

McKechnie war empört, obwohl sich der Ton des Anrufers nicht verändert hatte. »Es geht ihr gut. Was kann ich für Sie tun?«

»Dort, von wo ich herkomme, haben wir nämlich ein Sprichwort – die Gattin eines Mannes ist das Prunkstück seiner Tafel. Ist das nicht ein wunderschöner Ausdruck, ein überaus galanter Ausdruck?«

McKechnie legte auf. Wer immer der Mann war, er sollte entweder zur Sache kommen oder ihm gestohlen bleiben. Abgesehen davon, dass McKechnie gern etwas Zeit gehabt hätte, um darüber nachzudenken, was da im Busch war.

Er bekam sie nicht. Das Telefon klingelte fast sofort wieder, und Belinda sagte entschuldigend:

»Die Verbindung ist wiederhergestellt, Mr McKechnie. Entschuldigen Sie die Unterbrechung, ich muss einen falschen Knopf gedrückt haben.« Das war die Sorte Sekretärinnen, die sie einem heutzutage schickten – der alte Typ, und selbst manche von den Zwickelblitzerinnen, wusste wenigstens, wann sie einen unterbrochen hatten. Diese hier wussten nicht einmal, ob sie es jetzt getan hatten oder nicht; sie gingen einfach davon aus – und das zu Recht –, dass sie was falsch gemacht hatten.

»Schrecklich, dieses Telefonsystem bei Ihnen, Mr McKechnie«, sagte die Stimme. »Ich habe mir sagen lassen, mit der Verstaatlichung sei alles den Bach runter, aber daran kann ich selbst mich natürlich nicht mehr erinnern.«

»Geht es um geschäftliche Dinge. Mr …?«

»Salvatore. Ja und nein, wie Sie sagen würden. Es gehört nicht zu meinen Praktiken, Unbekannte anzurufen, nur um dem Postminister beim Abbau des Defizits behilflich zu scin. Deshalb will ich Ihnen gerne den Grund meines Anrufs nennen. Ich rufe an, um Ihnen zu sagen, dass es mir leidtut wegen der Katze.«

»Der …«

»Ja, Mr McKechnie, es handelte sich, wie soll ich mich ausdrücken, Sie verstehen doch Französisch, Mr McKechnie, das war *un peu trop d'enthousiasme.* In schlichten Worten: Die Jungs sind etwas durchgedreht.«

»Sie … Arschloch.« McKechnie wusste nicht recht, was er sagen sollte; der Kater war ihm in Wahrheit ziemlich gleichgültig; der war immer, wie sie es selbst ausdrückte, Rosies Babylein gewesen.

»Nun, ich nehme Ihren Tadel hin. Was aber den zweiten Punkt betrifft, den ich ansprechen möchte, so hoffe ich, dass Ihre verehrte Frau Gemahlin sich von ihrem unangenehmen Martyrium erholt. Und ich möchte Ihnen empfehlen, nicht aufzulegen.« Der Ton war härter geworden. McKechnie antwortete nicht. Die Stimme fuhr fort: »Ich nehme mir die Freiheit, aus Ihrem Schweigen zu schließen, dass sie sich, wie man bei Ihnen sagt, auf dem Wege der Besserung befindet.«

Wieder antwortete McKechnie nicht.

»Und dann ist da noch der dritte Punkt, den ich mit Ihnen besprechen wollte. Erscheint es Ihnen nicht außerordentlich, dass die Polizei überhaupt keine Ahnung hat, was da vorgefallen ist oder warum es geschehen ist oder wer so etwas getan haben könnte? Nur am Rande: Ich darf doch annehmen, dass Sie ihr nicht von Ihrer hübschen Sekretärin erzählt haben, die anscheinend nicht mehr bei Ihnen tätig ist?«

McKechnie antwortete noch immer nicht. Auf dem Notizblock neben dem Telefon versuchte er so viel wie möglich von dem Gespräch festzuhalten.

»Nein, haben Sie nicht. Da darf ich mir wohl sicher sein. Wenn ich also zusammenfassen darf, Mr McKechnie, es geht mir um Folgendes: Ist es nicht außergewöhnlich und auch ein wenig beängstigend, dass in Ihrem eigenen Haus zwei derart unangenehme Dinge geschehen konnten und dass die Polizei auch nach einer gründlichen Untersuchung auf keinerlei Hinweise gestoßen ist, die ihr irgendwie weiterhelfen würden? Es entbehrt doch auch nicht einer gewissen Ironie, dass der einzige Hinweis, der sie weitergeführt hätte, von Ihnen selbst vorenthalten wurde. Keine ganz angenehme Situation, Mr McKechnie, jedenfalls nicht für Sie, was meinen Sie? Es geht doch darum, nicht wahr, dass etwas Ähnliches oder – es fällt mir nicht leicht, das zu sagen – sogar etwas wesentlich Schlimmeres passieren könnte und dass Sie mit einiger Sicherheit annehmen müssen, dass die Polizei wiederum nichts ausrichten könnte. Was sagen Sie dazu, Mr McKechnie?«

»Ich würde sagen, man weiß es nie.«

»Und ich sage Ihnen, Mr McKechnie, dass manche von uns es doch wissen. Nehmen wir beispielshalber den vorliegenden Fall. Nehmen wir an, Sie gehen noch einmal zur Polizei. Sie erzählen denen, dass es Ihnen leidtut, sie belogen und nichts von Barbara gesagt zu haben. Glauben Sie etwa, dass die sich doppelt so viel Mühe geben werden, wenn Sie bei ihnen auftauchen und ihnen sagen, dass Sie vorher gelogen haben? Das sind schließlich auch nur Menschen, Mr McKechnie, die würden annehmen, dass Sie ihnen noch mehr Lügen auftischen wollten, und sie würden sich vermutlich untereinander dahingehend bereden, dass sie, wie es bei Ihnen heißt, sagen ›Der kann uns mal!‹ Auf der anderen Seite, wenn Sie tatsächlich Glück haben bei der Polizei, wo würde denn diese neue Information hinführen? Würde sie die Polizisten ihrem Ziel wirklich näherbringen? Jeden Tag geschehen neue Verbrechen, selbst draußen bei Ihnen in der Pampa.«

»Was wollen Sie?«

»Oh, ich bin so glücklich, dass Sie mich das fragen, Mr McKechnie. Das beweist zumindest, dass Sie kein Dummkopf sind. Was ich von Ihnen will, ist, dass Sie *nachdenken.* Ich will, dass Sie über das nachdenken, was man Aspekte und Perspektiven nennt. Das ist im Augenblick alles, was ich von Ihnen will. Und jetzt werde ich die Leitung frei geben, damit Sie weiter Ihren ehrbaren Geschäften nachgehen können.«

Der Hörer wurde aufgelegt.

Gehorsam begann McKechnie über die verschiedenen Aspekte nachzudenken. Wurde er erpresst? Bis jetzt jedenfalls nicht. Wurde er für eine Erpressung weichgeklopft? Wenn ja, dann gingen sie nach einer ausgefallenen Methode vor. War seine Frau zu Hause sicher? War er sicher? Sollte er sich noch mal an die Polizei in Guildford wenden? Sollte er zu der Wache hier in West Central, in der Broadwick Street, gehen? Sollte er womöglich versuchen, die Untersuchung nach West Central überwiesen zu bekommen in der Hoffnung, dass die Sache mit Barbara unterwegs verloren ginge? Doch was konnte er denen hier schon erzählen? Eins konnte er auf jeden Fall tun: mit Shaw sprechen, dem Kommissar in West Central, mit dem er hin und wieder einen trank. Vielleicht sollte er das erst mal tun.

Er rief die Wache West Central an, wo man ihm sagte, dass Shaw eine Woche Urlaub habe. Ob er mit jemand anderem sprechen wolle. Nein, danke.

Zwei Tage später stellte Belinda durch und sagte ihm, Mr Salvatore sei wieder am Apparat.

»Mr McKechnie, geht's noch immer gut? Schön. Ich will nicht zu viel von Ihrer kostbaren Zeit beanspruchen. Ich darf annehmen, dass Sie ein wenig nachgedacht haben. Sie haben sich natürlich nicht noch mal bei der Polizei gemeldet, um Ihre kleine Beichte abzulegen?«

McKechnie schwieg.

»Nein, natürlich nicht. Jetzt will ich Ihnen sagen, was

Sie für mich tun sollen. Sie werden mir mit etwas Geld aushelfen. Nicht sehr viel. Eigentlich sehr wenig Geld. Zwanzig Pfund. Nein, sagen wir fünfundzwanzig. Sie gehen also morgen zu Ihrer Bank – oder Sie nehmen es aus der Portokasse, da bin ich nicht kleinlich – und warten dann auf meinen nächsten Anruf, in dem ich Ihnen sagen werde, was Sie damit tun sollen. Ziemlich simpel, das Ganze, Mr McKechnie. Oh, und Sie dürfen versichert sein, auch wenn das neu für Sie sein sollte, für mich ist es das nicht.«

Das Telefon verstummte. McKechnie holte tief Luft, zog sein Sakko über, sagte Belinda, dass er für ein paar Minuten weggehe, und marschierte dann zur West-Central-Wache.

West Central war eine jener Polizeiwachen, die es einfach nie bis zur Modernisierung schafften. Vor zehn Jahren hatten sie die blaue Lampe von ihrer Konsole an der Mauer herabgenommen und nach fünf Jahren hatte man ein neues Schild angebracht, ein schmales weißes, das von einer Neonröhre beleuchtet wurde und auf dem WEST CENTRAL POLICE STATION zu lesen war. Doch danach verlangsamte sich der Prozess merklich: Die graue Wandfarbe drinnen wurde schwärzer; das Kantinengeschirr hatte jedes Jahr mehr angeschlagene Stellen; die Laune wurde mieser.

Shaw befand sich noch immer in Urlaub, und McKechnie wurde stattdessen an Hauptkommissar Sullivan verwiesen, einen mürrischen fleischigen Mann mit fünfundzwanzig, zehn davon auf dieser Piste verbrachten Dienstjahren, den Verbrechen aller und Kläger fast jeder Art nicht mehr beeindrucken konnten. McKechnie erzählte seine Geschichte – der Überfall auf seine Frau, der aufgespießte Kater, die Anrufe, die Geldforderung –, während Sullivan auf seinem Schreibtisch Papiere herumschob und gelegentlich mit einem Streichholz in seinen Ohren polkte.

Als er fertig war, sagte Sullivan nur:

»Das mit dem Kater hab ich noch nie gehört. Der Rest ist nichts Neues. Braucht ganz schön viel Kraft, um den Spieß durch einen Kater zu treiben. Man kriegt dabei wohl ein paar Kratzer ab, was?«

McKechnie war ungeduldig, weil die Polizei für den Tod seines Katers so viel Interesse aufbringen konnte.

»Und was ist mit der Verletzung meiner Frau und der Erpressung?«

»Woher wollen Sie wissen, dass es sich um Erpressung handelt?«

»Aber natürlich ist es Erpressung.«

»Sprach der Mann von dem, was er tun würde, wenn Sie nicht zahlen?«

»Nein.«

»Dann hat er es vielleicht nur mal probieren wollen. Vielleicht haben die beiden Geschichten auch gar nichts miteinander zu tun. Vielleicht hat er nur Ihr Lokalblättchen gelesen und gemeint, er könnte mal sein Glück versuchen.«

Das war ausgeschlossen, dachte McKechnie, weil dieser Salvatore über Barbara Bescheid wusste, und davon hatte nichts in der Zeitung gestanden. Doch er sagte bloß: »Nicht sehr wahrscheinlich, oder?«

»Aber möglich.« Sullivan war offenbar ganz wild darauf, seine Bemühungen um diesen Fall so gering wie möglich zu halten. McKechnie wartete. Schließlich verlagerte Sullivan sein Gewicht auf dem Stuhl, scharrte wieder im Ohr und sagte: »Ich könnte den Fall wohl hierher überwiesen bekommen.« Er ließ wenig Begeisterung erkennen. »Soll ich das tun?«

»Wenn Sie das für das Beste halten. Was immer da los ist, mit meinem Wohnort hat es jedenfalls nichts zu tun.«

Sullivan nickte, kam langsam auf die Füße und verschwand. Als er zurückkam, schien er womöglich noch weniger begeistert von McKechnies Anwesenheit in seinem Büro. Wenn McKechnie nur endlich gehen würde, so schien sein Blick anzudeuten, dann könnte er weitermachen und seine Ohren einer gründlichen Reinigung unterziehen.

»Also, die schicken mir die Unterlagen«, sagte er. »Ein Beamter namens Bayliss. Sagte, nach dem Laborbericht sei der Kater drei Stunden lang geröstet worden. Muss widerlich gestunken haben, was?«

»Weiß ich nicht mehr.«

»Na, na, Mr McKechnie, sicher wissen Sie das noch. Und, äh, wo wir grade bei widerlichen Gerüchen sind: Hier drin riecht es doch auch etwas eigenartig.«

McKechnie sah sich um.

»Nein, nein, Sie brauchen sich gar nicht umzusehen. Ich meine, dass da von Ihrem Stuhl auch ein ziemlich widerliches Gerüchlein aufsteigt, Mr McKechnie. Wir haben unser Näschen wohl nicht immer ganz sauber gehalten, was? Sind selber ein kleiner Gauner, nicht wahr,

Mr McKechnie? Es bleibt doch noch ein Weilchen bei McKechnie? Denn falls Sie sich mit dem Gedanken tragen, mal wieder zu wechseln, saus ich schnell mal raus und bring Ihre Akte auf den neuesten Stand.«

»Das ist doch alles Jahre her.«

Und es war auch zweihundert Meilen weit entfernt gewesen. Schlechte Gesellschaft, Versuchung, so was konnte jedem passieren. Man kann kein Unternehmen leiten, ohne gelegentlich in Versuchung geführt zu werden. Doch wie war Sullivan an sein Strafregister rangekommen?

»Das ist doch Jahre her«, wiederholte er. »Ich war der Meinung, es gäbe da so 'ne Verfügung über die Löschung von Vorstrafen, Verjährung und so?«

»Gibt es, Mr McKechnie, gibt es.« Sullivan wurde langsam munter. Er schien an diesem Teil der Unterhaltung seine helle Freude zu haben. »Aber die gilt jetzt nicht für uns, oder? Oder jedenfalls nicht so, wie es gedacht war. Und wenn sich jemand bei uns auf der Piste niederlässt, dann möchten wir gern ein bisschen was über ihn wissen, auch wenn er nur eine kleine Nummer ist.«

»Aber Sie wissen doch, Herr Hauptkommissar, man kann kein Unternehmen leiten, ohne gelegentlich in Versuchung geführt zu werden.«

»O ja, bestimmt, Mr McKechnie. Beim Lesen unserer kleinen Akte über Sie hat mich nur überrascht, dass es damals in Leeds nicht mehr Verkehrsunfälle gab.« Er kicherte. »Bei all dem Zeug, das den Lkw einfach so von der Ladefläche gefallen ist.«

McKechnie schwieg.

»Doch ich würde sagen, lassen wir Vergangenes vergessen sein.« Sullivan klang, als könne er kaum hoffen, auch nur sich selbst von diesem Grundsatz zu überzeugen, und schon gar nicht jemand anderen.

»Um zu meinen aktuellen Schwierigkeiten zurückzukehren, Herr Hauptkommissar.«

»O ja, natürlich.«

»Was soll ich wegen den fünfundzwanzig Pfund unternehmen?«

»Zahlen und als uneinbringliche Außenstände von der Steuer absetzen.«

»Ist das etwa Ihr Ernst?«

»Selbstverständlich. Sagt Ihnen das nicht auch Ihr natürlicher Instinkt? Würde das nicht jeder kleine Gauner, der was auf sich hält, auch so machen?«

»Das heißt also, ich soll mich verpissen?«

»Nein, ganz und gar nicht. Ich sage nur, Geschäft ist Geschäft. In Ihrem Geschäft hat man immer mal wieder kleinere Beträge abzuschreiben. Zu meinem Geschäft gehört es, dass ich nicht die Zeit meiner Leute verschwende, wenn ein Vorortganove das Blättchen in Guildford liest und aus einem anderen Vorortgauner fünfundzwanzig Mücken herausquetscht. Ist doch erstaunlich, wie rührig sich das private Unternehmertum zeigt, nicht wahr, Mr McKechnie? Einmal hatten wir einen Ganoven, der las immer die Todesanzeigen im *Telegraph* und schickte dann an die Adresse des Verstorbenen kleine Rechnungen von einer Änderungsschneiderei. Die Familie des Dahingeschiedenen erhielt die Rechnung – es handelte sich jeweils um vier oder fünf Pfund; er war nicht raffgierig – und zahlte in den meisten Fällen. Eigentlich ein natürlicher Instinkt. Wäre auch pietätlos, die Rechnungen eines lieben Verstorbenen nicht zu begleichen.«

»Was ging dann schief?«

»Wie? Ah, ja, irgendetwas geht immer schief, nicht wahr? Außer in den Fällen, wo nichts schief geht und wo es dann auch nichts zu erzählen gibt. Was schief ging, war ebenso simpel wie das, was so gut lief: Er beging den Fehler, eine Rechnung an einen Toten zu schicken, der aus einer Schneiderfamilie stammte. Das hat alle ziemlich amüsiert. Und es wurde ja niemand ernsthaft geschädigt. Er bekam nur zwei Jahre.«

»Haben Sie je von diesem Salvatore gehört?«

»O ja, den kennen wir. Großer Gangster hier am Ort. Mädchen, Hasch, bisschen Stoff, Hehlerei, Verladegeschäfte; ein sehr demokratischer Gangster, dieser Mr Salvatore.«

McKechnie war erstaunt; und verärgert. »Warum haben Sie mir das nicht eher gesagt? Jetzt können Sie sein Telefon anzapfen, wenn er mich morgen anruft.«

»Geduld, Mr McKechnie.« Sullivan hatte offenbar wieder seinen Spaß; für einen Moment hatte er sogar seine Ohren vergessen. »So ohne Weiteres können wir kein Telefon anzapfen. Das braucht erst einen fürchterlichen Papierkrieg, die Erlaubnis des Innenministeriums, die Unterschrift des Ministers. Und für grad fünfundzwanzig Mücken würde der doch nicht seine Unterschrift hergeben.«

»Warum nicht?«

»Ich will's Ihnen sagen, Mr McKechnie. Weil Mr Salvatore keine Engelisch niecht ’priecht, sondern nur Itako. Tutto seine Leben. Und dann, zweitens, weil er nicht mehr unter uns weilt. Er starb vor ungefähr fünf Jahren. Angenehmer älterer Herr. Die Jungs hier gaben alle was für einen Kranz.«

»Mit wem habe ich dann gesprochen?«

»Andere Salvatores gibt’s hier nicht. Ich schätze, Sie sind einem Scherzkeks aufgesessen, Mr McKechnie, einem kleinen Witzbold.«

»Und was soll ich jetzt machen?«

»Ganz wie Sie belieben, Mr McKechnie. Zahlen Sie, wenn Sie Lust haben, und wenn nicht, sagen Sie ihm, er soll sich verpissen.«

»Und wenn er sich nicht verpisst?«

»Lassen Sie es mich mal so ausdrücken: Wenn er hartnäckig bleibt und bis zu einem Hunderter geht, dann kommen Sie wieder zu mir. Unter hundert ist es die Aufregung nicht wert.« In Sullivans Augen blinkte es bedeutungsvoll, als er das sagte. Nannte er McKechnie damit einen Preis?

Am anderen Morgen brachte Brian Rosie das Frühstück ans Bett, wie er es seit dem Überfall jeden Morgen getan hatte, und setzte sich dann unten hin mit der Zeitung und der Post. Sie hatten immer einander die Briefe geöffnet; für sie war es ein Zeichen ihrer Vertrautheit. Da waren ein paar geschäftliche Briefe für Brian, ein paar Wurfsendungen und ein kleiner brauner Umschlag, der an Mrs B. McKechnie adressiert war. Die eine Ecke fühlte sich etwas dicker an, etwas fleckig war er auch. McKechnie öffnete ihn vorsichtig, sah hinein und dann rasch die Treppe hoch, ob Rosie nicht gerade in dem Moment herunterkäme.

Das Erste, was er dem Umschlag entnahm, war ein Foto von Barbara. Keines, das er schon kannte. Sie ging eine Straße entlang, allem Anschein nach in London; dem Blickwinkel des Fotos nach zu schließen, war es vermutlich aus einem vorbeifahrenden Auto heraus aufgenommen worden. Es sah ihr sehr ähnlich, obwohl er nicht so ganz würdigen konnte, wie schön sie war, weil das Foto etwas versabbert war. Wo die Entwicklerflüssigkeit zerlaufen war, hatte es ihr das halbe Gesicht verschmiert. Er sah noch einmal in den Umschlag und wusste warum: Ein gebrauchtes Kondom gab langsam seinen Inhalt von sich. Er zerknautschte den Umschlag und schob ihn in die Tasche. Dann drehte er das Foto um. In Großbuchstaben war auf die Rückseite geschrieben:

LIEBE MRS MCKECHNIE WIR DACHTEN UNS SIE MÖCHTEN GERN MAL EIN BILD VON BARBARA SEHEN

McKechnie sah sich noch mal das Foto an. Allmählich erkannte er ein, zwei unscharfe Verkehrszeichen – ein Textilgeschäft, eine Bank, ein Theater. Das Bild war in der Shaftesbury Avenue aufgenommen worden, gleich bei seinem Büro.

Auf dem Weg zur Arbeit warf er den Umschlag mit dem Kondom weg. An seinem Schreibtisch versuchte er sich auf die Bestelleingänge des Tages zu konzentrieren, doch stattdessen ertappte er sich dabei, wie er die ganze Zeit auf das Klingeln des Telefons wartete. Irgendwann klingelte es dann auch.

»Mr McKechnie, wie geht es uns denn heute? So gut wie immer, darf ich hoffen?«

»Gut, ja.«

»Ihrer Frau geht's gut?«

»Ja, warum auch nicht?«

»Warum auch nicht. Es sei denn, sie hätte heute keine rechte Freude an ihrer Post gehabt.«

»Davon ist mir nichts bekannt – ich bin aus dem Haus, bevor der Postbote kam.« Er wusste nicht einmal, warum er log; doch er hatte es satt, dass ihm der andere ständig zuvorkam.

»Ist auch egal; kommen wir zum Geschäftlichen. Ich muss sagen, wir sind ein bisschen ungehalten über Sie, Mr McKechnie. Sie wissen natürlich, was ich meine.«

»Nein.«

»Aber, aber, es war wirklich reichlich dumm, sich an die Polizei zu wenden. Wie konnten Sie nur auf den Gedanken verfallen, dass eine Polizeiwache effizienter arbeitet als eine andere? Ich bin mir sicher, dass sie Ihnen auch nicht sehr viel weiter helfen konnten.« (Er wusste gar nicht, wie recht er damit hatte.) »Wenn es Ihnen aber darum geht, das Risiko zu erhöhen, dann werde ich leider auch den Einsatz erhöhen müssen. Wegen Ihrer kleinen Indiskretion erhöhen die fünfundzwanzig sich auf fünfzig. Um Ihnen aber zu zeigen, dass Sie es mit gestandenen Geschäftsleuten zu tun haben, sollen Sie einen weiteren Tag Ziel haben. Fünfzig morgen, und ich werde mich am Vormittag wegen der Zustellung bei Ihnen melden.«

»Wie soll ich wissen, ob Sie es ernst meinen?«

»Probieren geht über Studieren, Mr McKechnie, Probieren geht über Studieren.« Der Hörer wurde aufgelegt.

McKechnie rief Sullivan an und berichtete ihm den Vorfall; Sullivan schien wenig begeistert, so schnell wieder von ihm zu hören. Er grunzte einmal, sagte »Zahlen Sie« und legte auf.

Nachdem er eine Nacht lang darüber geschlafen hatte, ging McKechnie am frühen Morgen zur Bank und hob fünfzig Pfund ab. Vielleicht hatte Sullivan recht, und es war nur eine einmalige Sache. Doch je mehr er darüber nachdachte, desto weniger schien ihm das wahrscheinlich. Er hatte das sehr unangenehme Gefühl, dass damit etwas in Gang gebracht worden war, was sich sehr lange hinziehen konnte. Doch für den Anfang wollte er es vorsichtig angehen lassen. Um elf klingelte wieder das Telefon. Diesmal war die Stimme weniger verbindlich.

»Brauner Umschlag bitte, Mr McKechnie. Zwei Gummibänder drum herum, überkreuz. Sollten Sie so blöd gewesen sein, auf der Bank neue Scheine zu verlangen, dann gehen Sie noch mal hin und tauschen sie um. Den Umschlag werfen Sie um ein Uhr in die mittlere Mülltonne am Hintereingang des Columbia-Kinos.«

McKechnie tat genau wie geheißen. Pünktlich kam er an die Mülltonne, hob den Deckel ab, warf den Umschlag in die halb volle Tonne, drehte sich um, äugte ein wenig herum, ob ihn vielleicht jemand beobachtete, und ging dann entschlossen von dannen. Er ging nach Westen die Shaftesbury Avenue entlang, machte eine Kehre in den unteren Abschnitt der Wardour Street, lief in der Gerrard Street zurück und blieb bei einer Wand voller

Werbeplakate stehen. Von hier aus konnte er, soweit das der Verkehr und die Fußgänger erlaubten, die drei Mülltonnen am rückwärtigen Eingang des Kinos im Auge behalten. Er hatte vielleicht zwanzig Minuten so dagestanden und war jedes Mal unruhig geworden, wenn ihm ein Bus die Sicht nahm, als ihm nach und nach klar wurde, dass ein Mann ihn aus etwa drei Metern Entfernung beobachtete. Ein hamsterbäckiger, rothaariger Mann von einigem Gewicht, der eine Brille trug und einen ziemlich wilden Gesichtsausdruck hatte. Als er bemerkte, dass sich McKechnies Aufmerksamkeit ihm zugewandt hatte, ging er gemächlich auf diesen zu, dann hinter ihm durch, legte darauf sein Pummelkinn McKechnie auf die Schulter, sodass sie jetzt beide zu den Mülltonnen hinübersahen, wandte dann den Kopf und grinste McKechnie direkt ins Gesicht, stellte sich vor ihn, kniff mit seinem großen sommersprossigen Daumen und dem Zeigefinger McKechnie neckisch in die Wange und sagte dann mit einem freundlichen, leicht irren Lächeln:

»Zisch ab.«

McKechnie zischte ab, in sein Büro zurück, wobei sein Herz weit schneller schlug, als ihm guttun konnte.

Zwei Wochen später meldete sich »Salvatore« erneut.

»Mein lieber Mr McKechnie, wie schön, Ihre Stimme wieder zu hören. Es war so freundlich von Ihnen, mir vor zwei Wochen aus meiner Klemme zu helfen. Das Finanzamt wird bestimmt Verständnis haben, wenn Sie den Betrag geltend machen. Jetzt habe ich anscheinend wieder ein kleines Liquiditätsproblem. Und da wollte ich höflich fragen, ob Sie mir vielleicht behilflich sein könnten. Diesmal sollte es allerdings ein wenig mehr sein, fürchte ich. Könnten wir uns eventuell auf hundert einigen?«

»So läuft bei mir der Laden nicht.«

»Nun, Mr McKechnie, das kann ich nicht recht glauben. Ich bin mir sicher, dass ein Mann mit zwei Lagerhäusern und einem Büro, so armselig sie auch sein mögen, einhundert Pfund auftreiben kann, um einem Freund aus der Patsche zu helfen.« McKechnie hielt inne. Er überlegte, warum Salvatore, der bei seinem ersten Anruf einen recht starken ausländischen Akzent gehabt hatte, jetzt fast normales Englisch sprach. Er antwortete:

»Also gut.«

Insgeheim war McKechnie zufrieden. Jetzt musste die Polizei etwas unternehmen. Er rief Sullivan an und sagte ihm, dass die Forderungen inzwischen eine Höhe erreicht hätten, die seine Aufmerksamkeit rechtfertige. Er tat am nächsten Tag wie geheißen, tätigte um ein Uhr den Einwurf in einen Abfallkorb an einem Laternenpfahl in der Frith Street, ging zu seinem Büro zurück und wartete auf Sullivans Rückruf. Der kam zwar, war aber nicht gerade erfreulich.

»Wir haben sie bedauerlicherweise verloren.«

»Was soll das heißen, verloren?«

»Na, zwei Mann haben die Stelle überwacht, haben beobachtet, wie Sie das Päckchen einwarfen, doch als sie nach zwei Stunden, in denen nichts geschehen war, den Abfallkorb untersuchten, war er leer.«

»Dann sind Ihre Leute unbrauchbar.«

»Aber, aber, Mr McKechnie, was Sie da sagen, grenzt

ja an Verleumdung. Auf der Straße ist sehr viel los um diese Zeit – deshalb hat dieser Knabe auch ein Uhr mittags gewählt –, und meine Männer können schlecht in ihrer blauen Uniform herumstehen. Außerdem kann ich auch nicht meine erfahrensten Leute einsetzen, denn deren Gesichter wären einfach zu bekannt. Das ist das Problem bei uns auf der Piste.«

»Und was machen wir jetzt?«

»Wir versuchen es noch mal.«

»Und meine hundert Pfund?«

»Ach, Sie haben doch sicher eine Möglichkeit, die abzuschreiben, Mr McKechnie.« Warum waren sich bloß alle so sicher, dass er seine Verluste absetzen konnte? Wollten sie es ihm leichter machen – oder sich selbst?

Zwei Wochen später meldete sich Salvatore wieder; wieder war ein Einwurf fällig, und wieder gingen hundert Pfund den Bach runter, weil Sullivans Leute nicht bemerkten, wie das Geld abgeholt wurde, oder weil sie im entscheidenden Moment abgelenkt wurden oder weil sie, wie McKechnie am Telefon mutmaßte, ganz einfach geschlafen hatten.

»Hören Sie, solche üblen Verdächtigungen helfen auch nicht weiter«, sagte Sullivan. Er äußerte höfliches Bedauern für das Versagen seiner Männer, doch ohne dass er zutiefst unglücklich geklungen hätte.

McKechnie *war* zutiefst unglücklich. Er hatte sich darauf eingelassen, dass Sullivan den Fall übernahm, weil er hoffte, es würde sich etwas bewegen. Seitdem war die Akte mit dem Anschlitzen seiner Frau von Guildford nach West Central überwiesen worden, aber das war auch schon das Einzige, was sich bewegt hatte. In vier Wochen hatte er zweihundertfünfzig Pfund verloren, niemand wusste, wer seine Frau überfallen hatte, und Sullivan schien alles wurscht zu sein. Er konnte nicht einmal zu Sullivan hingehen, weil ihm Salvatore oder seine Handlanger offensichtlich nachschnüffelten oder irgendwo einen Spion sitzen hatten; und so blieb ihm nichts anderes übrig, als in seinem Büro an seinem Telefon zu hocken und auf Sullivans schlechte Nachrichten zu warten.

Als Sullivan für den Verlust des dritten Hunderters gesorgt hatte, entschloss sich McKechnie zu einem neuen Vorstoß. Er rief in West Central an und verlangte Polizeikommissar Shaw. Er machte ihm klar, dass er ihn dringend privat sprechen müsse; ob sie sich wohl morgen oder übermorgen auf ein Glas treffen könnten, und zwar möglichst weit weg von ihren gewohnten Jagdgründen? Shaw war einverstanden.

Sie trafen sich in einem Säuferpub in der Nähe der U-Bahn-Haltestelle Baker Street, einer riesigen, freudlosen Stätte, in der man nie daran dachte, zwischen den Öffnungszeiten den Zigarettennebel auszulüften; die Gäste schätzten es vor allem deshalb, weil es auf so trübe Weise anders war als das, was sie zu Hause erwartete. Dort warteten Ehefrauen und Kinder und Sauberkeit und ihr Lieblingsgericht auf sie, und deshalb schätzten sie an dem Pub gerade seinen Schmutz, seinen Gestank, sein Männertum und seine trotzige Weigerung, sich mit Erdnüssen und Flips und modernen Mixern oder sonst etwas abzugeben, was schnatternde Herden von Sekretärinnen nach Feierabend angelockt und sie bei ihrem ernsthaften männlichen Trinken gestört hätte. Shaw legte hier oft eine Pause ein auf seinem Nachhauseweg mit der Metropolitan Line; McKechnie war noch nie da gewesen.

»Ich brauche einen Rat«, begann McKechnie. »Sie sollen mir einfach zuhören, wenn ich rede. Ich will Ihnen alles, was mir passiert ist, erzählen, und wenn Sie am Ende meinen, dass Sie dazu nichts sagen können, ohne dass es Ihnen oder Ihrer Arbeit in die Quere kommt, dann habe ich volles Verständnis, wenn Sie einfach nur austrinken und rausgehen. Ich bitte Sie nur um eins: dass Sie nichts von dem, was ich Ihnen erzähle, weitertragen. Abgemacht?«

Shaw nickte. Er war ein kleiner, fuchsgesichtiger Mann, der vor lauter Sorgen nie zum Lächeln kam. McKechnie erzählte seine Geschichte. Als zum ersten Mal der Name Sullivan fiel, meinte McKechnie in Shaws Gesicht einen Muskel zucken zu sehen, mehr nicht. Als er fertig war, zündete sich Shaw eine Zigarette an, um den herrschenden Mief noch etwas zu verstärken, tat ein paar Züge und sprach dann, ohne McKechnie anzusehen. Es schien fast, als wolle er die Verantwortung für seine Worte umgehen, als würde McKechnie nur zufällig mithören, wie das nun mal in Pubs passierte.

»Sagen wir einmal, dass ich Ihre Lage verstehe. Sagen wir, dass das nichts Neues ist. Sagen wir weiter, dass es nicht leicht ist, einen Fall, der bei einem Beamten in einer gewissen Position liegt, von diesem überwiesen zu bekommen, es sei denn, dieser Beamte wünschte das selbst.

So die allgemeine Regel. Ich spreche hier selbstverständlich nur ganz allgemein«, Shaw sog sich wieder die Lungen voll, »und so sicher ist meine Stellung nicht, dass ich mich hier über die Motive in einzelnen Fällen auslassen könnte.«

»Selbstverständlich.«

»Und nichts von dem, was ich sage, darf als Kritik an irgendeinem Kriminalbeamten verstanden werden.«

»Selbstverständlich.« Langes Schweigen folgte.

»Wenn wir in Amerika wären«, sagte McKechnie, »dann würde ich mich wohl an einen Privatdetektiv wenden.«

»Das können Sie hier auch«, sagte Shaw, »wenn Sie gern einen rüstigen Ruheständler beschäftigen wollen, der einmal darauf spezialisiert war, Liebespaare in flagranti zu erwischen. So was gibt es nicht mehr, und wenn doch, dann ist Ihr Geld bei ›Brot für die Welt‹ wahrscheinlich besser aufgehoben.«

»Was soll ich dann machen, wenn ich nicht den Rest meines Lebens alle zwei Wochen einen Hunderter abliefern will?«

»Genau darüber denke ich grad eben nach«, sagte Shaw und neigte seinem Begleiter das leere Glas entgegen.

McKechnie stand auf, um noch eine Runde zu holen. Der Pub war eine solche Bastion der Männlichkeit, dass es nicht einmal eine Bardame gab. Ein fetter Mann in einem bierfleckigen gestreiften Hemd verkaufte ihm noch eine anständige Portion übler Laune mit. Ein paar Pendler klaubten schicksalsergeben ihre Regenmäntel und Aktentaschen zusammen, um sich niedergeschlagen auf den Heimweg zu Sonne und Licht und häuslicher Glückseligkeit zu machen. McKechnie bedachte, wie vergleichsweise glücklich er mit Rosie war. Obwohl er gelegentlich eine Geliebte hatte, mochte er sie wirklich gern. Er würde niemals zulassen, dass ihr wirklich etwas zustieß. Als er ihre Gläser absetzte, sagte Shaw:

»Versuchen Sie es mit Duffy.«

»Mit wem?«

»Duffy. Nick Duffy. War mal eine Art Kumpel von mir. War zwei Jahre bei der Sitte. Ist vor, ja, vor vier Jahren aus dem Dienst ausgeschieden.«

»Was macht er jetzt?«

»Er ist jetzt Sicherheitsexperte. Sagt Firmen, wie sie ihre Mitarbeiter überprüfen können, wie sie ihr Geld am sichersten verstauen können, solche Sachen. Das andere macht er freiberuflich, nebenher; und er kennt sich aus auf der Piste. Er übernimmt den Fall vielleicht, wenn er gerade frei ist.«

»Warum hat er bei der Polizei aufgehört? Wurde er rausgeschmissen?«

»Sagen wir, es gab da größere Unstimmigkeiten.«

»Ist er etwa kriminell?«

Shaw sah hoch und lächelte ein mattes, ironisches Lächeln.

»Na ja, wir haben jeder seine eigene Definition von Kriminalität, nicht wahr? Ein wüstes Feld. Wenn Sie mich aber fragen, ob er ehrlich ist, dann sage ich Ihnen, wenn Nick Duffy etwas ist, dann ehrlich.«

»Wie kann ich ihn erreichen?«

»Er steht im Telefonbuch.«

»Gut dann, vielen Dank.«

»Nein, keinen Dank. Keinen Dank, denn Sie haben mich nicht getroffen. Klar? Und noch zwei Sachen: Ich habe Sie nicht an Duffy verwiesen; Sie haben meinen Namen nie gehört, klar? Und das andere: Sie fragen Duffy besser nicht, warum er aus dem Dienst ausgeschieden ist. In dem Punkt ist er etwas empfindlich.«

Und noch bevor McKechnie sein Glas leeren konnte, war Shaw verschwunden.

III

Das Sonnenlicht, das durch das hohe Fenster der umgebauten Kutscherwohnung in Paddington flutete, glitzerte auf dem goldenen Stecker in Duffys linkem Ohr. Gelegentlich hatte er davon geträumt, ein miniaturisiertes Wecksystem zu erfinden, bei dem in seinem Ohr eine winzige Glocke anschlagen sollte, wenn sich der Stecker um ein oder zwei Grad in der Sonne erwärmte. Er hatte die Idee aus zwei Gründen fallen gelassen: In der Hälfte der Fälle schlief er auf seinem linken Ohr; und außerdem würde sich nur ein Dummkopf auf die Sonne verlassen.

Duffy hatte mit der Idee überhaupt nur deswegen gespielt, weil er Uhren hasste. Er konnte nirgends schlafen, wo es auch Uhren gab. Er konnte eine Armbanduhr hören, wenn sie auf der gegenüberliegenden Seite des Zimmers tickte. Ein Wecker funktionierte immer bei ihm – weil sein Ticken verhinderte, dass er überhaupt erst einschlief. Da er in einem Ein-Zimmer-Apartment (»offener Grundriss«, hochstapelten die Immobilienmakler) wohnte, gab es keinen geeigneten Platz für Uhren. Was ihm an Zeitmessern ins Haus kam, wurde verpackt. Für Leute, die über Nacht blieben, stand im Bad eine Tupperwarebox mit der Aufschrift »Uhren«. Seine Küchenuhr hing, in eine durchsichtige Plastiktüte verpackt, draußen vor dem Küchenfenster, das Zifferblatt gegen die Scheibe gedrückt. Im Winter ließen sich manchmal Vögel darauf nieder und pickten, wohl weil sie das Ganze für eine Art Fütterungsvorrichtung hielten, neugierig am Plastik herum. Dann kriegte die Tüte ein Loch, und Duffy musste sich eine neue Uhr kaufen.

Noch mehr hasste Duffy Wecker, weil er Schweißausbrüche kriegte, wenn sie losgingen; ihr Panik machender Ton fuhr ihm, bevor er noch recht erwacht war, in die Knochen, sodass er angsterfüllt zu Bewusstsein kam. So konnte man den Tag nicht angehen lassen. Aus dem gleichen Grund konnte er morgendliche Weckanrufe nicht ausstehen und versuchte stattdessen, sich darauf zu trainieren, zu einem bestimmten Zeitpunkt von allein aufzuwachen. Manchmal klappte es, manchmal auch nicht. Es klappte oft genug, um ihn einmal dazu zu bewegen, den Hörer auszuhängen, damit ihn kein morgendlicher Anruf in Furcht und Schrecken versetzen könnte. Doch bei diesem Versuch musste er feststellen, dass der Wählton nächtens durchs Zimmer brüllte wie ein Käfig voller Löwen. Dann erwog er den Kauf einer großen schalldichten Kiste, in der er nachts das Telefon versorgen könnte, kam aber zu dem Schluss, dass er wohl durchdrehen würde in einer Wohnung, wo alles, was Lärm verursachte – Telefon, Radio, Kühlschrank, Türklingel –, fein säuberlich in Kisten eingesargt war. Er kam zum Schluss, dass er sich wohl mit einem gewissen Maß an Angst abfinden musste.

Als deshalb an diesem Morgen das Telefon läutete, reagierte er völlig normal – das heißt, er fuhr hoch, als hätten ihm die Gerichtsdiener eben die Wohnungstür eingetreten. Das Mädchen neben ihm regte sich und begann sich wach zu schütteln. Duffy stand bereits am anderen Ende des Zimmers nackt am Telefon. Er war ein untersetzter stämmiger Mann mit kräftigen Unterarmen und Hinterschinken; seine ausgewachsene Bürstenfrisur ließ seine Körperlänge knapp zwei Zentimeter größer erscheinen. Während er sich beim Telefonieren drehte, schweiften die Augen des Mädchens über seine leichten O-Beine, seinen Schwanz, sein Büschel Schamhaar, in dem sich eben das Licht fing, seine Brust, auf der die schwarzen Haare sich um die Warzen herum verdichteten, und sein breites kräftiges Gesicht mit seinem etwas kleingeratenen schmalen Mund; sie bemerkte ein plötzliches Aufblitzen des Steckers in seinem linken Ohr.

Das Mädchen richtete sich im Bett auf und hörte sich Duffys Teil des Gesprächs mit an. Zum größten Teil bestand der aus Pausen, Grunzern, »Nein«, »Doch, doch« und »Also gut«. Duffy sagte niemals »Ja«. Wenn er bei einem war und »Ja« meinte, nickte er einfach. Am Telefon sagte er »Doch, doch« oder »Also gut«. Hätte man Duffy gefragt, ob er einen heiraten würde, und er hätte es gewollt, hätte er auch nur »Also gut« gesagt. Ganz sicher konnte sie sich natürlich nicht sein, aber sie vermutete es jedenfalls. Sie hatte Duffy nur einmal einen Antrag gemacht, und da hatte er »Nein« gesagt.

Als Duffy den Hörer auflegte und zum Bett zurückging, drehte sie sich ihm etwas entgegen. Sie hatte ein hübsches rundes Irinnengesicht und kecke, straffe Brüste mit kleinen dunkelbraunen Warzen. Mit nostalgischen Gefühlen sah sie Duffys Schwanz an.

»Duffy«, sagte sie, »weißt du noch, wie das war, mit mir zu vögeln?«

Duffy runzelte die Stirn.

»Das Thema hatten wir schon reichlich«, sagte er und zog sich ins Badezimmer zurück. Drin öffnete er die Tupperwarebox mit der Aufschrift »Uhren«, sah, dass es auf Carols Timex nach zehn war, wusch sich und begann sich das Kinn einzuseifen. Von hinten hörte er Carols Stimme aus dem Bett.

»Weiß ich doch. Ich wollte nur wissen, ob es dir einmal gefallen hat.«

Duffy unterbrach das Einseifen, putzte mit dem Rücken des kleinen Fingers seiner rechten Hand den Schaum von den Lippen und grunzte zurück:

»Doch, doch.«

Als er im Bad fertig war, hatte Carol den runden Tisch am anderen Ende des Zimmers bereits fürs Frühstück gedeckt. Sie setzte sich in seinem blauen Frotteebademantel hin. Er hatte den leichten, kurzen Kimono angezogen, den sie immer in der Wohnung ließ. Er hörte knapp unter seinem Rumpf auf. Er trug ihn häufig.

»Arbeit?«, fragte sie.

Er nickte. »Vielleicht.«

»Erzählst du mir davon?«

»Nein. Erst wenn ich weiß, ob ich's nehme.«

»Du brauchst das Geld, Duffy.«

»Weiß ich.«

Duffy Security hatte drei reichlich durchwachsene Jahre hinter sich. Duffy war zu einem Zeitpunkt eingestiegen, als Sicherheitstechnik bereits eine florierende

Branche war. Interessierte Kunden brauchten nur das Branchenbuch aufzuschlagen, um unter einer riesigen Zahl Firmen auszuwählen; selbst wenn der eigene Name eingerahmt und eigens hervorgehoben war, trat man immer noch mit genügend besser bekannten Organisationen in Konkurrenz, die jede Art von Kundendienst anbieten konnten – motorisierte Patrouillen, Geldtransporte, Hundepatrouillen, Wach- und Schließmänner, automatische Überwachungssysteme, Personalüberprüfung. Duffy besaß keinen Hund, aber immerhin einen Kombi; abgesehen von einem Anrufbeantworter und einem Freund, der einmal im Monat kam, um ihm bei der Buchhaltung zu helfen, hatte er auch keine Mitarbeiter.

Was Duffy sehr wohl besaß, war eine Menge fachmännischer Erfahrung und einen überaus praktischen Verstand. In einer Anzeige war das jedoch nicht unterzubringen. Wer nach einem Sicherungsdienst suchte, ging selbstverständlich davon aus, dass die Größe der Firma auch ihre Wirksamkeit anzeigte. In Wirklichkeit waren die großen Läden, wie Duffy nur zu gut aus seiner Zeit bei der Truppe wusste, immer von entlassenen Häftlingen und Spitzeln unterwandert; ein Hunderter an der rechten Stelle konnte einem eine Menge Information kaufen, wenn man sich zufällig mit dem Überfallen von Werttransporten beschäftigte.

Die einzige Möglichkeit, auf diesem Gebiet halbwegs erfolgreich zu sein, so viel wusste Duffy, bestand darin, möglichst effizient zu arbeiten und dann auf die Unterstützung durch Mundpropaganda zu hoffen. Es gab keine wirksame Möglichkeit der Werbung. Genauer gesagt, es gab wohl Möglichkeiten, aber die waren nicht zu realisieren. Eine bestünde darin, mehrere Gauner, die dank seiner Systeme geschnappt worden waren, dazu zu bringen, dass sie etwa sagten: »Ohne Duffy Security wäre ich noch immer draußen beim Einsacken.« Aber selbst alte Knackis hatten ihren Stolz. Oder er hätte Firmen, die er beraten hatte, einspannen können: »Seit wir uns an Duffy Security gewandt haben, gab es keinen einzigen Einbruch mehr.« Doch alles, was in diese Richtung ging, wäre eine Herausforderung für jeden, der in der Branche tätig war.

Und so hörte Duffy täglich sein Band ab, übernahm die meisten Aufträge, die ihm angeboten wurden, und hielt sich grade so über Wasser. Bei dem Auftrag, den ihm dieser McKechnie anbot, wusste er nicht so recht, aber er würde erst mal mit dem Knaben sprechen. Er sagte:

»Wann fängt denn deine Schicht an?«

»Um drei. Drei bis elf.« Es war die Schicht, die Carol am meisten hasste. Den ganzen Nachmittag und frühen Abend passierte so gut wie nichts, und dann, kaum dass man rechtschaffen müde war, gab's aller Wahrscheinlichkeit nach Ärger.

»Ah, die alte Scheißschicht.«

Duffy stand vom Tisch auf und ging zu dem Einbauschrank am anderen Ende des Zimmers hinüber. Einem Fremden wäre Duffys Wohnung ziemlich leer vorgekommen. Auch Duffy kam die Wohnung ziemlich leer vor. Seit dem zweiten Einbruch war sie so geblieben.

Beim ersten Mal hatten sie ihm nur den Fernseher und seinen Elektrorasierer genommen. Ihm machte im Grunde nur die Peinlichkeit zu schaffen, besonders die kleine Meldung im *Evening Standard* mit der Überschrift EINBRUCH BEI SICHERHEITSEXPERTEN. Einen neuen Fernseher hatte er sich ohnehin anschaffen wollen; und um den Dieben zu beweisen, dass ihm eigentlich nichts abging, rasierte er sich fortan wieder nass.

Als er das zweite Mal ausgeraubt wurde, waren sie gekommen, um den Rest abzuholen: Sie hatten einen Laster mit der Aufschrift SELBST IST DER MANN und nahmen seine Möbel, seinen Elektroherd, seinen Kaminvorleger, sein Radio, seinen neuen Fernseher, seinen elektrischen Teekessel, seinen Kleingeldvorrat und sogar die Topfpflanze mit. Zurück ließen sie nur seinen Teppichboden, die Aschenbecher und sein Bett. Warum hatten sie das Bett nicht mitgenommen?

Das Erste, was Duffy bei der Gelegenheit getan hatte, war, bei der Nachrichtenaufnahme des *Standard* anzurufen und mit einem alten Freund zu sprechen. Er tauschte die Story von seinem Einbruch – die früher oder später doch zur Zeitung gedrungen wäre – gegen eine kleine Geschichte, die er vor ein paar Tagen mitbekommen und die man unauffällig vertuscht hatte, nämlich von einem Richter, der im Suff Auto gefahren war. Erst danach rief er die Polizei an, in Erwartung der unvermeidlichen Frotzeleien, wenn er ihnen sagen musste, womit er seinen Lebensunterhalt verdiente.

Duffy hatte gar nicht so sehr viel gegen die Einbrüche. Er kaufte gern neue Möbel, und die Versicherung hatte beide Male bezahlt, ohne um Kleinigkeiten zu feilschen. Außerdem war Duffy sowieso der Ansicht, dass eine Versicherung der beste Schutz war. Als er damit anfing, seine Kunden zu beraten, wie sie ihr Haus und ihr Geschäft schützen sollten, bot er ihnen jeweils vier Möglichkeiten zur Auswahl. Der beste Schutz bestand in einem allumfassenden Versicherungspaket. Dann kam ein kompliziertes Netzwerk aus Lichtschranken und Sensoren, das so empfindlich reagierte, dass es schon losging, wenn der Nachtwächter nur furzte. Die dritte Möglichkeit war die gängige Einbruchssicherung, die Sorte, die ein Einbrecher trainingshalber mit geschlossenen Augen lahmlegte. Als Letztes kam eine weiße Sperrholzkiste, auf der in Rot DUFFY SECURITY – ein Totenkopf und ein gezackter Blitz aufgemalt waren. Man brachte die Kiste mit ein paar toten Drähten hoch oben an der Stirnseite seines Hauses an. Nach dem Kosten-Nutzen-Prinzip konnte Duffy das vierte System empfehlen; allerdings nur, bis er aus dem komischen Ausdruck in den Augen seiner Kunden entnahm, dass sie die Wahrheit gar nicht hören wollten. Sie wollten das gesagt bekommen, was sie gerne hören wollten. Von da an sagte er ihnen auch genau das.

»Sehen wir uns heut Abend?« Duffy stellte die Frage so beiläufig wie möglich.

»Ach, nein, lieber nicht, Duffy. Nicht zwei Nächte hintereinander. Das wäre dann doch zu sehr wie in alten Zeiten, was?«

»Also gut. Bis dann.«

»Bis dann.«

Duffy zog die grüne Veloursledrjacke mit dem

großen Plastikreißverschluss an und ließ Carol allein zu Ende frühstücken.

Um halb zwölf kam er bei McKechnies Büro in der Rupert Street an. Zwischen einem dichtgemachten Pornobuchladen und einem 24-Stunden-Minicar-Service fand er einen Eingang, zwei schmuddelige Plastikstreifen an der Seitenwand versprachen GLOBAL PRODUCTION (LONDON) OHG und MCKECHNIE IMPORTE. Er ging in den ersten Stock hinauf, stieß eine Tür auf und sah sich einer hausbackenen Sekretärin mit langem Rock und einem großen Silberkreuz gegenüber; sie las in einer Illustrierten. Sie ließ ihm alles angedeihen, was sie auf der Sekretärinnenfachschule gelernt hatte, doch ihr Gesicht verriet, dass sein Erscheinen in diesem Büro einen Tageshöhepunkt bedeutete. Besucher waren offensichtlich ebenso rar und faszinierend wie Weiße an den Quellen des Limpopo.

»Mr McKechnie ist im Moment noch etwas beschäftigt, aber ich will mal nachsehen, wann er Zeit für Sie hat«, sagte sie.

»Er sagte halb zwölf«, sagte Duffy. »Es ist halb zwölf. Wenn er zu tun hat, dann verzieh ich mich wieder.«

»Oh, ich bin sicher, er kann Sie schnell mal dazwischenschieben«, lächelte sie und drückte auf den Sprechknopf. »Mr McKechnie, hier im Empfang ist ein Mr Duffy, der Sie gern sprechen möchte. Danke, Mr McKechnie. Mr Duffy, wenn Sie bitte da langgehen wollen, es ist diese Tür dort.«

Duffy sah sich im Büro der Sekretärin um. Es hatte etwa die Größe einer Besenkammer und war vollgestellt mit Aktenkästen und Stahlschränken. Es gab nur zwei Türen – die eine, durch die er gekommen war, und eine gegenüber. Vielleicht gab es ja Kunden, die der Meinung waren, dass McKechnie sein Büro auf der Treppe draußen hatte oder so.

Als er die Hand auf die Türklinke legte, sah er sich noch mal im Büro der Sekretärin um.

»Das ist der Empfang?«

Sie lächelte und nickte.

»Nur 'ne Frage.«

McKechnie erhob sich, um Duffy die Hand zu geben. Er war etwas erstaunt, weil der Sicherheitsmensch so klein war; aber er wirkte immerhin kräftig. Etwas angeschwult wirkte er allerdings auch in McKechnies Augen. Der goldene Ohrstecker war doch seltsam. War das nun nur ein modisches Accessoire oder irgendein sexuelles Signal? McKechnie kannte sich nicht mehr aus. Früher wusste man genau, woran man war: Die Codes waren festgelegt, man konnte genau sagen, wer es tat und wer nicht, wer einer war und wer nicht. Selbst noch vor ein paar Jahren konnte man nicht völlig in die Irre gehen; aber heutzutage gab es nur eine Methode, um sicherzugehen, wer was war und wer was tat: Man bat seine Sekretärin, einem die Brille zu putzen, und die zog sich dann zu dem Zweck den Schlüpfer aus.

Duffy hielt sich mit einem Urteil über McKechnie zurück. Bis jetzt war er nur ein weiterer Kunde – ein weiterer rotgesichtiger Mann in mittleren Jahren, der ehrlich war oder auch nicht, der sich nur kostenlose Tipps erschleichen wollte oder auch nicht, der seine im Augenblick nicht sonderlich wertvolle Zeit vergeudete oder auch nicht. Er hörte zu, als ihm McKechnie die erste Hälfte der Geschichte erzählte, die mit dem Überfall: McKechnie war erleichtert, weil Duffy nicht grinste, als er ihm von dem Kater erzählte. Duffy fand das tatsächlich sehr lustig – er hatte schon so viel Übles gesehen, das Menschen zugestoßen war, dass für Tiere nicht mehr viel Platz blieb –, verkniff sich das Lachen aber, weil er im Augenblick beinah jeden Kunden brauchte, den er kriegen konnte. Dann erzählte ihm McKechnie von Sullivan und West Central und den dreihundertfünfzig Pfund. Er wartete auf einen Kommentar.

»Und warum kommen Sie damit zu mir?«

»Ich habe mich umgehört.«

Immerhin hatte er nicht gesagt, er hätte Duffys Namen mit einer Stecknadel aus dem Telefonbuch gefischt.

»Und was soll ich Ihrer Meinung nach tun?«

»Das weiß ich noch nicht. Ich wollte erst mal hören, was Sie sagen.«

»Nun, ich würde sagen, Sie haben zwei Probleme, die möglicherweise zusammenhängen, vielleicht aber auch nicht. Einmal das, was in Ihrem Haus passiert ist, und dann die Anrufe. Ich muss zugeben, die Idee ist mir bisher noch gar nicht gekommen, eine Erpressung andersrum anzugehen. Ziemlich raffiniert.«

»Was soll das heißen?«

»Das soll heißen, dass bei einer Erpressungsgeschichte normalerweise so ein Brutalo vorbeischaut und Ihnen die Gebühr und das Lieferdatum angibt und dann sagt, was Ihnen zustößt, wenn Sie nicht liefern – das Haus wird in Brand gesteckt, der Hund abgeschlachtet, das Kind entführt oder sonst etwas in der Art. Dann denken Sie eine Zeit lang drüber nach und tun dann gewöhnlich, was sie verlangen. Und wenn Sie dann nach einiger Zeit, nach ein paar Lieferungen, nicht mehr zahlen, beschließen die, es Ihnen mal zu zeigen, aber Sie haben schon damit gerechnet und vielleicht schon die Bullen bestellt oder sonst was. Doch bei der Variante hier schlagen die erst mal zu, wenn nämlich noch überhaupt niemand damit rechnet, dann lassen sie den Kunden schmoren und nennen schließlich den Tarif. Ein ganz anderes System ist das, nicht so vorhersehbar, und hat außerdem den Touch des leicht Verrückten. Der Kunde – in dem Fall also Sie – denkt, um Himmels willen, wenn die meine Frau schon anschlitzen, bevor ich noch nicht einmal etwas nicht tun konnte, was die verlangten, was wird dann erst passieren, wenn ich *wirklich* etwas getan habe, das ihnen nicht gefällt; wenn ich beispielsweise nicht bezahle. Ihr Erstschlag bringt sie also schon ganz schön weit.«

»Aha. Und wer wäre dann dieser Salvatore?«

»Keine Ahnung. Ich kannte den alten Salvatore vom Sehen. Man konnte ihn in italienischen Restaurants herumsitzen sehen, wo er wie ein Mafioso wirken wollte. Kam rein, setzte sich hin, sagte kein Wort, aß sein Essen, trank seinen Wein, stand auf, ging raus. Sehr distinguiert, ein wenig finster, schwarzer Anzug, Pfeffer-und-Salz-Schnurrbart. Die anderen Gäste hielten ihn alle für einen großen Fisch im Schutzgeldgeschäft. Dabei war er ein eher kleiner Fisch in dem Geschäft, hatte daneben wohl auch mit Rauschgift zu tun und ein paar Mädels laufen. Paar Restaurants hatte er wohl wirklich in der Mangel, aber in den anderen, na ja, da ließ er anschreiben, und am Monatsende schickten sie ihm dann die Rechnung. Er war ein lustiger alter Knacker, das steht fest; wirklich ein Original. Es klingt fast so, als hätte ihn dieser Typ hier gekannt oder einen Teil seiner Piste von ihm geerbt; vielleicht gefällt ihm auch bloß der Stil. Nach dem, was Sie erzählen, scheint er Sinn für Humor zu haben.«

»Sein Humor ist aber nicht unbedingt meiner. Und wie steht es mit dem zweiten Teil meiner Geschichte?«

»Schwer zu sagen. Da ist alles drin, von schlichter Unfähigkeit bis zu fetter Korruption. Dass die Jungs drei Lieferungen nacheinander verpassen, kann ich mir nicht vorstellen. Es sei denn, dass das Niveau seit meiner Zeit schwer nachgelassen hat. Was das aber nun zu bedeuten hat, ist wieder eine andere Geschichte. Der Knabe in West Central will Ihnen vielleicht bloß beibringen, dass ihm Ihre Sache gestohlen bleiben kann: Er hat keine Zeit, er hat keine Leute, Ihre Probleme sind ihm nicht wichtig genug.«

»Ich wusste gar nicht, dass die Polizei so was tun kann.«

»Theoretisch können sie das auch nicht. Sie sind zu Nachforschungen verpflichtet. Aber sie haben auch ganz praktische Probleme. Verständlich, wenn sie sich hauptsächlich um die großen Fische kümmern und der Kleinkram nur drankommt, wenn man da mit einiger Sicherheit auch jemand verhaften kann.«

»Das ist also Kleinkram? Meine Frau musste mit dreizehn Stichen genäht werden, und ich zahle alle zwei Wochen einen Hunderter?«

»Nun, Mr McKechnie, groß und groß ist nicht immer dasselbe. Und dann gibt es vielleicht noch ein paar weitere Möglichkeiten.«

»Zum Beispiel?«

»Dass der Knabe in West Central alles genau im Auge behält, aber den Zeitpunkt zum Eingreifen noch nicht gekommen sieht. Er wartet, dass alles schwillt wie eine große Eiterbeule, bis er dann kommt und sie zum Platzen bringt. Manche Leute nennen das den romantischen Ansatz bei der Polizeiarbeit. Andere sprechen vom faulen Ansatz. Und dann natürlich ...« Duffy stockte.

»Ja?«

»Gibt's da noch 'ne Möglichkeit. Dieser Bursche ...«

»Sullivan?«

»Ja, Sullivan – der denkt sich vielleicht, dass das eh alles eine private Angelegenheit ist, dass es sich nur um Territorialkämpfe auf der Piste handelt. Wie steht's damit, Mr McKechnie?«

»Was soll denn das schon wieder heißen?«

»Ich kenne Sie ja nicht. Soweit ich sehe, sind Sie ein ganz gewöhnlicher Geschäftsmann, der mit Pappnasen oder so Zeug handelt. Wenn Sie allerdings 'ne Latte hätten, dann wäre es etwas anderes ...«

»Eine Latte?«

»Ich hoffe doch, Sie haben keine Vorstrafen, Mr McKechnie?«

»Das hoffe ich auch. Nein, habe ich natürlich nicht.«

»Gut. Dann bleibt uns nur die letzte Möglichkeit, die

für keinen von uns besonders einfach wäre. Dass dieser Sullivan mit dem, der sich als Salvatore ausgibt, unter einer Decke steckt.«

»Und was würden Sie tun, wenn das der Fall wäre?«

»Dann würde ich Ihnen nahelegen, alles so schnell wie möglich zu verscherbeln und sich selber sehr dünn zu machen, Mr McKechnie. Einem aufstrebenden Schutzgeldeintreiber und einem blinden Polizisten empfiehlt es sich nicht, in die Quere zu kommen.«

»Doch sicher können wir uns noch nicht sein, nicht wahr, Mr Duffy?«

»Nein, zum Glück nicht.«

»Und bis dahin?«

»Und bis dahin könnte ich für Sie ein wenig rumhorchen. Ich glaube nicht, dass ich – oder in dem Fall Sie – in den zweiten Bereich allzu forsch vorstoßen sollten. Wenn man es mit einem gekauften Bullen zu tun hat, gibt's nur eine Regel: Finger weg!«

»Und wie steht es mit dem ersten Bereich?«

»Viel ist es ja nicht bisher. Wir haben einen Kleinen und einen Langen bei Ihnen zu Hause; einer davon mit einem Stanleymesser. Keine Fingerabdrücke. Einer etwas durchgedreht, so wie sich's anhört. Wir haben einen fetten Burschen mit Brille und rötlichen Haaren bei der Shaftesbury Avenue. Und wir haben die Stimme am Telefon. Welche Art Stimme, Mr McKechnie?«

»Ziemlich tief. Am Anfang klang es italienisch, inzwischen eher wie Englisch, aber doch nicht ganz astrein. Manchmal klingt es nach einem leichten Akzent, manchmal hat er eine seltsame Wortstellung. Nein, das stimmt nicht ganz, aber zuerst sagte er immer Sachen wie ›Wie Sie sagen würden‹ oder ›Wie heißt das doch bei Ihnen?‹«

»Nicht grade aufschlussreich. Wenn es ihm Spaß macht, sich als Salvatore auszugeben, dann kann er sich mit dem gleichen Vergnügen einen italienischen Akzent zulegen. Sobald es geht, schließe ich ein Tonband an Ihr Telefon an.«

»Was also ist unser nächster Schritt, Mr Duffy?«

»Wir warten die nächsten Anweisungen ab, die für Sie eintrudeln. Die sehen wir uns dann an. Und dann fassen wir weitere Beschlüsse. Bis dahin tigere ich durch die Gegend; vielleicht hör ich irgendwas. Morgen komme ich wieder und mach Ihr Telefon zurecht. Danach sollten wir uns besser nicht mehr hier treffen – für den Fall, dass man Sie beobachtet. Wir halten telefonisch Verbindung.«

Sie feilschten kurz wegen des Geldes. Duffy verlangte dreißig pro Tag und gab sich mit zwanzig (egal wie lang der Tag war) oder drei Pfund die Stunde eines angefangenen Tages zufrieden; U-Bahn-Tickets und sonstige Spesen, die er belegen konnte, gingen extra. Dann bat er um einen Faschingshut und eine Maske.

»Ich fürchte, mit unseren Masken sind Sie nicht gerade bis zur Unkenntlichkeit verkleidet, Mr Duffy.«

»Nur damit ich was in der Hand halte, wenn ich gehe – für den Fall, dass man Sie beobachtet. Damit sehe ich eher nach einem potenziellen Kunden aus, dem man ein paar Muster mitgegeben hat.«

»Stimmt, Mr Duffy. Hätten Sie gern einen Lieferschein?«

»Ja bitte.«

McKechnie stellte den Lieferschein aus. Duffy gab ihm den Zettel mit einem Lächeln zurück. »Spesenbeleg«, sagte er und ging dann. Als er auf die Rupert Street hinauskam, hatte er ein spitzes Clownshütchen in der einen und eine King-Kong-Maske mit Plastikfell in der anderen Hand. Zwei junge Zyprioten lungerten am Eingang zum Minicar-Büro herum, und ein Mann mit ungesunder Blässe im Gesicht entfernte gerade das Eisengitter vor dem Fenster des Pornobuchladens. Wolken zogen auf.

McKechnie hatte Duffy angelogen wegen seiner Unannehmlichkeiten mit dem Strafgesetzbuch. Duffy wiederum hatte McKechnie belogen, indem er vorgab, Sullivans Namen nicht zu registrieren. Er kannte Sullivan. Er kannte Sullivan schon lange. Und die Erinnerung an ihn zerrte die ganzen anderen Erinnerungen mit hervor, die er normalerweise in seinem Hinterkopf weggesperrt hatte und die nur rein zufällig freikamen, oder wenn Carol mal so was zu ihm sagte wie heute Morgen.

Duffy kannte nicht bloß Sullivan. Er kannte West Central wie seine Hosentasche. Drei Jahre war er dort Kommissar gewesen, bevor diese Geschichte passierte, die seine Laufbahn beendete. Ein Jahr hatte er Streifendienst getan, dann zwei Jahre Sitte. Er mochte die Arbeit; mit den anderen Kollegen konnte er sich königlich amüsieren bei der weihnachtlichen extrascharfen Pornofilmvorführung; er hatte die gesamte Piste kennengelernt und auch die Mädchen; mit ein paar von ihnen hatte er sich angefreundet; er wusste, über wen Marihuana lief, über wen Koks und wer mit Heroin zu tun hatte; er bekam wenigstens eine leise Ahnung davon, wie sich die abgeschottete unzugängliche chinesische Gemeinde selbst verwaltete – wann sie sich mit großem Pomp dem weißen Gesetz beugten und wann sie sich keinen nassen Furz drum kümmerten –, und er hatte alles über Erpressung erfahren. Er war dabei, einer der besten Beamten auf der Piste zu werden. Und nicht nur das, auch noch einer der Glücklichsten: Als eine hübsche, rundgesichtige, dunkelhaarige Polizeibeamtin mit irischem Aussehen zu ihnen versetzt wurde, hatte bei seinen Kollegen das übliche Gerangel eingesetzt. Er hatte sich etwas im Hintergrund gehalten, abgewartet, bis sich der Staub verzog, und dann war er mit ihr ins Gespräch gekommen. Und sie mit ihm, und schon ging's los. Es hätte nicht besser laufen können.

Zwei Dinge waren es, die alles verdarben: Ehrlichkeit und Sex. Duffy hatte wie die meisten Polizisten einen etwas flexiblen Wahrheitsbegriff. Den musste man haben, wenn man überleben wollte: nicht als Bulle überleben, sondern in einem selbst. Die Pharisäer, für die Wahrheit unteilbar war, landeten entweder bei der Abteilung für Polizeiliche Selbstkontrolle oder in der Klapsmühle. Die meiste Zeit hielt man sich so eng wie möglich an die Wahrheit, war aber darauf vorbereitet, sich wenn nötig mal nach dem Wind zu richten. Manchmal konnte es beispielshalber nötig sein, eine kleine Lüge in die Welt zu setzen oder den Notizblock ein klein wenig zu frisieren, damit sich nicht etwa eine wirklich große Lüge als Wahrheit ausgeben konnte. Bei solchen Gelegenheiten hatte man kurzfristig ein schlechtes Gewissen, wusste aber genau, dass man keine andere Wahl hatte.

Aber Duffy wusste – wie die meisten Bullen –, dass es irgendwo eine Grenze gab. Wenn man das Protokoll ein wenig frisierte, das Beweismaterial ein bisschen manipulierte, ein Detail übersah, dann wusste man doch immer, warum man es machte: Die Daten wurden im Interesse der Gerechtigkeit bearbeitet. Man tat so was nicht, um befördert zu werden oder aus persönlichen Rachegelüsten gegenüber einem Ganoven oder weil man dafür was bezahlt bekam.

So war es normalerweise, jedenfalls für die meisten Polizisten. Doch nicht für alle. Mancher Bulle war vor Korrupthcit so morsch wie eine gebrauchte Zielscheibe, und die hielten nicht lange aus. Heikel war die Sache bei den Lauwarmen. Wie etwa bei Sullivan. Beim Hauptkommissar wusste man nie so recht. Er hatte nie viel Umgang mit den Kollegen, wirkte immer etwas träg, gelangweilt; er konnte auf genügend Festnahmen verweisen, schien aber immer etwas in der Hinterhand zu behalten. Zum Teil lag das daran, dass er länger als jeder andere auf der Wache war. Er hatte Ausdrücke wie »Meiner Erfahrung nach, Jungs ...« und »Wenn ihr erst mal so lang in West Central seid wie ich ...« und »Also hör mal, Junge, Jasmine hab ich schon hochgenommen, als du noch gar keine Ahnung hattest, was du mit deinem elften Finger anstellen sollst ...« Die meisten der Jüngeren versuchten ihn als Onkelfigur zu sehen, aber es gelang ihnen nicht so recht.

Eines Sommers hatten zwei neue Huren das Geschäft

von einer Loge an der Ecke Bateman Street und Frith aus aufgenommen. Die eine war schwarz, die andere weiß, und sie arbeiteten als Paar, wenn sie auf den Straßenstrich gingen. Mit Straßenstrich war nicht viel los – jedenfalls nicht am helllichten Tag. Doch die beiden waren neu auf der Piste und hatten entweder eine dreiste Vorstellung von Marktwirtschaft oder liefen für einen besonders gierigen Zuhälter, jedenfalls waren sie ständig auf der Straße. Die eine stand Schmiere, während die andere Freier anmachte. Wenn einer sich nicht sofort verzog, sondern noch nicht so recht wusste, zeigte sie auf die andere, die Schmiere stand, und sagte: »Oder möchtest du lieber meine Freundin?« Der zaudernde Macker war geschmeichelt, weil man ihm eine Auswahl bot, und da es ihm beinah unhöflich vorgekommen wäre, beide abzulehnen, traf er in der Regel seine Wahl. Duffy hatte sie mehrfach beobachtet bei diesem Kniff.

Sie wirkten wie zwei hartgesottene Zwanzigjährige, die selbst auf sich aufpassen konnten. Doch wenn sie geschlitzt wurden, bluteten sie wie alle andern. Eines Abends steckte jemand in der Bateman Street sein Messer in das schwarze Mädchen, erst in die Schulter und dann, als sie hinfiel, in den Unterleib, und zwar so nah wie möglich an ihrer Möse. Das Mädchen lag in der Gosse und blutete heftig; dann wurde sie ins Krankenhaus geschafft und zusammengenäht. Duffy erzählte sie, sie habe sich verletzt, als sie eine Dose Baked Beans aufmachen wollte.

Mit Messerstichen in die Nähe der Möse vertreiben Zuhälter andere Zuhälter von ihrer Piste. Man schlitzt nicht den Zuhälter, der könnte sich ja wehren, man schlitzt eins seiner Mädchen. Duffy war nicht sentimental, wenn es um Nutten ging, aber solche Verbrechen mochte er nicht, und deshalb wurde er ziemlich handgreiflich. Er setzte Polly, wie sich das schwarze Mädchen nannte, unter Druck, bis sie ihm den Namen ihres Zuhälters verriet. Dann ging er zu dem Zuhälter und verstärkte den Druck noch etwas. So erfuhr er von einem gewissen Savella, der den Zuhälter in den Wochen vor dem Überfall öfter mal hatte vertreiben wollen.

Nun begann er Savella unter Druck zu setzen, was aber bei Weitem schwerer war als bei dem Zuhälter, weil Savella um einiges schlauer war und die für clevere Gangster nötigen Grundkenntnisse der Gesetze hatte. Duffy ging mehrmals zu ihm und fiel ihm ordentlich auf den Wecker. Er trieb es wie ein arbeitseifriger Bulle. Er fragte Savella, für wen er arbeite. Savella wollte nichts sagen – »Ich selbeständich«, sagte er immer wieder –, doch Duffy zog weiter Erkundigungen ein. Schließlich hörte er einen Namen: Big Eddy. Sonst kein Name, keine Beschreibung. Er fragte weiter. Ihm lag wirklich was an dem Fall.

Dann ließ ihn Sullivan zu sich kommen.

»Sehr weit sind Sie ja nicht gekommen mit dieser Messerstecherei, Duffy.«

Duffy erlaubte sich zu widersprechen. Er hatte den Zuhälter aufgetan, dann Savella und jetzt immerhin den Namen Big Eddy. Er hatte mit einigen neuen Leuten Kontakt aufgenommen. Vielleicht erzählten die Mädchen noch mehr. Er glaubte jemand an der Hand zu haben, der etwas wusste, womit man Savella die Daumenschrauben anziehen konnte.

»Meiner Erfahrung nach wird nichts aus dem Fall«, sagte Sullivan.

Duffy erlaubte sich zum zweiten Mal zu widersprechen. Er habe schon Fälle gehabt, wo er mit viel weniger Material als jetzt weitergemacht habe.

»Ich wiederhole«, sagte Sullivan und fixierte Duffy mit zwei kleinen, krötenhaften Augen, dem einzig Lebendigen in seinem schwammigen leblosen Gesicht, »meiner Erfahrung nach wird nichts aus dem Fall.«

Duffy wusste natürlich, dass dies einer der Fälle war, in denen er sich nach dem Wind richten sollte, einer der Fälle, in denen man mit den Schultern zuckt und sagt »Bloß 'ne Nutte« – und in diesem Fall nicht mal eine besonders nette. Dummerweise tat er das nicht. Er machte weiter. Offiziell verstieß er damit gegen keine polizeiliche Vorschrift, denn Sullivan hatte weder die Akte geschlossen noch den Fall selbst übernommen, noch einem anderen übertragen. Doch abgesehen davon hatte Sullivan ihm unüberhörbar befohlen, die Finger von der Sache zu lassen.

Er hatte eben einen neuen Hinweis auf Big Eddy bekommen, als der Teppich unter ihm weggezogen wurde. Was genau geschah und wer der Spitzel war, erfuhr er nie, doch musste der Hinweis aus der Polizeiwache gekommen sein. Dort wusste jeder, dass es im Moment mit Carol nicht besonders lief. Sie durchlebten eine dieser Flauten, in die jeder kommt, wenn man sich ungefähr ein Jahr kennt, wenn sich die Frische ein wenig abgenutzt hat und einen jeder als festes Paar betrachtet, den Hochzeitsmarsch hinter einem herpfeift und mit den Armen Wiegebewegungen macht und man sich plötzlich fragt, ob man überhaupt das Richtige tut. Man würde gern einen Schritt zurücktreten, einen Augenblick nachdenken, um sicherzugehen, dass man den rechten Weg eingeschlagen hat. Duffy hatte das Carol, die annahm, er wolle sie so kurz und schmerzlos wie möglich fallen lassen, beizubringen versucht. Sie würde von niemandem einfach so fallen gelassen. Sie schrie und weinte, und er sagte ihr, dass sie voreilige Schlüsse ziehe, dass ihr Getue hinwiederum eindeutig beweise, dass sie sich Sachen vorgestellt habe, die sie gar nie besprochen hätten, und natürlich liebe er sie noch immer, doch solle sie wirklich mal versuchen, ihre Beziehung aus einem anderen Blickwinkel zu sehen. Aus seinem oder wie?, hatte sie da gesagt.

Schließlich einigten sie sich auf zwei Monate Trennung ohne Bindung, ohne Bett, ohne Beschränkung; danach würden sie weitersehen.

Nach etwa drei Wochen stach Duffy der Hafer. Sie hatten vereinbart, einander für die zwei Monate keinerlei Auflagen zu machen: Sie waren so frei, wie sie wollten. Duffy diskutierte den Fall mit sich selbst und gab dann nach.

Duffys Spezialität war, wie McKechnie vermutet hatte, sein Doppelstecker. Er brauchte keinen Adapter. Mit achtzehn hatte er eine ziemlich schwule Phase erlebt und war dann, als er zur Polizei ging, etwas weniger warmgeworden; seitdem verteilte er seine Gunst relativ ausgewogen zwischen beiden Geschlechtern. Seine Arbeitskollegen schöpften keinen Verdacht, weil er anständig scharf auf Frauen war; die andere Hälfte seiner Vorlieben behielt er mehr oder weniger für sich. Er erzählte Carol davon, die lediglich sagte, ihr Körper sei ihr schon immer etwas jungenhaft vorgekommen, und fragte, ob er es gern sähe, wenn sie sich hin und wieder als Kerl verkleidete. Er sagte, dass es eigentlich nicht darum gehe, freute sich aber über ihre Reaktion.

Als sie sich auf zwei Monate voneinander trennten und Duffy der Hafer zu stechen begann, überlegte er hin und her, auf welchem Ufer er Ausschau halten sollte. Wenn er sich ein Mädchen suchte, musste Carol trotz ihrer Vereinbarung eifersüchtig werden. Wenn er sich einen Kerl suchte, dann käme es ihr vielleicht – wie würde sie es nennen? – wie ein Rückfall vor, doch vielleicht würde sie sich weniger bedroht fühlen, wenn er ihr dann davon erzählte. Was den Spaß am Sex betraf, war der Unterschied für ihn nicht allzu groß; wenn es zum Orgasmus kam, war er nicht heikel.

Auf seinem ersten Fischzug ging er in den Caramel Club und brachte einen pausbäckigen Journalisten in seine damalige Wohnung hinter Westbourne Grove. Zwei Nächte später lief er im Alligator ein und brachte einen höflichen Studenten auf, der frisch vom Zug aus Oxford gestiegen war. Beim dritten Mal besuchte er wieder das Caramel, trank ein wenig mehr als sonst und ließ sich von einem hübschen etwa gleichaltrigen Schwarzen mehr oder weniger nach Hause schleppen.

Zehn Minuten später wurde seine Wohnungstür

von zwei ausgewachsenen Polizisten eingetreten, der Schwarze schrie: »Er hat mir Drinks spendiert, er hat mir Drinks spendiert«, und der stärkere der beiden Polizisten packte ihn bei der nackten Schulter, drehte ihn auf dem Bett herum und sagte mit vor Ironie triefender Stimme: »Entschuldigen Sie die Frage, Sir, aber wie alt ist denn Ihr Freund?« Der Whiskynebel in seinem Kopf verflog, als hätte jemand den Dunstabzug angeschaltet, und er wusste, dass er in eine Falle getappt war.

Der Junge war ihm untergejubelt worden; er sagte, er sei neunzehn. Die Polizei nahm eine Adresse auf und riet ihm zu verduften. Sie brachten Duffy auf die Wache und führten ihn vor. Als er ihnen seinen Beruf sagte, drehte sich der eine Polizist um, während der andere Duffy in die Nieren boxte. »Scheiß schwuler korrupter Polizist«, sagte er, und dann »Schwulensau« und boxte ihn wieder.

Duffy wusste, dass es aus war. Er wurde vom Dienst suspendiert und saß Trübsal blasend zu Hause. Schließlich wurde er nach West Central beordert. Und wer sonst als Sullivan verkündete ihm die frohe Botschaft?

»Wenn Sie erst mal so lang dabei waren wie ich, dann kann Sie nichts so leicht erschüttern, Duffy. Außer so was. So was schon. Ich habe mich für Sie eingesetzt, obwohl ich instinktiv dafür wäre, dass Sie es voll abkriegen. Ich habe mit dem Beamten gesprochen, der diesen Fall untersucht, und habe das Bestmögliche für Sie herausgeschlagen; bei Weitem mehr, als Sie verdient hätten. Und ich will Ihnen gleich sagen, ich habe das nicht etwa für Sie getan, sondern für diese Wache. Westbourne Grove wird den Fall also nicht weiter verfolgen; sie sagen, der

Junge könnte einen psychischen Schaden davontragen, wenn er als Zeuge auftreten soll, und deshalb vergessen sie die Geschichte. Und Sie gehen jetzt und kommen in fünf Minuten mit Ihrer Kündigung zurück.«

Es war perfekt eingefädelt. Es zerstörte seine Laufbahn – und seine Beziehung zu Carol. Davon abgesehen wusste Duffy Sullivans Onkeltour wenig zu schätzen, der Carol in sein Büro kommen ließ, um ihr das Vorgefallene zu erklären. Zwei Monate hatte sie sich von Duffy ferngehalten und versucht, das Vorgefallene zu verstehen. Als sie ihn besuchen kam, gab er sich alle Mühe, es ihr zu erklären, aber die Wunden waren nicht verheilt. Sie versuchten miteinander ins Bett zu gehen, um herauszufinden, was das bewirken könnte, aber sie war verkrampft und nervös, und er kriegte keinen hoch. Das Schlafen war dann immerhin ganz schön, und zusammen Aufwachen sowieso. Allmählich kamen sie sich wieder etwas näher, doch nur mehr als vorsichtige Freunde. Carol blieb manchmal über Nacht, doch machten sie im Bett keinerlei Annäherungsversuche mehr. Er kriegte nie einen hoch, wenn sie mit ihm im Bett lag, nicht mal einen unabsichtlichen, schläfrigen Morgenständer.

»Brüderchen und Schwesterchen?«, hatte sie einmal beim Einschlafen zu ihm gesagt. Brüderchen und Schwesterchen, allerdings mit einer verdächtigen Rumtreiber-Vergangenheit. Brüderchen und Schwesterchen mit einer ziemlichen Latte an Vorstrafen.

Duffy hatte allen Grund, sich an Sullivan zu erinnern.

IV

Duffy erwachte aus einem bösen Traum. Es war ein böser Traum, denn das Leben darin war für Duffy nur eitel Glück und Sahnetorte. In seinem Traum war er ein Polizeipräsident, bei dessen Auftauchen alle Verbrecher zur Größe von Ohrwürmern zusammenschrumpften; er brauchte nur mit den Fingern zu schnipsen, und schon landeten die Fälle, an denen sich die klügsten Bullen die Zähne ausgebissen hatten, gelöst in seiner Hand. Nach einem derart triumphalen Tag im Büro wurde er heimgefahren zu seinem großen Einfamilienhaus tief in einem Buchenwäldchen, wo Carol und die Kinder auf ihn warteten. Als er das Tor passierte, schoss sein ältester Sohn, ein flachsköpfiger Racker mit Pfeil und Bogen auf das Auto; der Gummisaugnapf am Ende des Pfeils setzte sich an der Radkappe fest, und das Auto rollte weiter wie Boadiceas Streitwagen und köpfte alle Glockenblumen der Auffahrt entlang. Macht nichts, dachte sich Duffy in seinem Traum, Glockenblumen sind nicht auszurotten. Dann erreichten sie das Haus, und Carol wartete auf der Treppe. Als sie durch die Tür traten, zupfte ihn Carol sanft am Ärmel und nahm ihn mit nach oben. Sie zog ihr Kleid aus; darunter trug sie nichts. Duffy schmiss seinen Anzug über einen Stuhl, stieg aus seinen übrigen Sachen, und als er zum Bett kam, wo Carol auf der

Plüschtagesdecke lag, schrie sie auf, als übermannte sie die Begeisterung: »Oh, Duffy, er ist so groß, so groß.«

»AAAAAAAAaaaaaaaaaaaaaaaaaaaaaaaaaaaaaahhhhhhhh …« Er schrie sich wach. Es war einer dieser Träume, in denen man die ganze Zeit weiß, dass es nur ein Traum ist. Normalerweise sind es böse Träume, und man kann sich mit dem Wissen trösten, dass das Gehirn einem für eine Zeit lang übel mitspielt. Wenn man sich jedoch in einem schönen Traum befindet und weiß, dass es nur ein Traum ist, dann spürt man die ganze Zeit eine unterschwellige Bitterkeit und man wacht mit Asche im Mund und mit seltsamen Schmerzen und einem unbezwinglichen Gefühl des Verlustes auf. Man kommt sich vor, als wäre einem Amerika durch die Lappen gegangen.

Duffy lag auf dem Rücken; es schüttelte ihn noch. Aus Neugier hob er die Bettdecke, um zu sehen, ob er einen stehen hatte. Keine Chance. Selbst wenn er träumte, er hätte bei Carol einen stehen, selbst wenn er sie im Traum bumste, wachte er doch mit einer geschälten Garnele und einer Walnuss auf. Keine Chance.

Duffy war keineswegs impotent. Das konnte er dem Unbekannten, der ihn reingelegt hatte, nicht in die Schuhe schieben. Er war nur bei Carol impotent. Zuerst hielt er es für Nachwirkungen des Schocks. Dann begann ihm allmählich klar zu werden, dass er wohl über den Schock hinwegkommen, bei ihr aber noch immer nichts ausrichten könnte. Vielleicht nie mehr. Er hatte versucht, mit ihr im Bett zu liegen und seinem Schwanz den Gehorsam zu befehlen, indem er ihn lautlos anschrie und beschimpfte. Er versuchte die Augen zu schließen und an andere Frauen zu denken, die er gevögelt hatte, und an Männer, die er gebumst hatte, und an die aufregendsten Pornos, die er je zu Gesicht bekommen hatte. Keine Chance. Verzweifelt versuchte er sich eine Erektion zu erwichsen und sich dann Carol zuzuwenden; doch sein Schwanz, ungetreu bis zum bitteren Ende, welkte dahin wie eine Blume in der Abenddämmerung. Keine Chance.

Und das Ende *war* bitter. Wenn man die eine Person, mit der man bumsen will, nicht bumsen kann, dann schmeckt der Spaß am Bumsen mit anderen erst recht nach Ironie. Nach einiger Zeit, und weil Carol ihn drängte, zog er los und versuchte andere Leute zu bumsen. Zu seiner Verzweiflung gab es da kein Problem; zu seiner noch größeren Verzweiflung hatte er immer genügend Spaß daran, um Lust auf ein nächstes Mal zu bekommen. Er bumste unterschiedslos Männer und Frauen, stellte dabei aber fest, dass er sich, ohne es selbst bemerkt zu haben, eine Beschränkung auferlegt hatte: Nie zweimal. Das hübscheste Mädchen, der heißeste Kerl, sie hatten in der Früh zu verschwinden. So sehr sie auch auf ein Wiedersehen drängten, so nett er sie auch fand, nie sagte er: »Also gut.« Nie. Womöglich war es ein Akt der Treue zu Carol, selbst wenn diese Treue der fieberhaftesten Promiskuität abgerungen war.

Was Carol trieb, wollte er nicht wissen. Er fragte sie nicht, weil jede Antwort, die sie geben konnte, schlimm gewesen wäre. Wenn sie mit vielen Kerlen schlief, würde er sich mit Sicherheit ärgern; wenn sie mit nur einem schlief, würde er sich noch mehr ärgern; wenn sie mit gar keinem schlief, würde er sich weniger ärgern, doch käme ihm dann der auf ihm lastende Druck noch unerträglicher vor. Kurz und schmerzhaft gesagt: Duffy litt.

Das Einzige, was einem da heraushelfen kann, ist Arbeit. Bei McKechnies Auftrag hatte Duffy gemischte Gefühle. Es mochte seine inneren Qualen vergrößern, wieder über seine alte Piste zu streifen; vielleicht würde alles nur von Neuem aufgerührt, und er hätte keine Chance, mit all dem zurande zu kommen. Andererseits ergab sich so womöglich die Gelegenheit, mit seiner Vergangenheit ins Reine zu kommen. Und wenn sich die Gelegenheit ergab, und er verpatzte sie?

Jedenfalls gab es Arbeit; damit käme er mehrere Vormittage hintereinander aus seiner Wohnung heraus. Zwanzig pro Tag plus U-Bahn-Tickets. Duffy konnte das brauchen. Seine Aufreiß-Bars hatten plötzlich die Preise erheblich erhöht. Es hieß zwar, das sei der einzige Spaß, der nichts koste, aber das stimmte nicht. Man hatte so oder so dafür zu bezahlen: mit Gefühlen oder zumindest indem man Drinks spendierte, um einer neuen Bekanntschaft auf den Zahn zu fühlen, sie zu taxieren und die gesellschaftlichen Rituale zu absolvieren, die unerlässlich waren, wenn man sich nicht als komplette Nutte fühlen wollte.

Duffy klaubte seinen Heimelektrikerkoffer aus dem Schrank und machte sich zur Rupert Street auf. Er hatte McKechnie bereits angewiesen, einen Recorder und ein paar Kassetten zu besorgen. Im Büro schickten sie Belinda Kaffee holen, und Duffy applizierte am Telefongerät auf McKechnies Schreibtisch einen

Gummisaugnapf. Ein kurzes Kabel verband es mit dem Sony-Recorder in der obersten Schublade.

»Geheimdiensttricks, was?«, sagte McKechnie, der richtig aufgeregt wurde.

»Kinderspielzeug«, versetzte Duffy. »Wenn Sie meinen Satz auf dreißig pro Tag erhöhen, können Sie kostenlos mit Australien sprechen.«

»Ganz so groß sind wir noch nicht, aber wie steht's mit Barnsley?«

»Das ist komischerweise komplizierter als Australien. Das wären vierzig.«

»Sie sind ein harter Bursche, Duffy.« Duffy zuckte zusammen. McKechnie musste den Spruch irgendwo aufgeschnappt haben und meinte wohl, ihn jetzt anbringen zu müssen.

»Also, die Handhabung ist narrensicher. Wenn sich Salvatore meldet, brauchen Sie ganz einfach nur den Aufnahmeknopf zu drücken. Und vergessen Sie nicht, ganz normal zu reden.«

»Was soll ich mit der Kassette machen?«

»Rufen Sie mich an, dann geb ich Ihnen weitere Instruktionen. Ich komme sie aber nicht hier abholen. Am besten, ich überlege mir einen Briefkasten. Oder Sie schicken sie mit der Post.« Der letzte Vorschlag klang nun sehr schlapp, obwohl es vermutlich der sinnvollste war. Duffy musste immer wieder feststellen, dass die Kunden für ihr Geld alle möglichen geheimnisvollen Tricks erwarteten. Sie wollten, dass man mit Walkie-Talkies rumspielte, wenn eine öffentliche Telefonzelle einfacher war; die Scheiben am Auto sollten alle geschwärzt sein, obwohl man damit das verdächtigste Fahrzeug auf der Straße bekam; sie wollten tote Briefkästen hinter Pissbecken einrichten und falsche Schnurrbärte tragen und komplizierte Teleobjektive kaufen, mit denen sie dann nicht klarkamen. Was sie gar nicht schätzten, war ein Detektiv, der sich auf den Hosenboden setzte, sein Gehirn auf ihr spezifisches Problem justierte und dann mit einer Lösung in einem Wort daherkam. Und das Allerletzte, was sie hören wollten, war der Satz: »An Ihrer Stelle würde ich zur Polizei gehen.« Das mochten sie ganz und gar nicht. Kunden, überlegte Duffy, waren blöd.

Duffy lehnte das Angebot einer zweiten King-Kong-Maske ab (er mochte einfach keine mehr mit rumschleppen, doch um die Moral seines Kunden zu heben, sagte er: »Nein, es ist die bessere Tarnung, wenn ich diesmal *keine* habe«) und trat auf die Rupert Street hinaus. Der bleiche Mann mit dem Pornobuchladen hatte eben das Gitter vom Fenster genommen und murkste an der Neonanzeige herum. Bisher war nur BU H zu lesen.

Duffy holte Luft, lief zur Shaftesbury Avenue vor, überquerte sie und fand sich wieder auf der Piste, wo er drei Jahre gearbeitet hatte. Er war ein paar Mal zurückgekommen, in ein Restaurant oder Ähnliches, aber immer am Abend, im Schutz der Dunkelheit. Jetzt kam er sich weniger geschützt und leichter erkennbar vor. Er tauchte in eine Kaffeebar ab. Über einem Cappuccino sprach er sich Mut zu. Vier Jahre waren eine lange Zeit: Huren ändern sich, Verbrecher, sogar die Bullen ändern sich. So schlecht das war, wenn man etwas ermitteln wollte, so gut war es, wenn man nicht erkannt werden wollte. Außerdem sah er inzwischen anders aus. Früher waren es zweiteilige Anzüge von Burton's und Hepworth's gewesen und allenfalls ein Sportjackett, wenn er mal lockerer daherkommen wollte. Heute kleidete er sich im Westernstore, auf Straßenmärkten, mit Velours und Leder und ausgebleichten Jeans ein; seine Haare waren auf der Seite erheblich länger, oben dafür als Bürste geschnitten; manchmal trug er auch eine Sonnenbrille mit hellgelben Gläsern.

Und um den Gesamteindruck abzurunden, musste er wie ein Freier herumspazieren. Freier gingen auf zwei Arten – sehr schnell, als müssten sie in zwei Minuten einen Zug erreichen und könnten die Goldene Meile gar nicht schnell genug hinter sich lassen, und sehr langsam, als hätten sie vor einer Verabredung Zeit totzuschlagen, als wäre das der einzige Grund, weshalb sie sich in der Gegend herumtrieben. Gleich welcher Methode sie sich verschrieben hatten, stets hielten sie den Kopf etwas gesenkt; sie sahen keinem ins Gesicht und glaubten ernsthaft, so würde keiner bemerken, wie sie schräg in die Schaufenster der Pornobuchläden schielten. Die Leute, die in gewöhnlichem Tempo und mit erhobenem Kopf gingen, den anderen beim Vorbeigehen direkt ins Gesicht sahen, waren die Leute, denen hier alles gehörte: die Ladenbesitzer, die Nutten, die Zuhälter, die Wirte, die Ganoven und die Bullen.

Als Polizist war Duffy hier wohl bewandert gewesen. Er wusste, wie der Laden lief, wie man sich durchschlug, wo die entscheidenden Fäden verliefen. Man musste es sich langsam aneignen, hörte manches von den Kollegen, aber genauso wichtig war, was man selbst herausfand, und dass man mit der Gegend nicht bloß äußerlich, sondern möglichst auch gefühlsmäßig vertraut wurde. Man lernte, den Pulsschlag zu spüren. Das war nicht die Hauptsache am Beruf des Polizisten: Man konnte sich nicht einfach mitten in Soho aufbauen und wie Maigret mystisch die Luft einziehen, um dann loszustürzen und einen Verbrecher zur Strecke zu bringen. Es war nur Hintergrund; man musste wissen, wo man war. Doch für Duffy war es die alles entscheidende Voraussetzung für seine Arbeit.

Er trank seinen Kaffee aus und ging hinaus, um sich mit der alten Piste wieder vertraut zu machen. Er lief die Old Compton Street entlang, die Greek Street hoch, die Frith zurück, Dean hoch, durchquerte kleine Höfe und Gassen bis zur D'Arblay, zur Broadwick (an West Central auf der anderen Straßenseite vorbei), hinunter zur Brewer, die entlang bis dahin, wo sie sich fast mit der Berwick trifft, in dem übel riechenden Wirrwarr aus Straßenmärkten, Hostessen-Agenturen und Kinos, vorbei an Raymond's Revuebar und wieder zurück in die Dean. Er aß Lasagne und einen grünen Salat in einem Café an der Ecke und stellte fest, dass er für den Tag noch beinah achtzehn Mücken übrighatte. (Nach einigem Gemaunze hatte ihm McKechnie siebenundfünfzig Pfund Vorschuss gewährt.)

So wie es aussah, hatte sich in den vier Jahren manches verändert. Es gab mehr Buchläden als früher und mehr Sexshops mit Gummigurken im Schaufenster.

Massagesalons schienen sich im Wesentlichen behauptet zu haben. Strip-Clubs waren etwas zurückgegangen, vor allem zugunsten von Pornokinos. Noch vor wenigen Jahren hatte es in Soho normale Kinos gegeben, sie brachten einfach nur die weniger anständigen Filme der regulären Verleiher: *Prince Denmark – der Bohrer aus dem hohen Norden, Nachtschwestern, Feuchte Lippen, Trick 69, Aufruhr im Frauencamp* und ähnliche Kaliber. Wenn man es ein paar Grad schärfer wollte, kam nur der Compton Cinema Club in der Old Compton Street infrage; und wenn man danach noch immer nicht zufrieden war, standen da, mit etwas Glück, beim Herauskommen ein oder zwei Schlepper auf dem Gehsteig, die einem einen echten Porno anboten. Jetzt aber gab es ganze Ketten von Cinema-Clubs, die sich Extra-Scharf, Bumsfidel, Hardcore, Liebesnest, Blue Movie oder einfach Tabu nannten und mit knalliger Außenreklame für superscharfe Filme für alle über achtzehn warben.

Die Hitze des frühen Nachmittags machte Duffy nicht unbedingt geil, aber er wurde doch ein wenig neugierig. Mit gesenktem Kopf betrat er einen Pornobuchladen an der Ecke der Greek Street. An der Kasse saß ein mediterran wirkender Jugendlicher, der die Rennberichte studierte und ein kleines Regal mit Pornofilmen bewachte. In zwei Ecken des Ladens befanden sich Gestelle für Magazine, die nach Kundeninteressen sortiert waren. Die größte war die Hetero-Abteilung; dann kam Homo; dann Leder und Sadomaso und Fesseln und Busen und Nymphen; zuletzt noch ein paar Regale mit Taschenbüchern. Die Verkaufspraxis in den Läden hatte sich nicht geändert: Die britischen Magazine waren offen, damit sich die Interessenten unverbindlich ein Bild machen konnten – *Rustler* und *Rapier* und *Playbirds* und *Lovebirds* und *New Directions* und *QT* sollten sie erst einmal anmachen –, während die teureren amerikanischen Importe verschweißt blieben, damit es so aussah, als wäre das noch viel geileres Zeug. Duffy lächelte über dieses hoffnungslos selbstbetrügerische Spielchen, für das die Spanner nach wie vor zu kriegen waren, weil sie nach wie vor auf das heiße Titelblatt, den überhöhten Preis und den Plastikverschluss vertrauten. Er schaute sich kurz in der Abteilung der Busen-Magazine um, deren Verleger sich mit dem Titel immer etwas mehr Mühe gegeben hatten. *Monstermöpse* stand immer noch gut da, stellte er fest, und auch *Silicon Mountains*; außerdem gab es ein Heft namens *Dicke Berta,* bei dem Titten etwas vom Charme der Krupp-Kriegsmaschinerie bekamen; schließlich noch *Milchmädchen.* Duffy erinnerte sich an eins, das erst vor ein paar Jahren herausgekommen war und das ihn damals gereizt hatte: *Charlies Tanten*; es hatte nach wenigen Nummern aufgegeben – die Spanner meinten wahrscheinlich, dass sich dahinter ein Muschikatalog mit reiferen Damen verberge. Vielleicht war der Branche auch einfach die Phantasie ausgegangen, sinnierte er.

Gleich neben der Abteilung Fesseln – ein paar Exemplare von *Lust in Ketten* und ein oder zwei von *Hörig* – war ein Gang, der zu mehreren Kabinen führte. Ein Schild verkündete 10P EXTRASCHARFE PORNOKURZFILME KASSE WECHSELT. Das war neu für ihn. Er ließ sich an der Kasse Kleingeld geben und setzte sich in eine der Kabinen; auf die Tür war ein abgerissenes Stück der Verpackung des Films geheftet: »LESBO-LIEBCHEN – Zwei Mädchen ganz allein mit ihren Lüsten und Lastern gehen zum Reiten und merken, was drunter alles abgeht!!!«

Duffy setzte sich auf die Bank und spielte mit den Münzen. Es gab keinen Riegel an der Tür; man hielt sie mit dem ausgestreckten Fuß zu, während man den Film sah, der auf das weiße Brett auf der Rückseite der Tür projiziert wurde. Duffy gab der Tür einen Tritt, konnte dann aber nicht sehen, wohin er das Geld stecken sollte. Er öffnete die Tür wieder und entdeckte eine metallene Kiste in der Nähe seiner rechten Hand. 10p, und der Film ging los. Ein dickes schwarzes Mädchen saß in der Badewanne und seifte sich ein, vor allem Scham und Titten. Der Film hörte auf. 10p, und das Mädchen nahm den Duscharm und brauste sich die Titten ab, brauste sich die Scham ab und verdrehte dabei die Augen. Das Bild war ziemlich unscharf, aber vielleicht würde es im weiteren Verlauf interessanter werden, dachte Duffy. Wo war das andere Mädchen und wo das Pferd? 10p, und das Mädchen war noch immer im Bad, seifte sich wieder Scham und Titten ein. Ob der Film von epischem Atem getragen oder mit den zweiten 10p bereits an sein Ende gekommen war und wieder neu angefangen hatte, wusste Duffy nicht so recht zu sagen. Seine Aufmerksamkeit ließ allmählich nach. Das Licht aus dem Projektor beleuchtete die Kommentare, die frühere Kunden auf die »Leinwand« gekritzelt hatten:

BUMSDUMM hatte einer geschrieben, und ein anderer HERTHA-FRÖSCHE.

Als er aus seiner Kabine kam, glitschte ihm ein Absatz leicht weg. Mit seinem reichlichen Kleingeldvorrat versuchte er es in einer anderen Kabine. Diesmal waren es zwei Mädchen, die einander etwas lustlos küssten. 10p, und sie fingen an, sich gegenseitig die Titten zu bearbeiten, als würden sie Silber putzen. Duffy überlegte – war es das wert, hier noch mal 10p zu riskieren? Warum nicht, dachte er, das geht auf McKechnie. 10p, und die Mädchen griffen einander in die Weichteile und spielten mit aufgerissenen Mündern Begeisterung und Überraschung. Das Bild war hier schärfer, und Duffy stellte fest, dass seinem Schwanz die Vorstellung recht gut gefiel. 10p, und die Mädchen lagen aufeinander. Das brachte nicht so arg viel. 10p, und ein magerer Kerl sprang aus der Dusche, und die Mädchen machten »Iiiih!« 10p, und der magere Kerl begann ihnen den Hintern zu versohlen. Das machte jetzt keinen Spaß mehr; sein Schwanz sagte ihm, er habe genug.

Als er aus dem Buchladen kam, sprang ein Mädchen auf ihn los. Sie war ein pummeliges, adrettes Mädchen mit runder, goldgefasster Brille. Sie baute sich vor ihm auf und heftete ihm einen Button ans Revers. Er linste an sich herunter und las die Aufschrift »Schönen guten Tag«. Sie zirpte:

»Wir helfen armen Kindern in aller Welt. Sie wollen doch sicher auch etwas spenden.«

Ihr Ton war munter, höflich und bestimmt. Man konnte ihr nicht böse sein. Duffy konnte. Scheiß Betschwestern, dachte er, können nicht mal die armen schuldbewussten Spanner in Ruhe lassen. Er machte den Button wieder los und wollte ihn ihr zurückgeben; doch schon zog sie eine Platte aus der Umhängetasche.

»Wir helfen armen Kindern. Sie möchten doch bestimmt was spenden«, wiederholte sie.

Duffy trug sein Herz auf der Zunge. »Scheiß Betschwester«, sagte er, ließ den Button fallen und wandte sich ab. Als er wegging, haute sie ihm die Schallplatte über den Schädel.

Auch das war neu, stellte er fest. Ein Stück weiter die Straße hinunter kam er an ein paar extrascharfen Pornofilmclubs vorbei (die würde er sich für ein andermal aufheben) und stieß dann auf eine weitere Neuerung. PEEPSHOW, hieß es da, NACKTE GIRLS TANZEN LIVE FÜR SIE AUF DER BÜHNE. Während er sich mit gesenktem Kopf dem Laden näherte, blinzelte er zur Seite: 50p, hieß es da, und LAUFEND NEUE GIRLS. Er lief weiter, machte dann die klassische Spannerkehre, indem er beschleunigte und mit einem Sprung plötzlich in der Tür stand. Er ließ sich für zwei Pfund Kleingeld geben und ging in eine winzige Zelle. Der Riegel hielt gerade noch so gut, dass die Tür nicht einfach aufflog. An der gegenüberliegenden Wand befand sich in Augenhöhe eine etwa briefkastengroße Öffnung. Auf dem Boden lagen Tempo-Taschentücher; einige waren feucht. Aus einer wattstarken Anlage kam Discomusik.

Duffy warf seine 50p in den Schlitz, und vor seinem Gesicht fuhr ein metallener Laden hoch, hinter dem ein kleines Glasfenster hervorkam. Er drückte die Nase ans Fenster und sah ein tanzendes Mädchen. Die Zellen bildeten einen fast vollkommenen Kreis um sie herum und ließen nur eine Lücke für Auftritt und Abgang. Sie war nackt, eher schmächtig, hatte eine deutlich sichtbare Blinddarmnarbe und Brüste, die vermutlich mit Silikon aufgefrischt waren. Sie spielte beim Tanzen mit ihren Titten und rieb sich die Weichteile, wobei sie die Reihe der Sehschlitze im Auge behielt und sich so drehte, dass sie jeweils dem einen zugewandt war, der sich gerade für ein paar Sekunden geöffnet hatte. Duffy investierte weitere 50p in sie, obwohl er einen Teil der ihm zugedachten Zeit damit vertat, zu den anderen Briefkästen mit ihren anonymen Augenpaaren hinüberzusehen.

Er hatte etwa 40p von dem Mädchen genossen, als die Musik plötzlich aufhörte und sie von der Bühne lief. Sofort kam das nächste Mädchen an, das noch im Gehen einen Trainingsanzug abstreifte. Schnell, schnell, sonst werden die Kunden sauer. Die Neue war schwarz und kam Duffy irgendwie bekannt vor. Wie das erste Mädchen war sie mager und hatte einen harten, teilnahmslosen Gesichtsausdruck. Sie tanzte weit besser als ihre Vorgängerin und war überhaupt viel beweglicher. Außerdem war sie sehr viel unanständiger. Wie das vorige Mädchen spielte sie im Tanzen mit Scham und Titten. Doch sie beugte sich auch ganz nach unten und steckte den Hintern in die Luft und zog die Backen auseinander, sodass man Möse und Arschloch sehen konnte. Dann hechtete sie vor einen der Briefkästen, streckte ein Bein hoch in die Luft, den Fuß gegen die Zellenwand gestützt und fummelte mit den Fingern an ihrer Möse herum.

Nach einigen Sekunden tanzte sie wieder weg, versuchte nacheinander die Aufmerksamkeit aller Spanner mit hochgezogenen Läden zu erregen und schien sich schließlich einen von ihnen auszusuchen. Für diesen Glücklichen wienerte das Mädchen, vorausgesetzt dass seine 50p nicht abgelaufen waren, die Fensterscheibe mit ihrer Möse. Dieses widerfuhr Duffy, nachdem er etwa ein Pfund und 30p investiert hatte. Es brachte einen nicht unbedingt hoch (obwohl sicherlich nicht runter), aber ein bisschen komisch war es schon: wie wenn man an der Tankstelle im Auto sitzt, während quietschend die Windschutzscheibe abgeledert wird.

Duffy wusste selbst nicht so recht, warum er auch die vierte 50p-Münze in den Schlitz warf – es war ihm doch klar, dass er den Höhepunkt der Show bereits hinter sich hatte. Bei anderen Männern wäre es die Großzügigkeit des zufriedenen Kunden gewesen, der so oft hereingelegt worden war, dass er für dieses eine Mal seine Dankbarkeit zeigen wollte. Bei Duffy war es bohrender Wissensdrang. Es kam ihm so vor, als hätte er dieses schwarze Mädchen schon mal gesehen. Mit seinen restlichen 50p beschaute er sich nicht ihre Titten oder ihre Möse, sondern ihr Gesicht. Irgendwas daran kam ihm bekannt vor. Dann guckte er weiter und sah es – eine dünne weiße Narbe auf der rechten Schulter. Das war das Mädchen, das vor vier Jahren geschlitzt worden war, das Mädchen, das er im Krankenhaus besucht und etwas unter Druck gesetzt hatte.

Duffy stand draußen vor der Peepshow noch eine Zeit lang herum. Zu lang konnte er das aber nicht machen, fiel ihm ein. Für die gewöhnlichen Passanten war es egal, wenn er an einer Straßenecke in Soho herumstand: Die hielten ihn einfach für einen Zuhälter. Doch die anderen Zuhälter und die Bullen würden sich ihn bald näher ansehen wollen. Nach einer Weile sah sich Duffy deshalb nach einem Café um und fand eins, vierzig Meter weiter. Nicht gerade der beste Platz, aber von dort aus hatte er vielleicht einen ungehinderten Blick. Er saß vor einem Kaffee – die zähe Langeweile der Situation erinnerte ihn an seine Zeit bei der Truppe – und wartete ungefähr eine halbe Stunde. Dann kam die Schwarze aus der Peepshow in seiner Richtung die Straße herunter. Er ließ den Kaffee stehen und ging nach draußen. Zwanzig Meter vor dem Café sprang sie plötzlich in ein Taxi und verschwand.

Duffy fuhr mit dem Gedanken nach Hause, dass sein Job durchaus seine angenehmen Seiten hatte. Er musste unbedingt herausfinden, wie die derzeitigen Machtverhältnisse auf der Goldenen Meile waren: wem was gehörte, wer mit was handelte, wer wo seine Finger drin hatte. Er hätte natürlich Carol fragen können, doch er wollte sie lieber nicht mit hineinziehen, zumal bei einem Fall, der in die Nähe Sullivans führen konnte. Er könnte ein paar der alten Kontakte aufwärmen; mal sehen, ob ihm die Schwarze – wie hieß sie gleich wieder? – helfen würde. Nicht dass er damals besonders nett zu ihr gewesen wäre, als sie sich ihr Unterteil mit einer Dose Baked Beans aufgeschlitzt hatte; aber immerhin hatte er ihr Blumen ins Krankenhaus gebracht. Es gab noch eine andere Möglichkeit – Renée zu besuchen, das heißt, wenn sie noch dabei war. Renée war eine Nutte, mit der er immer prächtig zurechtgekommen war, eine gerissene, sachliche Nutte mit Sinn für Humor; sie ging seit rund zwanzig Jahren auf den Strich und musste auf die vierzig zugehen. Doch über das meiste, was so passierte, wusste sie Bescheid, und sie war bereit, das meiste, was sie wusste, zu versilbern. Falls McKechnie allerdings auch dafür eine Quittung wollte – die konnte er sich ans Bein streichen; Renées Stärke war nicht das Ausstellen von Umsatzsteuerbescheinigungen.

Am anderen Morgen rief McKechnie an.

»Der Preis ist gestiegen«, war das Erste, was er sagte.

Duffy war nicht überrascht. »Wie viel?«

»Hundertfünfzig. Aber ich habe vier Tage Zahlungsfrist. Salvatore meinte, er sei großzügiger Laune.«

»Das gehört dazu«, sagte Duffy. »Haben Sie alles aufgenommen?«

»Ja.«

»Dann machen Sie jetzt Folgendes: Sie drehen die Kassette um und beginnen neu auf der Rückseite. Rufen Sie Sullivan an und nehmen Sie das Gespräch auf. Schlagen Sie ruhig Krach, sagen Sie ihm, dass Sie seinetwegen schon dreihundertfünfzig verloren haben und dass der Preis schon wieder gestiegen ist und dass Sie jetzt endlich Taten sehen wollen. Sagen Sie ihm, Sie möchten sich überzeugen können, dass ein Beamter zusieht, wenn Sie das Geld deponieren. Verlangen Sie eine Beschreibung des Beamten, seinen Namen und seinen Standort, damit Sie überprüfen können, ob Sullivan auch das tut, was er verspricht. Bringen Sie ihn nicht gleich in Rage, aber spielen Sie ihm den aufgebrachten Bürger vor …«

»Ich *bin* aufgebracht«, sagte McKechnie.

»Ja, natürlich; entschuldigen Sie. Aber tun Sie so, als hätten Sie den Kanal endgültig voll und könnten etwas anstellen, was Sullivan nicht schmecken würde. Es soll so klingen, als wollten Sie zu seinen Vorgesetzten oder zur Zeitung oder so was gehen. Ich bin sicher, er wird ganz versessen darauf sein, Sie zu beruhigen. Meinen Sie, Sie können das?«

McKechnie meinte, ja.

»Sobald Sie das Gespräch geführt haben, nehmen Sie die Kassette heraus, stecken sie in einen Umschlag und geben ihn Ihrer Sekretärin. Sagen Sie ihr« (Duffy dachte sich rasch eine Schnüfflertour aus, damit McKechnie das Gefühl hätte, er bekomme für sein Geld auch was geboten), »sie soll um drei Uhr in die Snackbar im Westflügel der Paddington Station gehen. Ich sitze dann mit dem Rücken zur Theke und habe ein großes braunes Paket auf dem Platz neben mir. Sie soll fragen, ob der Platz besetzt sei, und wenn ich ihn frei gebe, soll sie den Umschlag zwischen uns auf die Theke legen. Meinen Sie, dass sie das kann?«

»Bis jetzt hat sie alles so ziemlich richtig ausgeführt, was ich ihr aufgetragen habe.«

»Schön. Oh, und noch was. Ich brauche Geld für gewisse Informationen. Ich will mit einer Nutte sprechen, und Nutten geben, wie Sie vielleicht wissen, keine Quittungen.«

»Wie viel?«

»Weiß nicht. Ungefähr fünfzig.«

»Mr Duffy, ich hoffe, Sie stellen sich nicht als ebenso

große Belastung für meine Mittel heraus wie dieser Mr Salvatore. Haben Sie mich verstanden?«

»Doch, doch. Wollen Sie bitte der Kassette die fünfzig beilegen?«

»Nein. Halten Sie sich an Ihren Vorschuss. Vielleicht sagt sie ja gar nichts.« Das konnte natürlich sein.

»O. K. Und sagen Sie mir noch mal, wie Ihre Sekretärin heißt.«

»Belinda.«

Um drei saß Duffy mit dem Rücken zur Theke in der Snackbar der Paddington Station. Plötzlich klopfte ihm jemand auf die Schulter, und eine schrille Stimme tirilierte:

»Oh, Mr Duffy.«

Er fuhr herum. Die Sekretärin. Er krümmte sich.

»Mr McKechnie hat mich gebeten, Ihnen das hier zu übergeben.« Sie reichte ihm einen braunen Umschlag. »Ich will ja nicht neugierig sein, aber ich glaube, da ist eine Kassette drin.« Dann beugte sie sich zu ihm herüber, lächelte und flüsterte: »Ach, Mr Duffy, ist das alles *aufregend.*«

Hätte Duffy seine King-Kong-Maske und seinen Clownshut bei sich gehabt, dann hätte er gleich beide aufgesetzt, als er aus der Snackbar ging, bloß damit er ja niemandem auffiele.

In seiner Wohnung konnte er feststellen, dass die A-Seite der Kassette keine Überraschungen bot. Duffy ließ sie trotzdem ganz durchlaufen, um sich Salvatores Stimme anzuhören. Sie klang keineswegs so fremdländisch, wie McKechnie sie beschrieben hatte, doch hatte sie die authentische Färbung eines Mannes, der die Fäden zieht und seinen Spaß daran hat. Gegen Ende ihres Gesprächs sagte McKechnie:

»Sie lassen mich zu arg bluten, merken Sie denn das nicht?«

»Ich Sie bluten lassen, Mr McKechnie? *Bluten* lassen? Ich kann Ihnen versichern, das würden Sie ganz anders spüren, wenn ich Sie bluten ließe. Nein, nein. Sie kommen mir nur in meiner etwas ungünstigen Ertragslage zu Hilfe, nichts weiter.«

»Wo soll ich denn in vier Tagen hundertfünfzig Pfund auftreiben?«

Vom anderen Ende der Leitung ein leises Lachen.

»Ach, die Aktionäre geben sich für dieses eine Jahr doch bestimmt mit einer gekürzten Dividende zufrieden.«

»Heißt das, dass Sie mich dann in Ruhe lassen?« Sein Winseln war voller Hoffnung.

»Nein, *das* heißt es nun nicht gerade, Mr McKechnie. Und um der Wahrheit die Ehre zu geben, für die nähere Zukunft kann ich mir eine Verbesserung meiner Ertragslage noch nicht vorstellen. Ja, die Möglichkeit ist nicht auszuschließen, dass ich mich um noch höhere Beträge an Sie werde wenden müssen.«

»Was Sie verlangen, kann ich gar nicht auftreiben.«

»Nun, Mr McKechnie, dazu kann ich nur sagen, dass Sie vielleicht zu dem Entschluss gelangen werden, einen Teil Ihrer Vermögenswerte zu veräußern.«

»Was soll das heißen?«

»Ich bin mir zum Beispiel sicher, dass Sie nicht den

ganzen Lagerraum benötigen, den Sie haben. *Zwei* Lagerhallen – ich könnte mir vorstellen, dass Sie, eine bessere Logistik vorausgesetzt, auch mit einer auskommen könnten. Was meinen Sie?«

»Ich kann auf keins meiner Lagerhäuser verzichten.« In McKechnies Stimme stieg so etwas wie Panik hoch. »Es geht nicht.«

»Probieren geht über Studieren, Mr McKechnie, Probieren geht über Studieren.«

Auf der Rückseite der Kassette zeigte McKechnie einiges mehr an Mumm. Vielleicht hatte er von Salvatore gelernt, vielleicht war ihm auch plötzlich eingefallen, dass Duffy das hören würde, sodass er diesmal nicht ganz so feige dastehen wollte. Nachdem er sie einmal ganz gehört hatte, spulte Duffy zurück und begann nochmals in der Mitte.

» … beim letzten Mal.«

»Wir tun unser Bestes, McKechnie, mehr kann ich Ihnen nicht versprechen.«

»Ihr Bestes hat mich bisher allerdings nicht sonderlich beeindruckt, Sullivan. Ich meine doch, es wäre an der Zeit, dass Sie den Finger rausnehmen. Und ich meine, ich möchte diesmal eine gewisse Sicherheit.«

»Und zwar?«

»Ich will sicher sein, dass auch einer Ihrer Leute dabei ist, wenn ich das Geld deponiere.«

»O. K., das ist garantiert.«

»Ich will mehr als diese Garantie, Sullivan. Ich will wissen, wer dort sein wird; ich will eine Beschreibung von ihm, damit ich seine Anwesenheit überprüfen kann;

ich will Namen und Dienstgrad, damit ich später notfalls mit ihm in Kontakt treten kann.«

»Wollen Sie mir etwa vorschreiben, wie ich meine Arbeit zu machen habe, McKechnie? Mir kommt kein Dahergelaufener auf meine Piste, um mir zu erzählen, wie ich den Laden zu führen habe. Sie werden sich bei meinen Männern nicht einmischen.«

»Ich hoffe nur, Sie erweisen sich nicht als allzu wenig kooperativ, Sullivan.«

»Wie meinen Sie das?«

»So, wie ich's gesagt habe.« McKechnie blieb erstaunlich kaltblütig. »Es wäre wohl im Interesse der Allgemeinheit, wenn die Polizei einem hiesigen Geschäftsmann den üblichen Grad an Kooperation angedeihen ließe.«

»Hmmmm.« Duffy an Sullivans Stelle hätte den Bluff durchschaut und McKechnie geraten, sich zu verpissen. Sullivan war vorsichtiger. »Gut, ich will sehen, was sich machen lässt. Ich sage Ihnen weder Namen noch Dienstgrad eines Beamten, aber ich will Ihnen die Beschreibung eines der Beamten geben, die die Übergabe beobachten. Rufen Sie an, sobald Sie wissen, wo sie stattfindet.«

Duffy drückte auf die Stopptaste. Dann ließ er das Band ein paar Sekunden zurücklaufen, bis Sullivan wieder sprach: » … wie ich meine Arbeit zu machen habe, McKechnie? Mir kommt kein dahergelaufener … … … auf meine Piste, um mir zu erzählen, wie ich den Laden zu führen habe.« Auf dem Band fehlten etwa zweieinhalb Sekunden. Duffy rief McKechnie an.

»Auf der Kassette fehlt etwas.«

»Wie?«

»Auf der Kassette fehlt ein Stück. Was hat Sullivan gesagt?«

»Ach so, das, Mr Duffy. Ja, stimmt, da fehlt etwas. Aber das macht nichts, es ist für unseren Zusammenhang ohne Bedeutung.«

»Was war es, und warum haben Sie es gelöscht?«

»Nun ... wissen Sie, mir fiel ein, wenn die Aufnahme je ... nun, wenn sie je in einer Untersuchung als Beweismaterial verwendet würde, wenn sie also wichtig würde ... Verstehen Sie, was ich meine, Mr Duffy?«

»Doch, doch.«

»Also, dann möchte ich nicht, dass die Leute, die sich mit dem Fall beschäftigen, mich so sehen könnten, wie es dem Hauptkommissar gefallen hat, mich zu beschreiben. Sie halten mich jetzt vielleicht für überempfindlich, aber das war jedenfalls meine Reaktion.«

»Und wie hat er Sie genannt?«

»Sie müssen mir aber versprechen, es nicht weiterzuerzählen.«

»Also gut.«

»Nun, also, er nannte mich einen ... syphilitischen Schafficker.«

Duffy grinste ins Telefon.

»Bei mir ist Ihr Geheimnis sicher aufgehoben, Mr McKechnie.«

Das war am Dienstag. Die Übergabe war am Freitag. Gegen elf rief McKechnie Duffy zu Hause an.

»Gleiche Zeit. Ein Uhr. Wieder Mülltonnen. Brewer Street. Die Mülltonnen in der Garageneinfahrt neben

Ginos Feinkostgeschäft. Die Tonne, die am weitesten vom Geschäft weg ist. Sullivan sagte, einer seiner Leute würde am Fenster des Cafés gegenüber von Ginos sitzen. Und er sagte, ich solle die Brewer Street auf der falschen Seite herunterkommen und so tun, als würde ich Ginos nicht sehen, mich überzeugen, dass sein Mann im Café sitzt und dann die Straße überqueren und das Geld einwerfen.«

»Wie soll der Mann denn aussehen?«

»Er sagte, er würde eine scharlachrote Krawatte tragen, damit ich ihn durchs Fenster leicht erkennen könne. Mehr wollte er mir über sein Aussehen nicht sagen.«

»O.K. Sie machen also genau das, was die beiden Ihnen gesagt haben. Ich melde mich dann später.«

Duffy wollte rechtzeitig dort sein, um die Ankunft von Sullivans Mann zu beobachten. Aber Sullivans Mann musste selber früh eintreffen, um sich in dem Café für ein Uhr einen Fensterplatz zu sichern. Duffy musste also noch früher da sein. Er nahm ein Taxi. McKechnie würde für diesen notwendigen Luxus aufkommen müssen.

Gegen halb zwölf kam er in der Brewer Street an und spazierte sie in Freiermanier entlang. Ginos hatte er schnell entdeckt, dann auch das Café auf der anderen Straßenseite. Vom Café aus konnte man die Mülltonnen gut im Auge behalten. Der Haken war nur, dass es für Duffy keinen geeigneten Punkt gab, von dem aus er sowohl die Geldübergabe als auch das Café im Auge behalten konnte. Fünfzehn Meter nach dem Café befand sich ein Pub; von dort aus könnte er die Übergabe sehen, nicht aber Sullivans Mann. Oder dann der Pornobuchladen, von da aus könnte er das Café einsehen, nicht aber die Übergabe; er könnte ja etwas kaufen, damit sie ihn nicht hinauswarfen, und sich dann im Laden umtun. Nein, das war nichts; er musste die Übergabe sehen. Warum also nicht selber im Café Platz nehmen? Es könnte etwas blümerant werden, wenn er und Sullivans Mann zur gleichen Zeit aufstünden, um sich an den Geldboten zu hängen, doch darüber würde er sich dann den Kopf zerbrechen, wenn es so weit war.

Duffy entschied sich für das Café. Gegen zwölf ging er rein und ließ sich nicht am Fenster, sondern etwas abseits nieder. Er bestellte was zu essen, worauf er im Augenblick keinerlei Appetit hatte, und begann mit dem Warten. Viertel nach zwölf, und die ersten Mittagesser kamen herein. Halb eins, und es wurde langsam voll. Am Fenster nur mehr zwei freie Tische. Dreiviertel eins, und nur mehr einer. Immerhin konnten die anderen Gäste Duffy Deckung geben, doch wo blieb Sullivans Mann? Erst jetzt sah er das »Reserviert«-Schild auf dem freien Tisch. Aha, man wurde vornehm. Zehn vor, und der Mann mit der scharlachroten Krawatte kam hereingeschlendert. Duffy sah kurz hin und zog sofort den Kopf ein.

Shaw. Scheiße, damit hatte er nicht gerechnet. Old Rick Shaw, die alte Rikscha, das war sein Spitzname in West Central. Der war nicht eingeplant; er hatte irgendeinen Grünschnabel erwartet, den er noch nie zuvor gesehen hatte. Damit änderte sich alles. Es brachte nichts, gleichzeitig den Geldboten verfolgen und Shaw ausweichen zu wollen.

Fünf vor ging Duffy vorsichtig aus dem Café und wandte das Gesicht ab, als er an dem Fenster vorbeikam, wo Shaw postiert war. Er ging zu dem Pub und stellte erleichtert fest, dass sich vor der Tür eine Gruppe von Biertrinkern gebildet hatte. Mit einem kleinen Bitter in der Hand stand er herum, als gehöre er zu dieser Gruppe. Eins vor kam McKechnie am Pub vorbei. Er ging so, als würde er nach etwas suchen und starrte dabei etwas kurzsichtig in die Läden. Er machte seine Sache ganz gut, meinte Duffy. Er sah, wie er das Café erreichte, noch zehn Meter weiterlief, anhielt, sich dann umdrehte und so tat, als hätte er auf der anderen Straßenseite ganz plötzlich Ginos entdeckt. Eine Minute nach eins erreichte er seine Mülltonne und warf das Geld ein. Dann strebte er den gleichen Weg wieder zurück, bog an der Great Windmill Street ab und verschwand.

Vier nach kam Shaw aus dem Café, wandte sich nach rechts, würdigte die Mülltonnen keines Blicks und eilte davon. Das war nun überhaupt nicht vorgesehen, jedenfalls nicht von Duffy. War Shaw nur da gewesen, um McKechnie zufrieden zu stellen, und Sullivan überließ das Geld ganz einfach Salvatore? Oder war Shaw nur die Hälfte eines Duos, und Sullivan hatte ihn schlauerweise aus dem Spiel genommen für den Fall, dass jemand McKechnie dabei beobachtet hatte, wie er in das Fenster des Restaurants schaute? Wie auch immer, Duffy brauchte jedenfalls keine Angst zu haben, dass ihm Shaw bei der Verfolgung in die Quere kam.

Viertel nach trabte ein schmuddeliger Junge in Jeans die Straße herunter. Er verhielt bei den Mülltonnen, wühlte in der rechten, dann in der mittleren und erreichte schließlich die mit dem Umschlag. Er nahm ihn heraus und stopfte ihn in seine Hosentasche. Ob er alle drei Tonnen durchgegangen war, weil er wie ein echter Müllwühler wirken wollte, oder ob er es getan hatte, weil er völlig daneben war und vergessen hatte, in welcher er nachsehen sollte, wusste Duffy nicht und wollte er auch nicht wissen.

Duffy hatte schon vermutet, dass der Junge die Brewer Street ostwärts weiterlaufen würde. Das war nicht so schwer zu erraten gewesen, weil er in der anderen Richtung auf die Regent Street gestoßen wäre; und Duffy konnte sich nicht recht vorstellen, wie der Junge mögliche Verfolger abschütteln würde, indem er sich unauffällig unter die elegante Kundschaft von Jaeger mischte. Als der Schmuddeltyp die etwa hundert Meter bis zu seiner Höhe aufschloss, sah sich Duffy vorsichtig nach Verfolgern von der Polizei um. Zur Ausbildung, wie man sich an jemand hängt, gehörte es auch, Verfolger selber zu bemerken und abzuschütteln. Der Junge war schon fast auf seiner Höhe, und noch hatte sich nichts gezeigt, was nach Verfolgung aussah. Er ließ dem Jungen dreißig, vierzig Meter Vorsprung, bevor er sich entschloss, ihn nicht weiter weg zu lassen; nicht in Soho. Sullivans möglichen Verfolger musste er dann eben in Kauf nehmen.

Duffy bemühte sich, den Rückstand schnell wieder einzuholen: An diesem Ende der Brewer Street konnte man jemand schon mit zehn Metern Vorsprung verlieren. Scheiße, er bog ab zum Straßenmarkt an der Berwick Street. Das hätte er sich doch denken können. An der

Revuebar vorbei und dann mitten durch die Stände. Ein Einzelner, der auf einem Straßenmarkt ein wenig drängelte, der fiel nicht weiter auf. Wenn aber ein Zweiter drängelte, um mit dem ersten Schritt zu halten, dann fiel das sehr wohl auf. Der Junge schlug ein paar Haken zwischen den Ständen. Zum Glück war er nicht besonders begabt; oder vielleicht war er nicht gründlich ausgebildet worden; vielleicht war er aber auch nur der Meinung, er könne sich die Mühe sparen. Nach einem kleinen Versteckspiel wich er in den St. Anne's Court aus, bog in die Dean Street ein, über die Bateman und schließlich in die Frith Street. Duffy erreichte die Ecke Frith Street gerade rechtzeitig, um zu sehen, dass der Junge die Treppen des Double Blue Cinema Club hinauflief und verschwand.

Duffy hielt inne. Über zwei Dinge war er sich sicher. Erstens: Sullivan hatte niemanden auf den Jungen angesetzt. Shaw war einfach gegangen, und damit hatte die Überwachung ihr Ende gefunden. Zweitens: Wenn er jetzt die Stufen zu dem Kino hinauflief, konnte er sich auch gleich einen Blechstern anheften und die Melodie von *Zwölf Uhr mittags* pfeifen. Er stand eine Weile herum, wartete ab, bis ein paar Kunden den Club betreten hatten, betete darum, dass rasch ein weiterer Zelluloidwüstling auftauchte und folgte ihm, als er erschien, schnell die Treppen hinauf.

V

Der Spanner im grauen Flanellanzug ging die Stufen hinauf zum Double Blue und blickte sich nervös nach Duffy um, als wäre dieser ein von seiner Frau beauftragter Detektiv. An der Sperrholzkassenbude kaufte er für zehn Pfund einen Mitgliedsausweis und für fünf eine Eintrittskarte. Er verschwand vor Duffy.

»Mitglied?«, fragte der Kassierer, der wie ein ungewaschener Hippie aussah.

»Nein. Aber für mich gelten normale Preise; so was kannst du vielleicht mit Flanellwichsern machen.« Duffy wusste, dass es keine »normalen« Preise gab; sie waren vom jeweiligen Kunden abhängig, und was der Kassierer am Abend mit nach Hause nahm, hing davon ab, wie viel er verlangte. Es war Sache des Manns an der Kasse abzuschätzen, was für Preise der Markt noch schluckte.

»Also gut. Fünf für den Ausweis, dreifuffzig für Eintritt.«

Duffy sah ihn fragend an. »War das nicht mal zweifuffzig?«

»Nö. Gab's noch nie, Chef. Da kann ich meinen Job vergessen, wenn wir so weit runnergehn.«

Duffy nickte. Egal, war ja McKechnies Geld.

»Name?« Der Kassier holte eine schmierig weiße Mitgliedskarte hervor, auf der er eine Zahl und ein Datum eintrug.

»A. SCHLOCH« Der Hippie schrieb den Namen in Großbuchstaben. Er war zweifellos froh für die Abwechslung nach all den J. Smiths und H. Wilsons. Duffy nahm die Karte in Empfang und ging in das Kino.

In einem langen Schlauch von Raum saßen etwa zwei Dutzend Leute vor einer Dreimalzweimeter-Leinwand am einen Ende. Während er darauf wartete, dass seine Augen sich an die Dunkelheit gewöhnten, sah Duffy den Film an. Er wirkte wie eine größere Ausgabe der 10p-Minifilme, die er schon gesehen hatte, nur noch ein wenig schweinischer. Es gab auch einen miserablen Ton. Man sah zwei Mädchen, die offenbar am Strand lagen, ihre Bikinis ausgezogen hatten und sich gegenseitig ganze Hände voll Sonnenmilch auftrugen; das klatschte, wie wenn das Meer gegen eine Hafenmole schlägt. Dann hatte die eine plötzlich aus dem Nichts einen Vibrator in der Hand und schaltete ihn ein. Es hörte sich an, als wollte jemand den Strand absaugen. Sie setzte das Gerät an den Titten der anderen an; die andere lächelte. Dann setzte sie es an der Scham der anderen an, woraufhin diese sofort die Beine auseinanderriss, als ginge es um eine gynäkologische Untersuchung, den Kopf zurückwarf und zu keuchen anfing. Um trotz des Vibratorlärms noch hörbar zu sein, musste sie sehr laut keuchen. Das klang dann, als hätte man einen riesigen Schäferhund an einen Staubsauger angeschirrt, den er am Strand auf und ab zog, wovon er sehr müde wurde. Duffys Schwanz gab ihm zu verstehen, dass das kein besonders guter Film war.

Auf der Suche nach seinem Mann sah Duffy sich unter den Spannern um. Er hatte die eine Hälfte durch und bewegte sich auf einen anderen Platz. In solchen Kinos sind Bewegungen nicht gern gesehen. Sie stören die verzückte Vereinigung zwischen dem Mann auf seinem Platz und dem Bild auf der Leinwand; die Spanner werden ihrer Ständer wegen unruhig und verlegen. Manchmal schickt der Geschäftsführer einen Brutalo auf Patrouille, der aufpassen soll, dass die Spanner nicht auf die Sitze abspritzen; andere sind sich darüber im Klaren, dass das schlecht fürs Geschäft ist, weil es die Kundschaft stört; bei ihnen gibt es deshalb Plastiksitze, und die Putzfrauen bekommen einen kleinen Zuschlag.

Auch in der anderen Hälfte konnte Duffy seinen Mann nicht entdecken. Er sah sich im Kino um, vorsichtig, damit kein Spanner auf ihn aufmerksam wurde und in Rage geriet. Vorne, gleich bei der Leinwand, gab es ein Klo. (Aus Erfahrung klug, hielten die Clubs sich, was die Formalitäten der Mitgliedschaft und die Toiletten betraf, peinlich genau an die städtischen Vorschriften.) Die Seitenwände des Kinos waren festes Mauerwerk. Die Kasse war einfach ein Sperrholzeinsatz in den ersten zwei Metern des Gebäudes.

Duffy stand wieder auf und ging zur Toilette. Ein schmaler Korridor lief noch etwa fünf Meter weiter dran vorbei. Duffy ging bis ganz ans Ende und sah, dass dort links eine Treppe nach oben führte. Am Fuß der Treppe rechts war ein Notausgang. Die Griffstangen der beiden Türflügel waren zusammengekettet; das Vorhängeschloss, das sie zusammenhielt, wirkte verrostet. Duffy stieg langsam und vorsichtig die Stufen hinauf und bemühte sich, möglichst wenig Lärm zu machen. Als er auf halber Höhe stand, hörte er eine Tür gehen und Schritte etwa in Höhe seines Kopfes. Sofort legte er Tempo zu und pfiff dabei leise vor sich hin. Als er oben ankam, sah er einen hamsterbäckigen rothaarigen Mann mit Brille, der eine Tür zur Rechten zuzog.

»Wo is'n das Scheißhaus, Kollege?«, fragte er mit unbekümmerter Stimme.

»Sie sind pfeilgrad dran vorbeigelatscht«, sagte der Mann. »Der erste Mensch, der je unser Scheißhaus verfehlt hat«, fügte er liebenswürdig hinzu, »Ihre Nase muss ja ganz schön verstopft sein.«

Duffy holte ein Taschentuch hervor und schnäuzte sich kräftig, schnüffelte und tat dann so, als würde ihn der Gestank umhauen. »Jetzt find ich's wohl, Kollege«, sagte er und strebte nach unten. Oben an der Treppe waren drei Zimmer gewesen, und aus dem einen auf der rechten Seite hatte er Stimmen gehört. Er ging zur Toilette zurück, wartete ein paar Sekunden und zog die Kette; nichts geschah; er zog noch mal und lächelte über so viel verschwendete Kriegslist.

Er setzte sich noch mal ins Kino, wo ein Mädchen mit großen Titten, das einen Sexshop betrieb, seine Kunden für harmlose kleine Auspeitschorgien ins Hinterzimmer bat. (Duffy ertappte sich bei der Frage, wer sich wohl in der Zwischenzeit um den Laden kümmerte.) Sie zog den Rock hoch und den Schlüpfer herunter und beugte sich über den Schreibtisch. Die Männer taten, als würden sie sie mit der Reitpeitsche verprügeln, wozu sie wimmernde Geräusche von sich gab, was sich über die Lautsprecher wie das Schreien einer ausgenommenen Gans anhörte.

Als Duffy ging, witzelte er noch kurz mit dem Hippiekassierer, der erklärte, er finde die Filme »todlangweilig«, ihm bringe »die ganze Scene überhaupt nichts mehr«. Duffy machte ihm den Vorschlag, es noch einmal zu versuchen, und empfahl die Nummer im Sexshop. »Also, vielleicht sind Titten ja nicht deine Scene, Mann, aber wenn doch, dann ist das genau der Film für dich.«

»Nö, die sind doch alle gleich langweilig.«

Inzwischen hatte Duffy die beiläufige Inspektion der Schlösser an den Kinotüren erledigt; er verabschiedete sich und zog ab.

Von seiner Wohnung aus rief er McKechnie an.

»Was hat Sullivan gesagt?«

»Er sagte, er könne es nicht begreifen. Zwei seiner besten Leute habe er für die Übergabe angesetzt, und trotzdem sei ihnen der Bursche wieder durch die Lappen gegangen.«

»Sagte er wie?«

»Ja, er sei zur Regent Street gelaufen und in ein Taxi gesprungen. Sullivans Leute hätten dagestanden und dann ewig auf ein zweites Taxi warten müssen.«

»Haben Sie ihm das abgenommen?«

»Nein. Sollte ich?«

»Nein. Haben Sie's ihm gesagt?«

»Nein. Was ist denn tatsächlich passiert?«

»Kaum hatten Sie das Geld eingeworfen, verschwand der Typ mit der roten Krawatte aus dem Café; er ist einfach verduftet. Ob dann noch ein anderer da war, kann ich nicht mit letzter Sicherheit sagen; wenn aber einer da war, dann hätte er sich nicht mal an einen Rollstuhlfahrer hängen können. Als ich ans Ziel kam, war er jedenfalls nirgends zu sehen.«

»Wo war das?«

»Es nennt sich Double Blue. Ein Filmklub in der Frith Street. Da drin ist der Kerl verschwunden. Irgendwo oben. Ich konnte ihm nicht folgen.«

»Und was machen wir jetzt?«

»Weiß ich auch noch nicht. Ich schnüffle jetzt mal ein wenig in der Gegend rum. Übrigens, die Kinokarte war achtfünfzig.«

»Haben Sie eine Quittung?«

»Einen Mitgliedsausweis.«

»Ich sagte aber Quittungen, Duffy.«

»Ich kann Ihnen die Filme in allen unglaublichen Details erzählen, wenn Sie wollen.«

»Das wäre nicht das Gleiche.«

»Nein – wahrscheinlich um Klassen besser.« McKechnie lachte.

Duffy wusste nicht, wie er weiter vorgehen sollte. Er setzte sich hin, um noch mal durchzugehen, was bisher passiert war. Manches war klar, anderes hoffnungslos undurchsichtig. Als Erstes hatte jemand McKechnies Frau angeschlitzt. Jetzt versuchte ihn jemand zu erpressen; wie weit das gehen konnte, war nicht abzusehen. Jemand mit Sinn für Humor benutzte den Namen eines toten Gangsters. Dann war da Sullivan – was wollte der eigentlich? Machte der es sich bloß einfach, indem er die

Geldboten laufen ließ, oder bekam er seinen Anteil? Wie stand es mit Shaw – dem alten Rick? Tat er einfach nur das, was Sullivan ihm sagte, oder hatte er selber Aktien drin? Shaw war für ihn immer ein Bulle gewesen, der sich zu Weihnachten nicht allzu viel schenken ließ. Und doch brachte jedes weitere Jahr in der Goldenen Meile neue Versuchungen. Er wusste genau, wie das lief: Man nahm nicht den Gratisschnaps, auch wenn es sonst jeder tat; man nahm nicht das erste Mädchen, das einem angeboten wurde; man lehnte Hasch und Koks ab; und dann passierte etwas vergleichsweise Banales, man bat zum Beispiel beim Buchmacher um zwei Tage Aufschub. Und ganz plötzlich hatte es einen erwischt. Es war nicht mal so, dass es da eine Gang gegeben hätte, die nur darauf lauerte, Bullen zu bestechen (obwohl es die manchmal auch gab); es war letztlich einfach die Gegend, die einen erwischte. Im Umkreis einer Meile nichts als Druck, und irgendeinen schwachen Punkt hatte jeder.

Duffy brauchte unbedingt mehr Hintergrundmaterial. Im Grunde müsste er mit einem Mann wie Shaw sprechen, aber das kam natürlich nicht infrage. Carol vielleicht; doch das wäre vielleicht nicht ganz fair; obwohl, er könnte sie ja einfach über die Gegend im Allgemeinen ausfragen, ohne ihr zu sagen, worauf es ihm ankam. Neben Carol gab es dann noch Renée: Er sollte mal zu ihr gehen und mit ihr plaudern, und wenn es nur der alten Zeiten wegen wäre. Das war ein verfänglicher Ausdruck, »der alten Zeiten wegen« – wenn er anfing so zu denken, würde er unversehens auch noch wegen Sullivan sentimental werden. Und dann war da noch die Schwarze von der Peepshow. Wie hieß sie gleich wieder? Irgendwas mit B oder P. Belinda? Nein, das war McKechnies doofe Sekretärin. Ja genau – Polly. Die war ihm allerdings keinen Gefallen schuldig.

Und dann gab es da noch ein paar andere Punkte, über die sich Duffy nicht schlüssig war. Zum Beispiel schienen McKechnie die ganzen Vorfälle bei Weitem nicht so zu schaffen zu machen, wie sie das Duffys Ansicht nach eigentlich sollten; manche Sachen kamen ihm offenbar wie ein großes Abenteuerspiel vor. Nein, vielleicht war er bloß phlegmatisch; und als er Duffy davon erzählte, was seiner Frau zugestoßen war, wirkte er tatsächlich verstört. Wahrscheinlich war McKechnie viel reicher als er vermutet hatte und konnte noch eine Menge Schutzgeldforderungen verkraften; nicht dass man es vermuten würde, wenn man die Bruchbude sah, in der er sein Unternehmen betrieb. Und die Kunden gaben sich auch nicht gerade die Klinke in die Hand. Vielleicht liefen diese Art Geschäfte hauptsächlich über Postversand. Was aber – da gab es so viele Aber in der Geschichte –, was aber hatte die Lücke auf der Kassette zu bedeuten? McKechnie hatte sie vollkommen einleuchtend erklären können; entsprach es aber Sullivans Stil, einen Bürger einen »syphilitischen Schafficker« zu schimpfen? Naja, möglich war das schon; doch, durchaus wahrscheinlich. Und schließlich war da der kleine Vorfall in der Paddington Station, der Duffy zusetzte: Wenn die Sekretärin es geschafft hatte, dort hinzufinden, zur richtigen Zeit am rechten Ort zu sein und ihn auch zu erkennen, konnte sie dann wirklich so bescheuert sein, dass sie nicht auch die restlichen Anweisungen befolgte, die er McKechnie gegeben hatte? Und wenn McKechnie diese Anweisungen geändert hatte und sie also nur das getan hatte, was ihr aufgetragen worden war? Das war ein beunruhigender Gedanke; doch Duffy beschloss, ihn beiseitezulassen. McKechnie war vielleicht nicht die Ehrenhaftigkeit in Person, aber wer von seinen Kunden wäre das je gewesen? Konnte man denn von einem, der in Soho King-Kong-Masken verkaufte, allen Ernstes erwarten, dass er sich wie ein Pfarrer verhielt? Es gab da eine Regel in diesem Geschäft, an die man sich tunlichst hielt: Solange man keine klaren Beweise fürs Gegenteil hatte, nahm man an, dass der Kunde mit offenen Karten spielte.

Er rief Carol an und fragte, ob sie am Abend vorbeikommen wolle. Sie sagte, sie könne nicht, sie gehe ins Kino. (Mit wem? Doch laut den Spielregeln durfte man solche Fragen nicht stellen.) Aber sie werde am kommenden Abend vorbeischauen. Duffy sagte, Ja, bitte, und er werde ihr auch den besten Käsetoast machen, den sie je gegessen habe, seit sie das letzte Mal Käsetoast gegessen habe.

Wieder also ein einsamer Abend in seiner Wohnung. Da ging er vielleicht besser aus und suchte sich jemand. Soho machte einen rattenscharf, da gab's keinen Zweifel. Nicht die Filme, die er gesehen hatte – der Staubsauger, der Schäferhund und die Gans –, oder die Erinnerung daran, wie ihm in der Peepshow über die Windschutzscheibe gequietscht wurde; es war einfach die Atmosphäre der Gegend. Die Luft über den Industriestädten war einmal schwerstens mit Ruß geschwängert gewesen;

man sog ihn in die Lungen ein und in den ganzen Körper; über Soho schien die Luft mit Sex geschwängert.

Duffy tändelte im Kopf mit der Wahl, ob er sich einen Mann oder eine Frau auftun sollte. Für Duffy war es genauso, als hätte er sich zwischen Speck mit Ei oder Speck mit Tomaten zu entscheiden. Egal für was man sich entschied, man kam auf seine Kosten; die Frage war nur, wonach es die Geschmacksknospen an diesem Abend gelüstete. Bei Frauen war die Wahrscheinlichkeit geringer, dass man anschließend das Krankenhaus aufsuchen musste. Andererseits waren sie aber auch ein wenig kostenintensiver; wenn sie anschließend mit einem ins Bett gingen, zahlten sie normalerweise nicht für ihre Getränke; und manche begingen auch den sentimentalen Fehler, zu glauben, Duffy wollte sie gern wiedersehen, bloß weil er nett zu ihnen war. Dann musste er streng sein und ein klares Nein sprechen, was das Frühstück oft zu einer etwas bedrückenden Angelegenheit machte.

Der andere Punkt war, dass Männer, praktisch gesehen, zuverlässiger waren, wenn man zum Bumsen kommen wollte. Bei Frauen dauerte die Anmache regelmäßig länger als bei Männern; und selbst wenn man in eine Single-Bar ging, wo, wie man annehmen konnte, jeder läufig war, war es nach wie vor Teil einer unausgesprochenen Übereinkunft, dass Mädchen das Recht hatten, einen zum Schluss mit Nein abzuschmettern, selbst wenn sie den ganzen Abend über Ja signalisiert hatten. Ging man aber in eine Schwulenbar, kam man nie enttäuscht heraus. Natürlich ging nicht jeder dorthin, weil er bumsen wollte; es gab immer eine Anzahl »Werden sehen« und »Versuch's später noch mal«; doch solange man gepflegt und halbwegs nach was aussah, fand man mit Sicherheit jemand. Auch beim Frühstück gab es kaum je Ärger. Tatsächlich kam man manchmal mit Kerlen nach Hause, die schon auf und in den Kleidern waren, bevor noch das Bettuch trocken war. Duffy konnte das nur recht sein.

Es sah also ganz nach einem weiteren Abend im Alligator aus. Außerdem wollte ihn Carol am nächsten Abend besuchen, und es schüttelte ihn dann immer heftig, wenn er die vorhergehende Nacht mit einem Mädchen verbracht hatte. Damit war dann auch die vorangegangene Nacht verdorben; er stellte allerlei Vergleiche an, die zu nichts führten. Nein, beschloss Duffy, heut Nacht musste es ein Kerl sein. Und er verschwand im Badezimmer, um sich noch etwas herauszuputzen.

Einige Stunden später beschloss er den Abend im Alligator mit Jack, einem sanften, blonden Amerikaner aus dem Mittleren Westen, der mit dem *Spartacus Schwulenführer Europa* und der ehrfürchtigen Entschlossenheit, alle darin erwähnten wichtigeren Clubs und Bars zu besuchen, durch Europa trampte. Der touristische Aspekt des Unternehmens überlagerte beinah den schwulen: Jack hatte im Alligator an seinem Campari genippt, fast wie ein mit Kamera und Objektiven behängter Pauschaltourist, der in Chartres eine Kerze anzündet. Fast musste man ihn daran erinnern, dass er ja bumsen wollte. Beim Frühstück gestand Jack schüchtern seinen Plan, nach dem Modell eines *Guide Michelin* einen *Schwulenführer Europa* zu begründen, der sich auf die Berichte von Mitgliedern oder eigens ausgesandten Inspektoren stützte, die stichprobenweise die Qualität von Lokalen überprüfen sollten. Duffy versprach ihm, sich an ihn zu wenden, wenn er mal einen Job suchte.

Nachdem Jack gegangen war, räumte Duffy auf, wechselte das Bettzeug für den Abend, wenn Carol kommen sollte (und für den Fall, dass Carol über Nacht blieb, was keineswegs das Gleiche war) und zog dann los, um Renée aufzuspüren. Sie hatte immer von einem kleinen Apartment in einer Gasse bei der Wardour Street aus gearbeitet, ein Zwei-Mädchen-Kombinat, einmal wegen des gegenseitigen Schutzes und dann für den Fall, dass ein Kunde einen Doppeldecker oder eine Vorführung wünschte. Sie hatte immer für den gleichen Zuhälter gearbeitet, einen Macker namens Ronnie, dem das Apartment gehörte, der den notwendigen Schutz gewährleistete und seinen üblichen Anteil kassierte. Doch war Renée um einiges gerissener als Ronnie, und als sie die dreißig erreicht hatte, beredete sie ihn, ein System anzuwenden, nach dem sie ihm jedes Jahr – denn sie wurde ja nicht jünger, die Konkurrenz schlief nicht, und ihre Verdienstmöglichkeiten ließen allmählich nach – einen etwas kleineren Prozentanteil ihrer Einnahmen zahlen würde. Sie machte Ronnie klar, was für einen guten Namen er sich dadurch bei den anderen Nutten machen würde und wie viel leichter es ihm dann fiele, neue Mädchen anzuwerben.

Ronnie hatte sich darauf eingelassen, vielleicht weil er sich vorstellte, Renée würde mit dreiunddreißig oder so aufgeben. Doch sie hatte weitergeackert, und das System begann ihr wie geplant einiges einzubringen. Ronnie hatte etwas gemault, dann aber sein Versprechen gehalten, weil Renée gedroht hatte, ihn vom Soho Square bis Picadilly Circus schlechtzumachen. Darauf hatte er gekuscht; und dann, um ihn bei Laune zu halten, hatte Renée die Miete für die Mädchen erhöht, mit denen sie jeweils die Wohnung teilte.

Als Duffy in die Wardour Street einbog, ließ er seine Besuche bei Renée Revue passieren. Gelegentlich hatte Geld den Besitzer gewechselt, aber ausschließlich für erhaltene Informationen. Von Zeit zu Zeit hatte sie ihm ein Weihnachtspäckchen angeboten (sie lächelte jedes Mal, wenn sie diesen Ausdruck verwendete), doch es war ihm klüger erschienen, darauf zu verzichten. Dennoch besuchte er sie weiterhin, oft nur auf einen Plausch; und immer hielt er sich an die Grundregel: zu verduften, wenn ein Kunde kam.

Duffy sah die beiden beleuchteten Klingelknöpfe mit der Aufschrift RENÉE und SUZIE, drückte auf den oberen und stapfte nach oben. Er erinnerte sich an den Flur: geradeaus eine Tür mit der Karte SUZIE, rechter Hand die andere, RENÉE. Es sollte so aussehen, als bestünde das Kombinat aus zwei getrennten Wohnungen, doch in Wirklichkeit gingen sie ineinander und waren mit einer wechselseitigen Alarmanlage versehen. Man klopfte an die Tür, die sich entweder öffnete oder durch die man den Ruf »Fünf Minuten, Schätzchen« hörte, so als würde ein Inspizient den Schauspieler auf seinen Auftritt vorbereiten.

Duffy klopfte an die Tür rechter Hand. Sie öffnete sich, und da stand Renée in einem langen Morgenmantel, das dunkle Haar teilweise aufgetürmt, teilweise in einer Lockenkaskade seitlich herabfallend, was alles in allem den Eindruck kunstvoller Coiffure machte. Sie sah ein wenig älter aus, ein wenig fülliger, wie sie ihn nach Nuttenart rasch daraufhin musterte, ob er ein Bulle oder jemand auf der Schwarzen Liste der Nutten war; ihr Blick war so leidenschaftslos wie der eines Geschäftsführers, der eine Kreditkarte überprüft.

»Komm rein, Schätzchen«, sagte sie und trat zurück. Dabei ließ sie ihren Morgenmantel nach hinten rutschen, sodass er einen Strumpfgürtel und Strümpfe und einen schwarzen BH sehen konnte.

»Keine Sauereien«, verkündete sie, bevor er noch die Tür geschlossen hatte. »Ich mache keine Sauereien. Auch nicht in den Arsch, und mein Mund gehört mir. Zehn, wenn du's normal willst, acht für Handarbeit und zwei extra, wenn du meine Titten sehen willst; dann gibt es vielleicht noch ein paar andere Sachen, aber da musst du mich drum bitten.«

»Renée«, sagte er, »ich bin's, Duffy.«

»Tut mir leid, Schätzchen, aber ich kann mir hier keine Gesichter merken.«

»Nein, ich bin Duffy, ich bin kein Freier …«

Renée sah hoch, sie war aufgebracht.

»Was soll das heißen, du Arsch, kein Freier? Was machste dann hier, wenn du kein Freier bist?« Sie sah ihn noch mal an, dann erkannte sie ihn plötzlich.

»Duffy. Natürlich. Duffy.« Sie wirkte mit einem Mal verlegen. »Warum hast du meine Speisekarte denn nicht unterbrochen, du Blödmann?«

»Keine Zeit. Du lässt einen Kerl nicht mal den Mund aufmachen, nicht wahr, Renée?«

»Doch, ihn schon; ich mach bloß für ihn nicht den Mund auf, und mit Arsch ist auch nichts bei mir. Hey, Duffy, was willst du denn bei mir?« Sie zog sich den Morgenmantel um die Schultern. »*Und* ich hab dich sehen lassen, wie weit es mit mir gekommen ist. Dafür sollte ich eine Schutzgebühr verlangen, Duffy. Was willst du denn bei mir?«

»Also …«

»O Gott, jetzt fällt's mir ein. Grad fällt's mir ein, warum du nicht mehr vorbeigekommen bist. Ich wusste gar nicht, dass du schwul warst, Duffy. Ich meine, mich geht's ja nix an, aber ich wusste nicht, dass du schwul warst. Schwul und kleine Jungs, das war es doch, Duffy, so hieß es damals. Mich geht's ja nix an, aber kleine Jungs kann ich nicht gut finden, das will ich dir lieber gleich sagen.«

»Es waren keine kleinen Jungs.« Duffy kochte vor Wut. Waren das die Gerüchte? »Wer sagte was von kleinen Jungs?«

»Ach, du weißt ja, wie das so ist. Irgendwer. Den Namen vergisst man.«

»Es war eine astreine Falle, Renée. Jemand hat mich da reinlaufen lassen, um mich loszuwerden. Als die Bullen die Tür eintraten, behauptete der Junge, er sei neunzehn, aber er hätte genauso gut fünfundzwanzig sein können. Ich hielt ihn für älter, aber den Bullen hat er erzählt, er wäre neunzehn. Es war eine Falle, Renée.«

»Tut mir leid für dich, Duffy.« Renée war skeptisch bei

Bullen, die man rausgeschmissen hatte; sie behaupteten alle, man habe sie reingelegt. Andererseits, Duffy war immer ziemlich ehrlich gewesen.

»Hast du deshalb von Renée nie dein Weihnachtspäckchen haben wollen, Duffy? Weil du schwul warst?«

»Ich war nur ein bisschen schwul, Renée. Ich mag Fisch ebenso gern wie Fleisch. Für mich kein großer Unterschied. Aber es waren keine kleinen Jungs; es sind noch *nie* kleine Jungs gewesen.« Duffy war immer noch sauer. Wem hatte er das zu verdanken: diesem scheiß Sullivan? Wieder einmal seine Onkeltour?

»Schon gut, Duffy, reg dich ab.«

»Und das Weihnachtspäckchen hab ich nicht genommen, weil ich nun mal wusste, dass du viel zu gerissen bist, um nicht später einmal deinen Nutzen draus zu ziehen. Ich wusste, wenn ich oder einer meiner Kollegen mal hinter einem her wäre, käme bestimmt ein Anruf von unserer Renée, und die würde dann sagen: ›Duffy, weißt du noch, das Weihnachtspäckchen? Nun, also jetzt könntest du mir auch mal einen kleinen Gefallen tun.‹ Ich wusste, dass du viel zu schlau wärst, um nicht früher oder später deinen Nutzen daraus zu ziehen.«

»Blöd bist du nicht gerade, Duffy.«

Duffy nickte ihr zu; bei einer wie Renée musste man immer klare Verhältnisse schaffen.

»Gut, und warum bist du dann hergekommen, wenn du nicht die Rentenkasse der armen alten Renée aufbessern wolltest?«

»Vielleicht kann ich auch eine kleine Spende machen. Ich brauche ein paar Informationen, Renée.«

»Du bist doch nicht wieder bei der Truppe?«

»Nein. Ich – also sagen wir, ich arbeite auf Honorarbasis für eine dritte Partei, die hier vor Ort erpresst wird.«

»Und was ist mit diesen wunderbaren Jungs in Blau?«

»Nun, es sieht so aus, als würden die im Moment all ihre Augen in die gleiche Richtung zudrücken, wenn du verstehst, was ich meine.«

»Kann sein, dass ich so was Ähnliches schon mal gehört habe. Und dieser ominöse Knabe hat sich also an Duffy gewandt?«

»Doch, doch.«

»Warum gerade an dich?«

»Man hat mich empfohlen.«

Das war ein weiterer Punkt, der Duffy Kopfzerbrechen machte: Wer hatte ihn McKechnie empfohlen? Wie hatte er sich ausgedrückt? »Ich habe mich rumgehört.« Wo hatte er sich denn rumgehört, überlegte Duffy. Bestimmt nicht bei seinen beiden letzten Auftraggebern – der eine wollte eine Alarmanlage für seine Fabrik in Hounslow, der andere war so eine Schickimicki-Schickse, die wissen wollte, wo sie ihre Juwelen verstecken sollte. (Sie war zu geizig, um sie zu versichern oder sich einen Safe zu leisten, und zu faul, um sie in ein Bankfach zu tun und bei Bedarf zu holen: Sie wollte nur mit Duffy durch das Haus gehen und sich von ihm sagen lassen, an welcher Stelle ein möglicher Dieb als Letztes suchen würde. Sie habe da mal eine Geschichte gelesen, sagte sie, wo etwas raffinierterweise gerade an der nächstliegenden Stelle versteckt worden sei, und keiner habe es je gefunden. War das nicht eine brillante Idee? Duffy sagte ihr, dass der nächstliegende Platz für ihre Juwelen ihr Schmuckkasten sei, und fragte sie, für wie groß sie die Wahrscheinlichkeit halte, dass Einbrecher dort nachsahen. Sie war etwas verdattert, worauf Duffy der ganzen Theorie, wonach man seine Wertgegenstände an den nächstliegenden Plätzen aufbewahren müsse, noch den Rest gab: Viele Einbrecher sind so blöd, dass sie nur an den nächstliegenden Stellen nachsehen. Und wie wäre es mit einer nicht gar so offensichtlichen, aber auch nicht gar so abwegigen, fragte sie. Dann finden die Mittelklasse-Einbrecher Ihre Juwelen, sagte Duffy. Schließlich einigten sie sich doch auf das schwierigste Versteck. Da stellte sich dann heraus, dass sie *die ganze Zeit* an den Papierkorb aus einem Elefantenfuß gedacht hatte, den ihr Großvater aus Indien mitgebracht hatte und der einen doppelten Boden besaß. Duffy sagte, das sei der ideale Platz, schrieb eine Rechnung über fünfzig Pfund, zerriss sie wieder, und schrieb eine neue über fünfzig Guineen – das wirkte vornehmer –, schickte sie weg und schwor sich, falls die Schickimicki-Schickse nicht zahlen wollte, interessierten Kreisen einen kleinen Tipp zu geben. Papierkorbsammlerkreisen beispielsweise.)

»Aber die Meile wird sich um einiges verändert haben, seit ich hier war. Ich dachte mir, du könntest mich auf den neuesten Stand bringen. Du weißt schon, wer was in der Hand hat, wer neu ist, wie das mit dem Schutzgeld läuft, solche Sachen.«

»Komisch, dass du mich danach fragst, Duffy, vor ein paar Tagen erst hab ich mich mit Ronnie drüber unterhalten. Ich bin ja keine Jammertante, das weißt du, Duffy, und es ist auch nicht das Gewäsch einer alten Nutte, die von den jungen Flittchen von der Straße verdrängt wird …«

»Du siehst jünger aus als je zuvor«, erwiderte Duffy automatisch.

»Brauchst mich nicht verarschen, Duffy, ich weiß, dass ich für eine Nutte jetzt in ein gefährliches Alter komme. Wenn du mal ein bestimmtes Alter erreicht hast, dann hast du die Wahl: Entweder du gibst dich mit deinen Stammkunden zufrieden – und das mache ich mehr oder weniger, ich hab da einen netten Kundenstamm, eigentlich alle sauber –, obwohl man sie auch allmählich abbröckeln sieht; du weißt schon: dass sie's mal mit einer Jüngeren versuchen wollen oder einer Schwarzen oder einer, die mal was ganz anderes macht. Oder du … ach, wie heißt das Wort dafür, Duffy, du machst das, was die großen Firmen immer machen …«

»Diversifizieren?«

»Ja genau. Du musst diversifizieren. Und das ist ein Eufe-minismus, darfst du mir glauben. Diversifizieren heißt, du musst jeden nehmen, der hier hochkommt, diversifizieren heißt, du nimmst fiese Scheißkerle, die dir wehtun wollen. Es bedeutet, dass du dich von den Freiern in den Arsch ficken lässt, und das werde ich *nie* tun. Es bedeutet, du musst dich von ihnen mit Peitschen und so Sachen verprügeln lassen. Manche von denen … also ich bin ja nicht so leicht zu erschüttern, das weißt du, Duffy, aber manche, sobald die sehen, dass ich keine fünfzehn bin, die wollen Sachen treiben, die könnt ich noch nicht mal Suzie drüben erzählen, die käme ja ganz durcheinander. Also wenn du mich fragst, schuld daran ist dieser Pornokram, den die Labour-Regierung hereingelassen hat, der ist schuld an allem.«

Duffy lächelte, obwohl er nicht genau wusste, ob das angebracht war; Renée lachte oft, wenn es ihr Ernst war. Doch eins stand fest: Sie würde nicht diversifizieren.

»Als ich hier oben anfing, war das ein angenehmes Arbeiten auf dem Strich. Sicher, da und dort gab es mal ein paar Widerlinge, aber im Großen und Ganzen war es ein sauberes, nettes Geschäft. Man ließ sich nieder, erwarb sich einen Kundenkreis, wurde bekannt für das, was man am besten konnte, und verdiente sein Geld auf ehrliche Weise. Man sah manchmal Sachen, die man besser nicht gesehen hätte, aber man konnte ja die Klappe halten. Ich weiß noch, wie ich ein Kabinettsmitglied von Harold Macmillan hierhatte, regelmäßig wie ein Uhrwerk; er kam jeden Freitag, nachdem die Sitzung geschlossen war, bevor er auf den Zug in seinen Wahlkreis musste. Gut, er war eigentlich bloß Staatssekretär, aber seinen Namen würde ich nie verraten. So lief das Geschäft damals. Und *dir* würde ich den Namen auch nicht verraten.« Renée sah ihn herausfordernd an.

»Ich frag auch nicht.«

»Außerdem ist das schon fast zwanzig Jahre her. Damals hat mir die Arbeit gefallen. Man hatte einen schönen Urlaub, auf der Straße ging's freundlicher zu, beinah jeder wollte es ganz normal haben und wenn nicht, dann entschuldigte er sich fast dafür. Dann haste gesagt: ›Na los, Schätzchen, raus damit, Renée kannste nicht so leicht erschüttern‹, und wenn sie dann irgendwas von Stiefeln oder Peitschen oder Schuluniformen oder so was gefaselt haben, dann haste gesagt: ›Tut mir leid, mein Schatz, ich würde ja gern, aber ich hab die Ausrüstung grad nicht dabei. Ich weiß aber, an wen du dich wenden kannst, geh mal zu Annie.‹ Und die waren wahnsinnig dankbar dafür und zogen ab, und dann bist du schnell ans Telefon gerannt, hast Annie angerufen und ihr gesagt, dass du ihr Kundschaft rübergeschickt hast, und sie revanchierte sich dann, indem sie auch einen rüberschickte oder für die Empfehlung ein paar Pfünder rüberwachsen ließ.

Wir haben einander nie das Wasser abgegraben, weil, wir wussten ja, dass eh genug Freier für uns alle rumliefen. Aber das hat sich alles schwer geändert. Du hast ja keine Ahnung, wie schwierig das Leben für 'ne normale Nutte in den letzten zwanzig Jahren geworden ist, Duffy, nicht die geringste Ahnung. Das ging los mit dieser sogenannten sexuellen Befreiung, als die ganzen Mädchen, die nie einen rangelassen hatten, plötzlich selber rangingen. *Das* hat uns wahrlich wenig genützt, wie du dir vielleicht vorstellen kannst. Und dann kam die Frauenbewegung, was im Wesentlichen auf das Gleiche rauslief. Dann wurden die Filme immer schweinischer und die Bücher auch. Man konnte ins Theater gehen und zusehen, wie Mädchen auf offener Bühne mit ihren Fotzen wedelten, und das nannte dann jeder Kunst, bloß damit sie beim Rauskommen keine Zeitung vors Gesicht halten mussten. Kunst – für'n Arsch, wenn du mich fragst.« Renée kam richtig in Fahrt. Duffy lehnte sich einfach zurück und hörte zu.

»Für uns hieß das Finito mit dem guten alten normalen Nuttenfick. Natürlich kommt da noch genug zusammen, dass du dich über Wasser halten kannst, aber wenn die Kerle es auch zu Hause haben können oder mit ihren Sekretärinnen oder sogar von jeder dahergelaufenen Schlunze, die sie in 'ner Bar aufreißen, und das auch noch umsonst, warum sollten sie dann ihr gutes Geld in uns investieren? Das führte dann zu zwei Sachen. Einmal konnten wir feststellen, dass jetzt mehr komische Vögel als früher kamen – also Krüppel und Bucklige und so'n Kram. Ich hab ja gar nichts gegen die, die sind wirklich wahnsinnig lieb; nur, wenn ich die Wahl hätte, also …

Und dann wurden es immer weniger Freier, die es normal haben wollten. Auf einmal wollten viele Freier, dass man ihnen einen abwichste. Also, man müsste doch eigentlich meinen, das wäre das einzige, was sie auch selber könnten, aber nein. Ich hab ja nichts dagegen, solange die nicht in der Gegend rumtropfen, aber das geht ganz schön auf die Handgelenke. Also wenn du mal fünf oder sechs hintereinander hast, und kein einziger will ihn reinstecken, das schlaucht dich ganz schön. Du kommst dir vor, als hättest du den ganzen Tag lang Apfelkisten gestemmt. Ich hab mir *wirklich* überlegt, ob ich dafür nicht mehr verlangen soll als für normal, das kann ich dir sagen.

Und es war ja nicht bloß das Abwichsen. Plötzlich wollten sie es alle mit dem Mund haben. Also ich mach das nicht, ich mag das nicht, ich find das ekelhaft. Aber ich sorge immer dafür, dass die Kollegin, mit der ich zusammenarbeite, es macht, dann brauchen sie nur über den Flur zu gehen, wenn sie's unbedingt haben wollen. Und auch die andern Sachen, da ist, hab ich ja schon gesagt, bloß diese Labour-Regierung dran schuld mit ihrem Pornokram. Und die ganzen Filmclubs und Massagesalons – hast du die gesehen, Duffy?«

Duffy nickte.

»Das war vielleicht ein Einbruch, kann ich dir sagen. Unsere ganzen Freier sitzen da im Dunkeln und schauen zu, wie fremde Leute bumsen. Wo soll da der Vorteil sein für unsere Branche? Und genauso bei den Massagesalons: Manchmal frage ich mich ja, warum die uns Mädchen noch nicht ganz vom Markt vertrieben haben. Ich glaube, der einzige Grund, warum immer noch wer zu uns kommt, ist, dass die Angst haben, in so einen Salon zu gehen und dort wirklich eine Massage zu kriegen – so eine dicke fette Deutsche, die auf ihren Arsch eindrischt, als würde sie ein Steak weichklopfen, und sie dann kopfüber in eine eiskalte Brause schubst, und das alles für fünfzehn Möpse oder so.«

Renée lachte. Die Vorstellung gefiel ihr. Sie nahm ihren Beruf nicht allzu ernst, selbst wenn sie sich drüber aufregte. Duffy lachte mit.

»Aber das ist wahrscheinlich nicht ganz das, was du wissen wolltest.«

»Nein, nicht ganz. Ich hab da mehr an so Sachen gedacht, wie wer was in der Hand hat und so was.«

»Das ist auch alles ganz anders geworden und wahrlich nicht schöner. Und das geht so schnell, dass man gar nicht mehr mitkommt. Also früher, da waren es die Malteser Jungs. Die waren immer ganz schlecht angeschrieben, die armen Malties, aber wenn du mich fragst, das war einfach Rassendiskriminierung. Die jagen dir zwar schneller ein Messer in den Rücken, als du denken kannst, wenn sie glauben, du willst sie linken, aber ich hatte nie Ärger mit denen. Sie haben halt Häuser aufgekauft und die regelrecht hergerichtet. Im Keller der Stripclub, im Parterre der Pornobuchladen, Hostessenservice im ersten Stock und die Nutten unterm Dach. Eigentlich wie bei einer Schichttorte. Und jeden Freitagabend kam der Laufbursche und hat auf jedem Stockwerk seinen Zehner eingesackt. Das ganze Haus also vierzig. Heute klingt das natürlich wie Fliegenschiss, aber wahrscheinlich waren die Sätze niedriger damals. Und diese Malteser, die wussten genau, was sie aus einer solchen Investition herausholen wollten, und wenn sie pro Haus ihre vierzig kriegten, waren sie hochzufrieden. Bloß, zahlen musstest du auf jeden Fall, selbst wenn die Geschäfte nicht besonders liefen. Sonst hast du vielleicht zu Hause gehockt, und plötzlich kam so ein billiger Ölofen durchs Fenster geflogen. Also besonders nett waren sie nicht, wenn man sie reizte, die Malties, aber fair waren sie, das muss man ihnen lassen.

Dann kam die große Aufräumaktion, und die Malties wanderten haufenweise in den Knast oder wurden abgeschoben; manche sind auch einfach abgehauen und kriegten ihre Strafe in Abwesenheit aufgebrummt. Wahrscheinlich haben sich dann alle gedacht, na prima, jetzt sind wir die Malties los, jetzt können wir unsere Bälger mit Eistüten in den Pfoten auf der Old Compton Street spazieren führen. Die blöden Ärsche. Die hätten doch eigentlich wissen müssen, dass die Malties noch das beste waren. Bloß weil sie die Malties einbuchten, folgt daraus doch noch lange nicht, dass auch die Nutten verschwinden. Klar wie sonstnochwas. Was daraus folgt, ist, dass da andere reindrücken und sich ihren Anteil sichern wollen.

Und genau das ist dann auch passiert. Du weißt das so gut wie ich, Duffy. Seitdem hat es nie mehr stabile Verhältnisse gegeben. Überhaupt kein bisschen Stabilität. Ein paar Zuhälter von hier wurden größer, paar Burschen von oben im Norden drängelten sich rein; dann kamen paar Iren, aber die konnten sich nicht lang halten; jetzt gibt's 'n paar Bimbos, und sogar die Schlitzaugen haben versucht, sich noch reinzuhängen. Und warum auch nicht. Und dann, als die ganzen Malties verschwunden waren, wurden deine ganzen wunderbaren blauen Jungs geschmiert wie Schwulenärsche. Bei den Malties war's hier mal ein bisschen, da mal ein bisschen gewesen, und wer's übertrieben hat, egal auf welcher Seite, der wurde ein Weilchen aus dem Verkehr gezogen. Doch als die Malties mal weg waren, da wurden sie vielleicht raffgierig, die Blauen! Die Nutten zahlten die Zuhälter, die Zuhälter zahlten die Blauen, und die Nutten zahlten auch noch die Blauen. Da hieß es ›jeder greift jeden‹, kann ich dir sagen, und die Bullen kannten kein Halten mehr.

Dann wurde bei den Bullen aufgeräumt, das heißt, es wurde natürlich nicht richtig aufgeräumt, man schob einfach ein paar in den vorzeitigen Ruhestand ab, und die ganze Kohle war unter dem Namen ihrer Ehefrauen sauber weggesteckt. Zum Kotzen, ich sag's dir. Die Kühe der Bullen hocken auf dem ganzen schönen Geld.«

»Wer hat Salvatores Laden übernommen?« Duffy sah den Zeitpunkt gekommen, etwas konkreter zu werden.

Renée wurde direkt nostalgisch.

»Der gute alte Emilio. Ich hatte ihn, musst du wissen. Bloß ein-, zweimal, aber ich hatte ihn. Der war vielleicht komisch. Wenn er fertig war, zog er sich an, sagte kein Wort, setzte den Hut auf, ging zur Tür, lüpfte den Hut und verschwand. Kein Wort und auch kein Geld. Ich meine, beim ersten Mal, da hatt ich ihm vorher den Preis gesagt, und als er das Geld nicht gleich hingeblättert hat, dacht ich mir, der gibt's dir bestimmt danach. Aber nichts da. Der ging einfach. Und zwei Tage später kam das Geld mit der Post. So machte er das immer. Wahrscheinlich gefiel ihm einfach die Vorstellung, er wäre der große Boss, der alles umsonst kriegt. Aber er hat dann immer bezahlt.«

»Und als er starb?«

»Ich glaube, er hatte einen Neffen oder so was, aber der war bloß 'ne halbe Nummer und rasch weg vom Fenster. Die Schlitzaugen übernahmen einen Teil, Hasch und die Sachen. Die Restaurants gingen an Big Eddy, da bin ich mir ziemlich sicher. Die Nutten kriegte ein Bimbo, O'Reilly heißt er.«

»Also wer hat die Finger drin beim Hasch und dem Rest?«

»Schlitzaugen. Old Max ein bisschen, aber nicht übermäßig. Mad Keith. Finley.«

»Nutten?«

»Big Eddy. O'Reilly. Mad Keith. Dann die Hand voll Schwuchteln – 'tschuldigung –, die gehören Fat Eric. Kennst du den noch?«

»Der immer so angegeben hat, wie behaart er sei – ›Von der Nasenspitze bis zur Nillenspitze‹ – der Eric?«

»Genau. Und Henderson. Der ist im Augenblick sehr gut drin im Nuttengeschäft.«

»Und die Buchläden und die Clubs?«

»Im Wesentlichen die gleichen wie bei den Nutten. Mad Keith hat Peepshows. Und dann gibt es da einen neuen, Johnny Grease, dem gehören auch 'n paar.«

»Schutzgelder?«

»Da mischt jeder 'n bisschen mit, weißt du ja. Kommt drauf an, wer in 'ner Gegend grad am Drücker ist.«

»Wer ist in der Rupert Street am Drücker?«

»Welcher Abschnitt? Südlich oder nördlich der Avenue? Das ist ein großer Unterschied.«

»Süden.«

»Zu dumm. Im Norden hätte ich gesagt, Big Eddy. Aber im Süden, da ist es vergleichsweise ruhig. O'Reilly vielleicht. Der Bimbo.«

»Hmmm. Und wie steht's mit den Bullen?«

Renée sah ihm scharf ins Gesicht.

»Und du bist bestimmt nicht mehr dabei?«

»Großes Indianerehrenwort.«

»Du bist auch keiner von dieser Sauberkeitsbrigade? So ein Bulle für die Bullen?«

»Wär ich gern.«

»Sag nein.«

»Nein.«

»Schön. Dann sag mir jetzt mal, was du springen lässt für meine Informationen.«

»Fünfundzwanzig …?«

Renée lachte.

»Haha, Duffy, jetzt fällt mir alles wieder ein. Weltmeister im Feilschen warst du ja noch nie, Duffy. Also, wie war das? Du bietest fünfundzwanzig. Das heißt, du kannst fünfzig ausgeben, deshalb verlange ich fünfundsiebzig, und nach einigen Minuten einigen wir uns auf sechzig, und du machst dir Gedanken, ob du die zusätzlichen zehn aus deiner eigenen Tasche zahlen musst.«

Duffy grinste.

»Also dann sechzig, zehn davon wahrscheinlich von mir. Wie steht's mit den Bullen?«

»Die Bullen? Schwierig. Zurzeit sind sie irgendwie gereizt. Ich hab mich erst neulich mit Ronnie wieder drüber unterhalten. Sie sind überhaupt nicht mehr berechenbar. Eine Zeit lang lassen sie alles durchgehen, dass man meint, sie wären alle im Urlaub, und dann fallen sie mit ihrer ganzen Maschinerie über einen her, weil vielleicht eine Naht nicht ganz gerade ist. Sieht fast so aus, als wüssten sie selber nicht mal, wer ihnen sagt, wo's langgeht.«

»Ist irgendwer ganz besonders korrupt derzeit?«

»Schwer zu sagen. Ein, zwei von den Jüngeren gehen ab und zu mal zu einer Nutte, aber das war schon immer so. Soviel ich weiß, nicht schlimmer als üblich. Aber irgendwie kommt eben doch ein ziemlich fieser Gestank da aus der Bullengegend.«

»Jemand bestimmtes? Stanton? Wetherby? Sullivan? Shaw?«

»Stanton ist ausgeschieden. Wusstest du das gar nicht?«

»Nein. Die anderen?«

»Nichts Greifbares. Vielleicht sind sie einfach ganz allgemein etwas gereizt. Aber irgendwas geht irgendwo vor, da bin ich mir ganz sicher.«

»Weißt du denn, wer da auf dem Vormarsch ist, Renée? Wer hält die Hand auf? Wer stört denn eure stabilen Verhältnisse?«

»Du weißt, was mit Nutten passiert, die zu viel reden?«

Duffy nickte. Seinerzeit hatte er ein paar identifizieren dürfen – in der Gerichtsmedizin.

»Ich bin keine Plaudertasche, weißt du. Ich bin bloß 'ne Nutte, die sagt, was sie denkt; das weiß jeder. Aber ich bin keine Nutte, die den Bullen was vorsingt. War ich nie.« Das stimmte zwar nicht, aber sie musste ihr Bild von sich schützen.

»Alles klar, Renée, ich bin ja auch kein Bulle. Ich gehöre nicht zur Truppe. Seit vier Jahren bin ich noch nicht mal in die Nähe von West Central gekommen. Ich bin bloß ein Freund von früher, der einen kleinen Besuch macht.«

Renée sah ihn an, zog eine Augenbraue hoch und redete weiter.

»Also, es muss wohl Big Eddy sein. Ich sag das nicht bloß, weil er erst vor Kurzem versucht hat, Ronnie die Daumenschrauben anzusetzen. Rief an und sagte, dass die Bücher in Ronnies Läden hochgehen könnten, wenn jemand einen Feueranzünder zur Tür reinschmeißt. Aber der hat was vor, ganz bestimmt. Das kommt nie gut, wenn jemand so hungrig wird wie Big Eddy.«

»Big Eddy was noch?«

»Martoff. Big Eddy Martoff. Sein Alter war einer von den Malties, die man damals gekascht hat. Hat 'ne nette Nutte geheiratet, der Alte. Das Traurige an der Sache war, dass er im Knast starb. Eddy war damals noch in der Schule. Hat ihn wohl schwer mitgenommen, wie man so hört.«

»Was wurde aus der Piste des Alten?«

»Die haben sie aufgeteilt. Seine Witwe ist weggezogen, und wir dachten schon alle, damit sei es vorbei mit den großen Malties. Dann, vor ungefähr fünf Jahren, ist Big Eddy aufgetaucht. Er kaufte sich einen Abschnitt im Nordend. Erst war er ganz ruhig und schien nichts im Sinn zu haben, außer ein paar von den Alten aufzukaufen. Bisschen Schutzgeld, aber nicht viel. Ein Teil der Geschäfte war bestimmt ganz legal, würd ich sagen. Es war komisch, dass wieder ein Maltie da war – obwohl er ja eigentlich nur ein halber ist. Seine Mutter war hundert Prozent East End, soweit ich mich erinner.«

»Hast du ihn schon mal gesehen?«

»Nein. Du hörst hier viel mehr, als du siehst.«

»Und was hörst du?«

»Als Erstes hörten wir, dass er ein stilles Kind ist. Groß und stark, aber still. Dann hörten wir, er sei ein kleiner Scherzkeks. Machte gern Fotos. Einmal habe ich gehört, muss schon paar Jahre her sein, dass er in einer seiner Absteigen einen Einwegspiegel einbauen ließ – die Nutte hatte davon keine Ahnung. Eddy kam heimlich herein, und während sie ihr Brot verdiente, machte er serienweise Polaroids vom Freier bei der Arbeit. Danach schlich er raus auf die Straße, und wenn dann der Freier die Treppe runterkam, hat Eddy ihn aufgehalten und Schnappschüsse zum Kauf angeboten. Meist hat dann der Freier die Bilder gekauft, kannst du dir ja vorstellen. Das Problem dabei war nur, dass solche Scherze die Nutte nicht gerade in den besten Ruf brachten.«

»Und was sagt man noch so?«

»Dass er ein schlimmer Raffer ist. Es heißt auch, dass er auf sehr lange Sicht plant.«

»War er je im Knast?«

»Weiß nich.«

»Hat er bestimmte Bullen handzahm gemacht?«

»Weiß nich.«

»Und warum glaubst du, dass er was vorhat?«

»Man hört so was einfach. Manchmal verhört man sich auch. Aber diesmal nich, glaub ich.«

»Vielleicht sind die Bullen deswegen so gereizt – sie denken vielleicht, es kracht bald.«

»Vielleicht. So was macht die Bullen ja immer ganz aufgeregt, nicht wahr? Die mögen ja nichts lieber, als wenn sich die Ganoven gegenseitig abstechen. Aber es ist 'ne andere Art Aufregung. Die Bullen stinken zurzeit ganz einfach irgendwie.«

»Ist schon irgendwas passiert bisher?«

»Schon, so vereinzelte Sachen, die man nicht zusammenkriegt. Die Sache mit Ronnie.«

»Woher weiß Ronnie, wer es war?«

»Negative Auslese. Kann sonst keiner gewesen sein. Dann gab's in letzter Zeit ein, zwei fiese Sachen. Zum Beispiel haben sie eine Nutte aufgeschlitzt.«

»Mein Beileid«, sagte Duffy automatisch.

»Nein, keine, die ich kenne, aber man wird halt nervös. Und ein Club wurde ausgeräuchert – weißt schon, Unfall, das Übliche. Es traf sich, dass Big Eddy an der Immobilie interessiert war. Und es traf sich, dass er, was von dem Gebäude übrig blieb, für'n Appel und 'n Ei gekauft hat. Alles so in dieser Richtung; wenn du aber mal zwei, drei Dinge in dieser Preisklasse mitgekriegt hast, dann kannste ziemlich sicher sein, dass andere noch andres gehört haben, und dass das bald einmal drauf hindeutet, dass da einer was Größeres vorhat.«

»Wer arbeitet für Eddy?«

»Viele.«

»Wer vor allem?«

»Zum Beispiel Georgiou – kennst du den noch? Nick Georgiou?«

»Nein.«

»Fett, der Bursche – rötliche Haare, Brille, spinnt ein bisschen; Georgiou kommst du besser nicht in die Quere, sagen alle. Der ist nicht ganz dicht, sagen sie; er macht gern einen auf freundlich, und dann, aus'm heiteren Himmel, haut er dir'n Billardstock gegen die Kniescheiben.«

»Wer noch? Wer macht die Drecksarbeit für Eddy?«

»Georgiou mit Vorliebe. Der reißt sich drum. Dann Kyle. Magerer Kerl, großes Maul. Meter achtzig, mindestens. Sehr schlechte Zähne. Redet aus dem Mundwinkel. Ein Schwätzer.«

»Und sonst?«

»Einer oder zwei. Paddick – so'n hartgesottener

Blonder. Es heißt, er sei schwul, aber heut ist ja kaum einer noch richtig rum – ’tschuldigung, Schätzchen. Oh, und dann Hogan – so’n kleiner Ire. Widerlicher Bursche. Der ist damit groß geworden, dass er mit Ölöfen nach älteren Damen geschmissen hat.«

»Reizend. Und wo treibt sich Eddy abends rum?«

»Solche Leute treiben sich nich rum, Duffy, das solltest du eigentlich wissen. Du kannst nicht in irgendwelchen Billardsalons rumstehen und darauf warten, dass die Eddies dieser Welt auftauchen. Der geht nicht in Bars und wartet dort darauf, dass seine Laufburschen ihm die Kohle bringen. Die Bars gehen zu ihm. Leute wie er, die treiben sich nich rum, Duffy, das tun die nich.«

Duffy lächelte.

»Also das war ziemlich gut für meine fünfundzwanzig, Renée.«

»Sechzig, Schätzchen, oder du kriegst auch einen Ölofen ab.«

»Danke, Renée, du hast mir sehr geholfen. Und dabei bin ich nicht mal hier gewesen.«

»Ist gut, Duffy. Pass bloß auf, dass du rausgehst wie ein Freier.«

Er verdrückte sich mit schuldbewusster Hast aus der Wohnung, und während er die Gasse entlang ging, gab er sich alle Mühe, wie ein Mann zu wirken, der sich eine Stunde an ein Bett hatte fesseln lassen, derweilen drei Nutten in Schuluniformen Zuckersirup über ihn gegossen und dann abgeleckt hatten. Er hatte das Kinn fest auf die Brust gedrückt und sah nichts als den Boden. Ob ihn jemand gesehen hatte, wie er aus Renées Wohnung kam, oder nicht, er hatte keine Ahnung.

Zu Hause an diesem Abend brachte er seine ganze Kunstfertigkeit, seinen ganzen Einfallsreichtum für Carols Cheddar-Toast zum Einsatz.

»Gar nicht mal schlecht, Duffy, deine Kochkünste können sich langsam sehen lassen. Ich glaube, diesen Cheddar hätte ich auch nicht besser hingekriegt.«

Duffy schien sich zu freuen. Er hatte beschlossen, Kochen zu lernen, nachdem er nicht mehr billig essen konnte in der Polizeikantine; nachdem er bei Carol impotent geworden war; nachdem sie gemeint hatte, sie könnten ja trotzdem heiraten, und er sich weggedreht und »Nein« gesagt hatte. Aber leicht fiel Duffy das Kochen nicht. Carol sagte ihm immer, er müsse dafür nur den richtigen Instinkt entwickeln – »Wie entwickelt man einen Instinkt?«, hatte er verwirrt zurückgefragt –, nein, sein Ansatz war methodisch und gewissenhaft. Er wog das Mehl wieder und wieder ab, um ganz genau die vorgeschriebene Menge zu bekommen; er schrubbte das Gemüse so heftig, als müsse es keimfrei gemacht werden für einen Weltraumflug; jedes Ei und jede Büchse Frühstücksfleisch behandelte er wie eine Sprengvorrichtung, die man nur mit allerhöchster Sorgfalt entschärfen durfte.

»Ich kann den Dreck einfach nicht ausstehen«, hatte er gesagt.

»Da ist doch gar kein Dreck«, hatte Carol geantwortet, nachdem sie sich umgeschaut hatte.

»Ja, weil ich dafür gesorgt habe, dass keiner mehr da ist.«

Duffy verwendete genauso viel Zeit auf die Beseitigung von Abfällen und das Wegpacken von Essensresten wie auf das Kochen. Wenn man bei ihm den Kühlschrank öffnete, sah man nichts Essbares: Man sah Abteile voller undurchsichtiger Tupperwareboxen; Gefrierbeutel, mit neurotisch geknüpften Doppelknoten am Hals; manchmal sogar Tupperwareboxen *in* Gefrierbeuteln. Als Carol das erste Mal reingeschaut hatte, rief sie:

»Hey, Duffy, meinst du, das Essen macht demnächst einen Ausbruchsversuch?«, und bezeichnete seinen Kühlschrank seitdem als Sibirien.

Als sie mit dem Abendessen fertig waren, spülte Duffy unverzüglich das Geschirr, denn sonst hätten sich ja aus dem verrottenden Essen irgendwelche Keimträger freimachen können, um dann Sibirien zu infiltrieren. Beim Kaffee fragte er beiläufig:

»Was tut sich denn so bei euch, Carol?«

»Wie meinst du das?«

»Na, was so los ist bei euch auf der Wache? Sind sie nervös oder so? Hat auf der Piste jemand was Größeres vor?«

»Duffy«, sagte sie streng, »davon willst du doch gar nichts mehr wissen. Du bist kein Polizist mehr.« Die dunklen Augen in ihrem hübschen irischen Gesicht blickten ihn ernst an.

»Bin halt neugierig.«

»Duffy, es sind jetzt vier Jahre. Vier Jahre lang hast du mich nicht gefragt. Wir haben vereinbart, dass du nicht fragst. Weil wir uns einig waren, dass dir das nicht guttäte.«

»Was läuft denn so, Carol?«

»Nein.«

»Ich muss es aber jetzt wissen.«

»Nur wenn du mir sagst, warum. Und auch dann wahrscheinlich nicht.«

»Wenn ich dir was darüber sage, dann wird es für dich bei der Arbeit vielleicht schwieriger.«

»Wenn es danach klingen sollte, bremse ich dich schon.«

Duffy erzählte ihr alles, was er herausgefunden hatte seit jenem Anruf von McKechnie, der ihn von ihrer Seite aus dem Bett gerissen hatte. Er sagte ihr auch, in welche Richtung seine Mutmaßungen gingen, erzählte ihr, dass er bei McKechnie immer wieder seine Zweifel habe, erzählte ihr alles, was er von Renée erfahren hatte. Er verschwieg ihr auch nicht, dass ihn sein Interesse an Sullivan ebenso sehr beflügelte wie das Geld, das er verdiente, indem er McKechnie half. Am Ende sagte Carol:

»Ich glaube nicht, dass ich das kann, Duffy.«

»Warum nicht?«

»Wegen dir hab ich viel verloren, Duffy. Ich habe vier Jahre verloren, in denen ich vielleicht glücklich gewesen wäre.«

»Das war aber nicht wegen mir, sondern wegen dem Schwein, das mich reingelegt hat.«

»Aber es sind vier Jahre, Duffy, trotzdem vier Jahre. Und diesen schwarzen Jungen hat man dir zwar vielleicht untergejubelt, aber« – sie sah ihn vorwurfsvoll an, in all den Jahren zum ersten Mal – »du hast ihn schließlich aufgegabelt.«

»Aber so war doch unsere Vereinbarung.«

»Schon, aber es gibt Vereinbarungen, bei denen man hofft, sie würden so und so laufen, und andere Vereinbarungen, da hofft man, dass sie nicht so laufen.« Carol klang beinah verbittert; sie hatte auch alles Recht dazu. Sie sah ihn nicht an, als sie weiterredete. »Und jetzt bittest du mich also darum, dass ich Leuten, mit denen ich zusammenarbeite, nachspioniere, bloß damit du deine zwanzig Pfund von einem Kerl kassieren kannst, von dem du ziemlich sicher weißt, dass er ein Gauner ist. *Und* damit du zu deiner Rache an Sullivan kommst, oder wer sonst auf der Wache es war, der mitgeholfen hat, dich reinzulegen. Rache ist keine so gute Idee, Duffy.«

»Es heißt aber, dass sie um so süßer wird, je länger man damit wartet.«

»Schwachsinn«, sagte Carol heftig. »Rache macht dich nur kaputt. Und du musst weiterleben, statt dich kaputt zu machen. Und *ich* muss auch weiterleben«, sagte sie mit unerwartetem Nachdruck. »Die letzten vier Jahre waren nicht so besonders lustig für mich. Hin und wieder gab es mal einen Lichtblick, aber zum größten Teil habe ich einfach nur funktioniert. Und funktioniert habe ich dank meiner Arbeit. Ich mag meine Arbeit, Duffy, vergiss das nicht, auch wenn wir nicht darüber reden. Ich habe vielleicht in West Central nicht jeden Einzelnen in mein Herz geschlossen, ich habe vielleicht sogar da und dort einen leisen Verdacht, aber ich werde dort weiterhin arbeiten, Duffy. Einen Teil meines Lebens hast du mir vor vier Jahren kaputtgemacht, aber an das, was davon übrig ist, an den Teil des Kuchens lass ich dich nicht auch noch mal ran.«

»Sagst du mir, wie es heute auf der Wache zugeht?«

»Nein.«

»Hat jemand was Größeres vor?«

»Nein, Duffy.«

»Sagst du mir, wie Sullivan sich aufführt?«

»Nein.«

»Schaust du dir für mich mal die Akte von Big Eddy an?«

»Nein.«

»Kannst du dann wenigstens Folgendes für mich tun: Kannst du – so warte erst mal –, kannst du dir für mich mal die Akte McKechnie anschauen, denn wenn sich herausstellen sollte, dass er in West Central nicht ganz unbekannt ist, könnte es ja sein, dass ich diesen Auftrag fallen lassen müsste …«

»Sag nicht, ich hätte es versprochen, Duffy, vielleicht kann ich es nämlich nicht halten. Ich kann nur sagen, falls ich je von allein in die Nähe seiner Akte komme und keiner in der Nähe ist, und falls es ganz und gar ausgeschlossen ist, dass es je herauskommt, dass ich sie angeschaut habe – dann mach ich's vielleicht.«

»Eine letzte Frage.«

Carol wirkte erschöpft.

»Bleibst du bitte über Nacht?«

Carol nickte, lächelte, ging ins Badezimmer und öffnete die Plastikschachtel mit der Aufschrift »Uhren«.

VI

Am nächsten Morgen wählte Duffy die Nummer eines alten Freundes, eines Spezialisten im ausgefuchsteren, technologischen Bereich des Überwachungsgeschäftes. Geoff Bell brauchte ein Telefon nur scharf anzusehen, um es anzuzapfen, konnte eine Stimmprobe aus der Luft greifen und ein Überwachungssystem entwickeln, mit dem man drei Meilen gegen den Wind wusste, wann ein Polizeihund wo das Bein hob. Er war nicht hundertprozentig ehrenhaft – seine moralische Bildung hinkte der technologischen etwas hinterher; das einzige Mal jedoch, als die Bullen die Probe aufs Exempel versuchten und bei ihm eine Razzia veranstalteten, kriegten sie ordentlich eins aufs Haupt: Bell hatte sein eigenes Apartment so gründlich verwanzt und mit Monitoren bestückt, dass er in der Lage war, ihnen binnen drei Tagen ein hundertseitiges Dossier zu schicken, in dem haarklein aufgelistet war, was jeder Einzelne der drei Bullen in jeder Sekunde in seinem Apartment angestellt hatte. Er wusste sogar, dass der große stämmige Bulle mit dem schwarzen Schnurrbart das Pin-up über dem Schreibtisch mit Wohlgefallen begutachtet hatte. Und am Tag, nachdem das Dossier angekommen war, reichte Bell Anzeige wegen Hausfriedensbruch, Sachbeschädigung und unerlaubter Aneignung fremden Eigentums ein. Danach schien die Polizei irgendwie das Interesse an ihm verloren zu haben.

»Geoff, Duffy hier. Ich habe mit der Zentrale Kontakt aufgenommen und die Anweisung lautet: Die Lieferung hinter dem Becken im mittleren Klo verstauen, wenn du aus dem Lenin-Mausoleum kommst. Die Flugtickets kommen am Morgen.«

»Also gut, Duffy, dies eine Mal werde ich dich nicht aufnehmen.«

»Aber das hast du aufgenommen?«

»Natürlich.« Bei Bell war Dokumentation gleichermaßen Manie und Beruf.

»Und du löschst meinen ersten Satz?«

»Ja.«

»Und er ist dann einfach nicht mehr da?«

»Nein. Weil ich ihn nämlich gelöscht habe. Wirst du allmählich etwas schwer von Begriff, Duffy?«

»Und der ist dann wirklich nicht mehr vorhanden?«

»Um was geht's, Duffy?«

»Ich hab eine Kassette mit einer Aufzeichnungslücke. Zweieinhalb, vielleicht drei Sekunden.«

»Hat Nixons Sekretärin mal wieder den Fuß auf dem Selbstlöscher gehabt?«

»So ähnlich. Was ich aber wissen wollte: Glaubst du, dass du da noch was rausholen kannst?«

»Kommt drauf an. Kommt auf ziemlich viele Faktoren an. Wie laut die Aufnahme war. Mit welcher Entschlossenheit der Knabe löschen wollte: Wenn er mehrere Male drüber ist, dann ist wahrscheinlich nichts mehr zu hören. Kommt auch darauf an, ob er mit dem gleichen

Gerät gelöscht hat, mit dem er auch aufgenommen hat. Kommt auch darauf an, wie gut die Kassette und das Gerät zunächst einmal überhaupt waren. Kommt schließlich darauf an, wie sehr es dir damit pressiert.«

»Zwei Tage, würde das reichen?«

»Ich schau mal, was ich machen kann. Allerdings heißt gelöscht meistens wirklich gelöscht.«

»Klar.«

Duffy legte auf und machte sich über seinen Werkzeugkasten her. Er fand einen kräftigen, stupsnasigen Metallschneider mit kurzem Griff und steckte ihn in die Tasche. Dann griff er sich McKechnies Kassette, schmierte eine Nachricht auf einen Zettel und steckte ihn mit der Kassette in einen Umschlag, den er durch Bells Tür schieben wollte. Als er Carol zum Abschied durch die Haare fuhr, sagte sie:

»Ich habe nicht das Geringste gesehen, Duffy, und ich bin mir vollkommen sicher, dass es mir nicht gefallen hätte, wenn ich doch was gesehen hätte.«

»Bloß ein neuer Büchsenöffner, Schatz. Kommt aus der Schweiz.«

»Wie die Uhren, die 'n Vogel haben«, war alles, was sie sagte.

Duffy warf bei Bell die Kassette ein und nahm die U-Bahn zum Picadilly Circus. Langsam wurde das wie der tägliche Weg zur Arbeit.

Er ging die Avenue hinauf, drehte nach links ab und steuerte im Freierschritt die Peepshow an. Beim Kassierer ließ er sich zwei Pfund kleinmachen und nahm dann in einer Zelle Platz. Es war noch früh am Tag: Die

Tempotaschentücher am Boden waren ziemlich trocken. Er schätzte, dass die Peepshow mit acht bis zehn Mädchen betrieben wurde. Jedes Mädchen war für zehn Minuten an der Reihe, sodass sie erst nach eineinhalb Stunden wieder dran wäre. Die saßen bestimmt nicht in der Garderobe herum, die Füße hochgelegt, und unterhielten sich über die Vorzüge der verschiedenen Enthaarungsmittel, so viel stand fest. Soho war eine Gegend, wo Zeit direkt in Geld umgesetzt wurde. Die Huren von der alten Garde arbeiteten nach dem Taxiprinzip. Man musste in zehn Minuten fertig sein, sonst verfielen sie in die »Ich hab ja nich den ganzen Tag Zeit«-Leier; wenn man noch mal draufhalten wollte, nachdem man fertig war, wurde der gleiche Satz fällig, und Rabatt gab es dann nur, wenn man es in fünf Minuten schaffte.

Aller Wahrscheinlichkeit nach machten die Mädchen aus der Peepshow die Runde zwischen mehreren solcher Shows oder vielleicht auch Strip-Clubs – Duffy fragte sich, ob die in ein oder zwei Jahren überhaupt noch existieren könnten – oder sie rasten schnell in ihre Absteige, um eine Stunde anzuschaffen. Duffy warf das erste 50p-Stück ein, und der Metallladen fuhr hoch. Ein mageres unterernährtes Mädchen mit winzigen Mäusetitten tanzte aus Leibeskräften, nur dass es nicht wie Tanzen aussah, jedenfalls im Vergleich mit den anderen; es wirkte mehr wie ein Auf-der-Stelle-Laufen. Um den Hals trug sie ein Samtband, wohl der klägliche Versuch, von ihrem ausgemergelten Waisenkinderkörper abzulenken. Selbst ihr Schamhaar schien, wie Duffy ohne alle Leidenschaft feststellte, an Kraft zu wünschen übrig zu lassen; es spross in einzelnen Büscheln, ohne rechte Begeisterung. Als sie für die gläsernen Briefkästen grätschen sollte, absolvierte sie diesen Teil hölzern und automatisch und sah sich dabei besorgt um, als könnte sie einen verpassen. Duffy fragte sich, ob das irgendjemand in dem anonymen Kreis von Augen aufregend fand. Er hatte nur das Bedürfnis, dem Mädchen eine Rotkreuz-Decke um die Schultern zu legen und ihr heiße Suppe einzuflößen.

Für den Rest ihres Auftritts ließ er seinen Briefkasten zu und warf dann weitere 50p ein. Zwei Minuten zuschauen und umschauen bei offenem Schlitz, dann fünf Minuten oder so bei geschlossenem Schlitz. Ob die Spanner wohl einen bestimmten Prozentanteil Zeit ihren Schlitz offen halten mussten, damit ihnen der Geschäftsführer nicht die Tür eintrat, fragte sich Duffy. Wahrscheinlich kümmerte sich keiner mehr darum, weil sie schon so genug Geld einsackten. Es war wohl wie bei den Pornobuchläden. In den alten Zeiten hingen über den Magazinständern Pappdeckelschilder: SCHMÖKERN VERBOTEN. Bullige Männer kamen zu einem und sagten zum Beispiel »Noch zwei Minuten« und dann, in einer plumpen Parodie höflicher Umgangsformen: »Kann ich Ihnen vielleicht behilflich sein?« Jetzt schien es vollkommen egal zu sein, wenn die Spanner stundenlang im Laden herumstanden und dann gingen, ohne etwas gekauft zu haben; der Umsatz war offensichtlich gut genug, und außerdem war das Piesacken der Kundschaft dem Geschäftsklima nicht gerade förderlich.

Duffy wechselte noch mehr Geld, und nachdem er etwa drei Pfund verbraucht hatte, schnappte sein Schlitz auf und gab den Blick frei auf das schwarze Mädchen, auf Polly. Er sah sie genauer an als die vorangegangenen Mädchen, überprüfte die weiße Narbe an der Schulter und sah, als sie sich vornüber beugte, um den Spannern einen doppelläufigen Schuss zu verpassen, auf das Ende ihres Oberschenkels: Hier, genau da, wo der Oberschenkel in den Hintern überging, verlief der Einstich des Zuhälters: eine weiße Narbe, die ihre Leiste hinunter verlief.

Nach dem Ende dieser 50p stand Duffy auf, ging hinaus und wartete auf der gegenüberliegenden Straßenseite auf die Schwarze. Als sie herauskam, ging er rasch hinüber und erwischte sie, ehe sie wie beim letzten Mal verschwinden konnte.

»'tschuldigung«, sagte er, als er sie erreicht hatte.

»Ja, was?«

Duffy wusste nicht so recht, wie er anfangen sollte.

»Äh, also, entschuldigen Sie«, sagte er noch mal. Es war ihm beinah peinlich; jedenfalls musste er ziemlich verlegen ausgesehen haben, denn plötzlich lächelte sie hart und berufsmäßig.

»Also gut, Schätzchen, ich wollte eigentlich paar Einkäufe erledigen, aber ich kann dich noch dazwischenschieben.« Sie machte kehrt und ging zurück in die Richtung, aus der sie gekommen war. Duffy folgte ihr, hatte aber Mühe, sie wieder einzuholen. Sie ratterte bereits die Preisliste herunter.

»Zehn für normal. Willste normal? Kannst es auch türkisch haben. Türkisch macht zwanzig. Blasen fünfzehn. Mit der Hand? Handarbeit is auch zehn. Weiß schon, dass das teuer klingt, Schätzchen, aber ehrlich, es macht genauso viel Arbeit wie das andre. Hast du dir's überlegt?«

Es war erst halb eins. Besonders geil war er nicht. Aber wo er schon so weit gegangen war, kam es ihm nicht so vor, als würde er was Sinnvolles aus ihr herausbekommen, wenn er jetzt aufhörte, sich vorstellte und dann ein paar Fragen an sie richtete. In ihrem Zimmer legte er zehn Pfund in einen geflochtenen Korb und kam zur Sache. Sie tat, als sei sie ungeheuer erregt, damit es bei ihm schneller ging. Und er tat ganz ähnlich, um sich was vorzumachen und damit es auch wirklich schneller ging. Ihre Gedanken waren meilenweit von ihren Körpern entfernt.

»So, jetz is' besser, Schätzchen, nich wahr?« Für eine Nutte war sie ganz schön redselig.

»Du bist doch Polly?«

»Wenn du meinst.«

»Ich hab dir mal Blumen gebracht.«

Sie sah ihn sonderbar an.

»Also hör mal, Schätzchen, von meinen Freiern bringt *mir* keiner Blumen. Nich mal Stammkunden.«

»Nein, ich hab dir Blumen ins Krankenhaus gebracht. Vor vier Jahren.«

Statt den Rock hochzuziehen, sah sie Duffy noch mal an. Dann sagte sie:

»Du bist doch so'n Scheißbulle.«

»Nicht mehr.« Er war mit dem Anziehen fertig und zog als Letztes den Reißverschluss an seinem Blouson zu.

»Ich nehme keine Bullen. Bullen hab ich noch nie genommen.«

»Ich bin kein Bulle. Ich bin jetzt ein Privater. Kann ich mich ein wenig mit dir unterhalten?«

»Nein, verdammte Scheiße, nein.« Sie schien Angst zu haben, obwohl sie ihm Wut vorspielte.

»Dauert nicht lang. Ich will nur mal wissen, wie das war vor vier Jahren.«

»Nix da. Zisch ab, du Arsch. Raus mit dir, Bulle. VERDAMMT NOCH MAL, VERSCHWINDE.« Sie lief zu der anderen Bettseite und drückte eine Klingel.

Duffy zischte ab. Er zischte sogar sehr schnell ab.

Zum Mittagessen ging er in die Casa Alpina, ein kleines italienisches Café, wo er sich neben die Durchreiche setzte und den Kellnern zuhörte, wie sie in die Sprechanlage brüllten. Während er die Speisekarte studierte, eilte ein junger kahlköpfiger Kellner mit schwarzem Schnurrbart zur Durchreiche, wo er einen Stapel verklebter Dessertteller im Aufzug abstellte, beugte gleichzeitig seinen Kopf zum Mikro hinunter und schrie: »Piccolo Vorspeise, zweimal!« Duffy schätzte Lokale wie dieses: den Lärm, die Freundlichkeit, das billige Essen. Er bestellte sich Speck, Wurst, Eier, Tomaten, Baked Beans, eine doppelte Portion Pommes frites und eine halbe Karaffe Wein.

Von Polly hatte er sich nicht viel erhofft, deshalb war es auch kein so großer Schlag, dass sie nicht reden wollte. Man musste eben jede Straße ausprobieren und hoffen, dass man wenigstens auf einer irgendwo hinkam. Die meisten führten natürlich zu nichts. So oder so, überlegte er, war ihm Polly nichts schuldig. Die Blumen waren von der Polizei bezahlt gewesen;

außerdem hatte er Polly damals mehr als nur ein wenig unter Druck gesetzt.

Nach dem Lunch ging es wieder zum Double Blue. Er hoffte, dass bei diesem Stück Tagwerk ein wenig mehr herausschauen würde. Er klaubte seine Mitgliedskarte auf den Namen A. Schloch heraus und zeigte sie dem ungewaschenen Hippie im Kassenhäuschen. Der schüttelte aber nur den Kopf.

»Tut mir leid, Kollege, aber Ihre Mitgliedschaft ist abgelaufen.«

»Was soll der Blödsinn, ich bin doch erst vor ein paar Tagen eingetreten.«

»Tut mir leid, Kollege, auf der Karte steht was anderes.« Er reichte ihm die Karte zurück: »Mitglied für ein Jahr ab …«, hieß es unten, und beim vorigen Besuch hatte der Hippie eingetragen: »10. Juni 1978«. Statt »1979« hatte er »1978« geschrieben, damit die Karte am selben Tag ungültig wurde, an dem er sie ausstellte. Einer der ältesten Tricks im Gewerbe. Duffy wollte sich in den Arsch beißen.

»Also hör mal, du hast mir die Karte doch selbst vor ein paar Tagen verkauft.«

»Ich? Ich bestimmt nicht, Kollege. Ich bin erst seit heute wieder aus dem Urlaub zurück.«

»Wo warst du denn?« Duffy war stocksauer, vor allem wegen seiner eigenen Blödheit. Der Hippie sah verständnislos drein. Warum muckte dieser Spanner so auf?

»Und außerdem«, sagte der Hippie triumphierend, »ist das gar nicht meine Handschrift.«

Duffy schob einen weiteren Fünfer rüber.

»Wieder der gleiche Name, Chef? Oder soll es diesmal ein anderer sein?«

»Heath«, sagte Duffy, »E. Heath.«

Drinnen saßen etwa genauso viele Spanner wie beim letzten Mal. Zwanzig aufmerksame E. Heaths, die sich vielleicht nie von der Stelle gerührt hatten, seit Duffy zuletzt hier gewesen war. Auf der Leinwand lief wieder der Strandfilm. Inzwischen hatte sich ein fetter Mann zu den beiden ölglänzenden Mädchen, die mit einem Wasserball spielten, gesellt. Aus irgendeinem obskuren Grund – womöglich als Strafe für ihre lesbischen Aktivitäten an einem öffentlichen Strand – trat er ihren Wasserball weg, drehte sie auf den Bauch und begann ihnen den Hintern zu versohlen. Mit der Tonanlage des Double Blue hörte sich das an, als würde jemand Teppiche klopfen: ein lautes, ausgedehntes, widerhallendes Knallen.

Nach etwa zehn Minuten in dieser Tonlage war es für Duffy Zeit zum Umzug. Er erhob sich aus seinem Sessel und strebte zur Toilette. Er ging langsam dran vorbei und blieb beim Notausgang stehen, der dem Fuß der Treppe gegenüberlag. Er sah die Treppe hoch, lauschte für eine Zeit lang und fischte dann seinen Metallschneider heraus. Er hatte die Wahl zwischen dem Vorhängeschloss und der vorgelegten Kette. Beide waren ziemlich verrostet und mit einiger Sicherheit nicht in Gebrauch, aber Duffy hielt es immerhin für möglich, dass hin und wieder ein Blick auf das Vorhängeschloss fiel. Er begann sich mit einem Kettenglied zu beschäftigen. Dann hörte er auf, suchte sich eins, das noch mehr verrostet war, und fing von Neuem an. Nach mehrfachem angestrengtem

Drücken konnte er das Glied an einer Stelle durchtrennen, wo die eine der beiden geraden Seiten in die Krümmung überging. Dann verschob er die Zange um einen Zentimeter und setzte in der Nähe der anderen Krümmung an. Binnen Kurzem klirrte ein kurzes, gerades Stück Kettenglied von knapp einem Zentimeter Länge auf den Steinboden. Er hob es auf und steckte es in die Tasche.

Als Nächstes löste er die Riegel oben und unten am linken Türflügel. Der konnte jetzt von außen aufgedrückt werden, soweit es der Spielraum der Kette zuließ, die trotz des fehlenden Gliedstücks halten würde. Der Ausgang lag im dunklen Teil des Korridors, er bekam nur ein wenig Licht vom oberen Ende der Treppe, und Duffy hoffte, dass sich keiner näher damit befassen würde. Falls die Stadtverwaltung auf die Idee kam, jemand vom Gewerbeaufsichtsamt auf eine Stichprobe vorbeizuschicken, wäre das eben sein Pech.

So geräuschlos wie möglich ging Duffy zur Toilette zurück, trat hinein und schloss die Tür. Der Spülkasten hatte irgendwann seinen Deckel verloren, und Duffy stieg auf die Klobrille, um hineinzuschielen. Er nahm den Metallschneider aus der Tasche und ließ ihn vorsichtig ins Wasser gleiten. Das zentimeterlange Stück Kette folgte. Dann stieg er herunter, sehr zufrieden mit sich. Damit war der mechanische Teil erledigt. Beim menschlichen Teil konnte viel eher was schieflaufen.

Er kehrte an die Treppe zurück und ging langsam die Stufen hinauf. Als er oben stand, sah er drei geschlossene Türen. Er ging rasch zu der rechten hinüber, aus der das letzte Mal die Stimmen gekommen waren, und klopfte. Nichts geschah. Stattdessen erhob sich hinter ihm eine Stimme.

»Doch nicht etwa immer noch auf der Suche nach dem Scheißhaus, Kollege?« Es war der massige rothaarige Mann, den er schon mal gesehen hatte. »Wenn Sie's nämlich immer noch suchen, dann, also dann muss ich sagen, Sie können's erheblich länger halten als ich.«

Er war aus der Tür zur Linken gekommen und winkte Duffy zu sich herüber.

»Also, was können wir für Sie tun, Kollege? Gefällt Ihnen der Streifen nicht oder was?«

»Der Film ist prima«, gab Duffy zurück, »absolute Weltspitzenklasse. Die Spanner sind begeistert. Sie stehen vor lauter Glückseligkeit schon auf ihren Stühlen. Sie sind doch Georgiou.« Er hoffte inbrünstig, dass seine Vermutung zutraf.

»Könnte sein.«

»Wollen Sie mich nicht hereinbitten?«

»Ich bitte um Verzeihung für meine Manieren, der Herr«, sagte Georgiou, »aber ich bin ein wenig wählerisch, wenn es um die Gäste in meinem Salon geht.«

»Bei der Auswahl der Leute, die Sie die Geldlieferungen abholen lassen, scheinen Sie aber weniger wählerisch zu sein.«

»Soll heißen?«

»Soll heißen, der Bluejeans-Typ, der vor ein paar Tagen durch die Brewer Street lief. Dem müssen Sie mal ein Bindfadenknäuel oder so was ans Bein binden, damit er Ihnen ganz bestimmt nicht verloren geht.«

Georgiou sah ihn an und grinste.

»Vielleicht sollte ich Sie doch noch hereinbitten, Mr ...«

»Wright.«

»Mr Wright? Na, so ein Zufall! Dann sind Sie hier richtig.«

Er drückte die linke Tür auf und ließ Duffy höflich den Vortritt. Oder vielleicht sorgte er so dafür, dass ihm Duffy nicht abhaute. Duffy trat ein. Es war ein kleines Büro mit ein paar Aktenschränken, einem Pin-up-Kalender an der Wand und einer kleinen Küche an der Seite. Es erinnerte stark an McKechnies Büro. Der Hauptunterschied bestand darin, dass sich der Geldbote auf dem orangefarbenen Sofa lümmelte. Immer noch die gleichen Bluejeans; noch genauso schmuddelig; ein halbherziger Schnurrbart.

»Nehmen Sie Platz, Mr Wright. Ich glaube, es ist besser, wenn Sie auf meinem Stuhl sitzen, während ich auf dem Sofa Platz nehme für den Fall, dass einer von Ihnen beiden den anderen gern umbringen möchte. Bei der Gelegenheit: Das ist Mr Jeggo.« Er fuhr in der förmlichen Vorstellung fort. »Mr Jeggo, ich glaube nicht, dass Sie Mr Wright bereits kennen. Mr Wright, ich glaube, dass Sie bereits das Vergnügen *hatten,* Mr Jeggos ansichtig zu werden.«

Jeggo hatte die Unterhaltung draußen auf dem Flur ganz offensichtlich mit angehört; er starrte Duffy ausdruckslos an. Es war ein Blick, wie man ihm vielleicht im Schlachthof begegnete.

»Mr Wright sagte eben, Jeggo, dass du seiner Meinung

nach deine Technik ein wenig verbessern solltest. Habe ich Sie richtig verstanden, Mr Wright?«

Duffy kam zu dem Schluss, dass wenig damit gewonnen sei, wenn er sich bei Jeggo einschmeichelte; außerdem war es dafür vermutlich ohnehin zu spät.

»Ja. Das Erste, was ich anzumerken habe, ist« (Duffy nahm den Tonfall eines Unteroffiziers an, der die Fehler einer Gruppe frischer Rekruten durchging: streng, aber gerecht), »dass Sie versuchen sollten, sich zu erinnern, in welcher Mülltonne die Lieferung steckt. Wozu legt denn Georgiou oder Eddy oder wer immer vorher den genauen Ort fest, an dem das Geld deponiert werden soll, wenn sich der Geldbote dann aufführt, als würde er am helllichten Tag Pantoffelsuchen spielen?«

»Bist wohl'n Bulle, du Arschloch?«

»Nein. Zweitens: Man läuft *nicht* die Straße zum Depot runter, holt das Geld, macht kehrt und geht zurück in die Richtung, aus der man gekommen ist: Niemand läuft die Brewer Street runter, schaut in einen Mülleimer, klaubt etwas raus und geht dann den gleichen Weg wieder zurück, niemand außer einem Geldboten. Hin zum Depot, aufnehmen, dann in der gleichen Richtung weitergehen.«

»Arschloch«, sagte Jeggo leise.

»Drittens: Es war vollkommen richtig, zur Berwick Street zu laufen.« (Duffy gab sich so väterlich-wohlwollend wie nur möglich.) »Eine mundharmonikaspielende Nonne mit Holzbein könnte auf dem Markt einen Verfolger abschütteln. Aber ein bisschen Mühe müsste man sich schon geben: Man darf nicht einfach davon ausgehen, dass der Markt alles von alleine macht. Man muss ihn sich *zu Nutze* machen – die Buden und die Leute und das ganze Durcheinander. Und was den vierten Punkt betrifft« (Duffy bemerkte, dass Georgiou in sich hineingrinste): »Sie werden einen Verfolger nie bemerken, wenn Sie gar nicht nach ihm Ausschau halten. So einfach ist das. Sie wussten nicht, ob Sie beschattet werden oder nicht; und Sie machten sich auch nicht die Mühe, das herauszufinden. Sie haben einfach das Geld geholt und sind damit nach Hause abgehauen.« Er wandte sich an Georgiou. »Oh, hoffentlich waren Sie nicht für die Ausbildung zuständig, Georgiou. Ich wollte keinesfalls unhöflich erscheinen.«

»Nein, nein, Mr Wright, ganz und gar nicht unhöflich. Ich bin mir sicher, dass Mr Jeggo beim nächsten Mal um vieles vorsichtiger zu Werke gehen wird, was, Mr Jeggo?«

»Ich mach das Arschloch kalt«, sagte Jeggo mit tonloser Stimme. Duffy beschloss, ihn noch ein bisschen zu reizen.

»Dann wollen wir hoffen, dass Sie zum Killer mehr Talent haben als zum Botenjungen. So wie's aussieht, würd ich Sie nicht einmal damit betrauen, mir für die Post die Briefmarken anzulecken.«

»Das ist ein Bulle«, sagte Jeggo, »der stinkt nach Bulle.«

»Nein«, sagte Georgiou, »der ist zu schlau für einen Bullen. Der stinkt vor Schlauheit, das ist alles.«

»Kalt machen«, wiederholte Jeggo quengelnd.

»Das halte ich nicht für eine gute Idee, Jeggo. Meiner Meinung nach sollten wir ihn zunächst erst fragen, was er eigentlich will. Aber wir merken uns diese Idee einmal vor. Also, Mr Wright, das war ja erst mal ganz lustig, und Sie sind auch nicht wegen des Klos gekommen – worum geht's denn eigentlich?«

»Worum es eigentlich geht, will ich nicht unbedingt vor Laufburschen ausplaudern.«

»Schön. Jeggo, sei so gut und geh jemand nebenan kaltmachen, ja?«

Jeggo stand auf und verschwand.

»Ich möchte zu Eddy.«

»Das wollen alle.«

»Und?«

»Mr Wright, ich warte nur darauf zu erfahren, was Sie eigentlich zu uns führt.«

»Ich komme von McKechnie. Ich habe einen Handel vorzuschlagen.«

»Ah, so. Wie interessant. Und Sie wollen mir nicht sagen, an was Sie dabei gedacht haben?«

»Nein. Ich will mit Eddy sprechen.« Duffy fand seine eigene Argumentation nicht eben zwingend.

»Nun, Mr Wright, Mr Eddy ist stolz auf die vertikale Struktur seines Unternehmens. Seiner Meinung nach sollte jeder direkten Zugang zur Geschäftsleitung haben. Ich will mal sehen, was er meint.« Er verschwand, dann steckte er den Kopf noch mal durch die Tür und sagte: »Ach, übrigens, ich würde mir nicht zu viele Sorgen machen. Ich glaube nicht, dass Mr Jeggo Sie wirklich umbringen will. Er neigt bisweilen zu Übertreibungen.«

Drei Minuten später kam Georgiou zurück.

»Mr Eddy wird Sie jetzt empfangen.«

Sie traten auf den Gang hinaus, und Georgiou öffnete die mittlere Tür. Sie befanden sich in einem schmalen Flur, und Duffy bemerkte eine deutliche Änderung der Atmosphäre: Den Boden bedeckte ein Teppich, die Wand war vor Kurzem grün gestrichen worden; außerdem hingen dort zwei Drucke. Der Flur endete an einer cremefarbenen Tür. Sie wurde geöffnet, und Duffy betrat eine andere Welt. Er befand sich in einem hohen, eleganten, georgianischen Salon, der in einem blassen Grün gehalten war. Zwischen den Fenstern hingen Pfeilerspiegel und an den Wänden alte Drucke. Der Raum musste beinah doppelt so breit sein wie das darunterliegende Double Blue, schätzte Duffy; er musste in ein Nachbarhaus hinüberreichen, vielleicht sogar in beide Nachbarhäuser. Da standen mit Chintz bezogene Sofas und in einer Ecke ein großer Managerschreibtisch, auf dem sich mehrere Telefone sowie die bronzene Statuette eines Schwans befanden. Die Fenster waren doppelt verglast, und der blassgrüne Teppich unter Duffys Füßen kam ihm sehr dick vor.

Big Eddy Martoff kam durch die Tür in der linken Ecke des Zimmers, einen braunen Schnellhefter in der Hand. Er legte ihn auf dem Tisch ab und kam zu den beiden herüber. Er war größer als Duffy, aber das waren fast alle Männer. Er war jedoch kaum größer als einsachtzig und auch nicht besonders kräftig. »Big« war ohne Zweifel ein Übername für das Milieu, der vor allem bei Leuten wirkte, die seinen Träger nie zu Gesicht bekommen hatten. Er war ein gut aussehender Mann Mitte dreißig, mit dunklem gekräuseltem Haar, einem etwas bleichen Teint, braunen Augen, hohen Backenknochen über lang gezogenen Wangen. Er war gekleidet wie ein Mann, der die Art moderner Kunstgalerie betreibt, deren Bilder man sich nicht leisten kann. Leichter, dezent blauer Anzug, weiches cremefarbenes Button-down-Hemd, französische Krawatte, teure Mokassins.

»Mr Wright. Gefällt Ihnen das Zimmer?«

»Doch, doch.«

»Ich schätze es sehr. Und ganz besonders gefallen mir die Morland-Drucke. Ich finde, sie passen so gut hier rein.« Seine Sprechweise passte zu seinem Aussehen: dezent, weich und teuer. Der alte Martoff musste ihm eine nette kleine Ausbildungsversicherung hinterlassen haben, sagte sich Duffy. »Auch die Fensterbänke sind sehr angenehm, Mr Wright. Eine Rarität in diesem Teil Londons, wie Sie sich unschwer vorstellen können. Man kann sich auf eine dieser Fensterbänke setzen, sich die Sonne ins Gesicht scheinen lassen und all die geschäftlichen Unannehmlichkeiten einfach vergessen.«

»Ich hoffe nur, Ihr Fußboden ist schallisoliert.« Duffy dachte an all die verstärkten Schäferhunde und die rasenden Teppichklopfer im Stockwerk darunter. Bei sich dachte er auch, dass Martoff, selbst wenn die Kassette nicht von bester Qualität war, ohne Zweifel jener »Salvatore« war.

Martoff lächelte.

»Ach so, natürlich, Sie kamen ja hinten herein durch den Lieferanteneingang. Wie ich höre, haben Sie einem unserer Azubis unterwegs noch einen brillanten Schulungsvortrag angedeihen lassen.«

»Ich werde beim Weggehen dann wohl den Vorderausgang benutzen, wenn Ihnen das recht ist.«

»Ach, besprechen wir doch zuerst einmal das Geschäftliche, Mr Wright.« Er ließ sich hinter seinem Schreibtisch nieder und winkte Duffy gleichzeitig zu einem Sofa. Dort saß man um einiges niedriger als am Schreibtisch. Der billige alte Vorgesetzten-Trick, dachte Duffy; aber schön, wenn er das nötig hatte. Georgiou parkte einen seiner fetten Hinterschinken auf einer Fensterbank.

»Nun, Mr Wright?«

»McKechnie sagt, Sie schröpfen ihn zu sehr. McKechnie sagt, er ist knapp bei Kasse, das Geschäft geht derzeit schlecht. McKechnie sagt, Sie sollten eine Zeit lang Ruhe geben. McKechnie sagt, er weiß nicht, was für einen Handel Sie im Sinn haben.«

Martoff lachte obenhin. »Mr Wright, wissen Sie eigentlich, dass Sie jeden Satz mit den Worten ›McKechnie sagt ...‹ begonnen haben? Wie bei dem alten Spiel, das wir als Kinder gespielt haben, ›O'Grady sagt‹. Ich hoffe doch, dass die gleichen Spielregeln gelten und dass ich nicht alles tun muss, was McKechnie sagt. Sonst wäre ich nämlich ernsthaft enttäuscht. Was sagen überhaupt *Sie*, Mr Wright?«

»Ich sage dasselbe – dass Sie ihn zu sehr schröpfen. Irgendwann kriegt man aus einem Stein kein Blut mehr raus.«

»Korrigieren Sie mich bitte, wenn ich was Falsches sage, Mr Wright, aber Sie sind doch nicht aus reiner Nächstenliebe hierhergekommen? Mit anderen Worten: Ich darf doch davon ausgehen, dass Sie nicht einfach nur ein alter Freund McKechnies sind, der eben auf der Durchreise und ob seines Leids so sehr betrübt war, dass er beschloss, hierher zu kommen und Fürbitten für ihn einzulegen? Es wird sich doch ein wenig anders verhalten, wie ich annehmen darf. Sie beziehen, wenn ich mich nicht täusche, eine gewisse Remuneration von McKechnie? Ja, dafür, dass Sie hierher kommen und McKechnies Armut beschwören, werden Sie doch bezahlt, nicht wahr?«

»Naja, die fünf Reiskörner …«

Martoff lächelte.

»Nun, wir wollen keine Rabulistik betreiben. Worauf ich hinauswill, ist, dass derzeit *Sie* ein wenig Blut aus dem alten Stein zu quetschen scheinen. Und dieses Blut könnte McKechnie doch ebenso gut mir geben, meinen Sie nicht?« Martoff seufzte still vor sich hin und streichelte den bronzenen Schwan. »Es betrübt mich immer wieder, Mr Wright, wie viel die Leute lügen, wenn es um Geld geht. Bei Bauerntrampeln kann man ja nicht mehr erwarten, doch unter Geschäftsleuten … Wahrscheinlich bin ich für meine Arbeit doch zu sehr Idealist. Sie können sich gar nicht vorstellen, wie die Leute schreien, ihre Kerne knackten, wenn ich nur die Schale der Orange mit Daumen und Zeigefinger ganz vorsichtig ein bisschen kneife, wie eine Hausfrau auf dem Wochenmarkt.«

Duffy wartete. Solche Männer, Männer, die Macht gewohnt waren, ließ man immer reden. Martoff schien aus einer Träumerei aufzutauchen.

»Aber ich bin wahrscheinlich in allem zu sehr Idealist. Nehmen wir zum Beispiel mal die Sache mit Ihnen.« Duffy hielt den Atem an. »Ich war bereit, Sie zu empfangen, nach dem, was Georgiou von Ihnen erzählt hatte. Er sagte mir, Sie hätten ihm gegenüber von einem Handel gesprochen. Ich habe das geglaubt. Ich bitte Sie also herein und warte darauf, was Sie zu sagen haben, und was muss ich feststellen? Kein Handel. Nicht die Spur von einem Handel. Also, ich verstehe unter einem *Handel,* dass der eine Partner sagt: ›Wenn ich dir x gebe, bekomme ich dann y?‹ und der andere überlegt und sagt dann entweder ›Ja‹ oder ›Nein‹ oder versucht um die Konditionen zu feilschen. Korrigieren Sie mich bitte, wenn ich was Falsches sage, Mr Wright, aber alles, was ich Ihrem ›Handel‹ nach gründlicher Prüfung entnehmen kann, ist, dass Ihr ›Handel‹, primitiv gesagt, in der Aufforderung ›Finger weg‹ besteht. Oder läuft es etwa nicht genau darauf hinaus?«

»McKechnie sagt, er weiß nicht, was Sie von ihm wollen.« Duffy beharrte verbissen auf seiner einen Tour.

»Ach je, Mr Wright, Sie scheinen mich wirklich nicht zu begreifen. Ich will darauf hinaus, dass es für McKechnie ja schön und gut ist, wenn er sagt, sein Stein sei erschöpft und gebe kein Blut mehr her, doch was hat er mir anzubieten, um mich von gelegentlichen bescheidenen Quetschversuchen an seinem berühmten Stein abzubringen? So etwas verstehe ich nämlich unter einem ›Handel‹. Es tut mir leid, wenn ich etwas altmodisch klinge, aber ich kann bisher beim besten Willen nirgendwo einen ›Handel‹ erkennen.«

»Naja, dann geh ich eben wieder«, sagte Duffy und machte Anstalten, sich aus dem Sofa zu erheben.

»Wenn Sie gestatten, Mr Wright, dann würde ich Sie gern noch einen Augenblick dabehalten, denn es gibt da ein paar Dinge, die zu klären in unser beider Interesse – um noch gar nicht von dem Ihres Zahlmeisters zu sprechen – liegen könnte. Es wären da drei Bereiche, in denen ich Ihrem Verständnis ein wenig auf die Sprünge helfen könnte. Ich darf doch hoffen, dass Sie die Geduld aufbringen.« Er war eindeutig der Mann, der es gewohnt war, dass man Geduld für ihn aufbrachte.

»Der erste Punkt ist, Sie sind nicht hierhergekommen, um einen ›Handel‹ anzubieten. Ich bezweifle sogar, dass Sie überhaupt mit McKechnie darüber gesprochen haben, denn sonst wären Sie hier mit etwas weniger fadenscheinigem Zeug angekommen. Sie sollten sich deshalb vielleicht den wahren Grund Ihres Kommens eingestehen. Sie wollten mich sprechen. Das kann ich durchaus verstehen. Ich bin hier ein Geschäftsmann von einigem Ruf. Viele Leute möchten mich gern sprechen. Vielleicht haben Sie gedacht, wenn Sie nicht irgendeinen ›Handel‹ erfänden, wären Sie mir nicht wichtig genug gewesen, um vorgelassen zu werden. Da könnten Sie vielleicht sogar recht haben. Allerdings sollten wir uns, so ist jedenfalls meine Meinung, über unsere Motive immer so weit wie möglich im Klaren sein.

Damit komme ich zum zweiten Punkt. In einer etwas wirren Art fragten Sie mich nach meinen Motiven und Absichten den Mann betreffend, dessen mehrfach erwähnter Stein so viele Ihrer Schecks ausstellt. Ich glaube, ich darf mich Ihnen gegenüber völlig freimütig äußern, Mr Wright, denn falls Sie bis jetzt noch nicht hinter meine Absichten gekommen sein sollten, müssen Sie sich in einem ähnlichen Zustand der Verwirrung befinden wie der arme Mr Jeggo da draußen. In schlichten Worten – und andere kommen in diesem Fall gar nicht infrage –: Ich übernehme Mr McKechnies Unternehmen. So ist jedenfalls meine Absicht. Wenn Sie mich nach meinem Motiv fragen sollten, das liegt auch nicht gerade im Dunkeln: Mein Motiv ist, dass ich sein Unternehmen besitzen will. Deshalb enteigne ich ihm seine beiden Lagerhäuser und sein Büro. Das ist so einfach wie nur etwas. Es würde mir leidtun, wenn es irgendwelche Unklarheiten gegeben haben sollte, aber es hat nun mal immer schon zu meinen Usancen gehört, die Dinge langsam anzugehen. Mir liegt daran, dass die Leute sich allmählich mit dem Gedanken vertraut machen können, dass sie ihrer Besitztümer verlustig gehen. Es braucht manchmal seine Zeit, bis sie sich daran gewöhnt haben, sich auf die neue Situation einstellen können. Aber ich bin mir sicher, dass sich Mr McKechnie daran gewöhnen wird.«

»Und wenn er es nicht hergeben will?«

»Na, na, na, Mr Wright. Oder ist diese Frage so gedacht, dass sie mir ein zitierbares Zitat entlocken soll? Sie werden doch nicht etwa ein Tonband an Ihren Körper geschnallt haben oder sonst irgendwas Dummes? Wir werden Sie wohl oder übel noch untersuchen müssen, bevor Sie hier weggehen, das werden Sie doch verstehen?«

Duffy grunzte. Es war gut gewesen, den Metallschneider zu versenken.

»Also, die Antwort lautet in Kurzform, dass ich für den Fall, dass er seinen Besitz nicht hergeben will, verschiedene unangenehme und möglicherweise gewaltsame Mittel bereithalte, die ihn dazu bewegen werden; es hieße allerdings meine gegenwärtige Offenheit zu sehr beanspruchen, wenn Sie nun auch noch wissen wollten, was genau da vorgesehen ist.

Und nun zum dritten Punkt, Mr *Duffy*.« Duffy fuhr hoch, der Klang seines richtigen Namens hatte ihn erschreckt. Er merkte, wie sich in einer plötzlichen Woge der Angst seine Schultern verkrampften und sein Schließmuskel zusammenzog. Georgiou kicherte. »Ah, wie schön, dass das geklappt hat. Ich liebe solche Überraschungen. Der dritte Punkt wäre der Folgende.« Martoff klappte die Akte auf und las daraus vor. »›Duffy, Nicholas, genannt Nick. West Central, 1972–1975. Durchschnittliche bis gute Verhaftungsquote – hat Leverty eine Zeit lang eingebuchtet, Spiro auch, ohne ihn überführen zu können; außerdem Docherty. Bekannt dafür, dass er Weihnachtsgeschenke zurückweist; verschiedene Varianten versucht. Letzter Fall – Messerstecherei in der Bateman Street. Dabei sehr penetrant. Ausgeschaltet, Mai 1975. Homosexuell, hat aber auch Verhältnisse mit Frauen. Verlobt mit der Polizeibeamtin Carol Lucas; Verlobung gelöst.‹ Mein Beileid.« Martoff klaubte in der Akte und warf Duffy ein Foto zu. »Nicht besonders gut getroffen, was?« Das Foto fiel zu Boden. Duffy bückte sich danach und warf im Aufheben einen

Blick darauf. Als er wieder zu Martoff hinsah, blickte er in eine Polaroidkamera mit Blitzgerät. Der Blitz explodierte ihm ins Gesicht.

»Damit wäre unser Dossier wohl wieder auf den neuesten Stand gebracht.«

Martoff legte die Kamera auf seinem Schreibtisch ab und ging um ihn herum. Er setzte sich mit einer Backe auf die Tischkante und sah Duffy lange an.

»Zwei letzte Punkte. Der erste ist, dass ich zwar kein Philosoph bin, doch manchmal zu philosophischen Formulierungen neige. Und die eine Weisheit, die mir der gegenwärtigen Situation am ehesten angemessen scheint, lässt sich so formulieren: Wissen ist Macht. Denken Sie dran, Mr Duffy.« Er lehnte sich über den Schreibtisch zurück und klopfte auf Duffys Dossier.

»Und der zweite Punkt, der sich bereits aus dem Ersten ergibt, wäre der: Ich bin kein Freund von Drohungen, deshalb sollten Sie meine nächste Bemerkung nicht als Drohung deuten; es handelt sich um eine schlichte Anweisung, eine klare, unmissverständliche Anweisung, und um sie noch klarer zu machen, will ich sie für Sie in den Bullenjargon übersetzen: Verschwinden Sie von meiner Piste. Haben Sie mich verstanden? Sie werden nie wieder in den Bereich meiner geschäftlichen Operationen zurückkehren. Sie werden nie wieder meine Angestellten durcheinanderbringen noch meinen Grund und Boden betreten, noch auf Straßen rumspazieren, die allein *mir* gehören.«

»Und wenn doch?«, fragte Duffy.

Martoff beugte sich weiter zu ihm herunter; die braunen Augen blickten ausdruckslos aus dem teigigen Gesicht.

»Probieren geht über Studieren, Mr Duffy, Probieren geht über Studieren.«

VII

Duffy wurde von Georgiou gründlich gefilzt und dann wieder durch das Double Blue rausgeschickt. Den Vorderausgang, wo immer der sich befand, ließen sie ihn nicht benutzen. Während er sich von Martoff verabschiedete, ließ Duffy einen raschen abschließenden Blick durch das große grüne Zimmer schweifen. Besonderes Augenmerk schenkte er den Kabeln hoch oben an der Wand über der Tür, aus der Martoff hervorgekommen war: Kabel, die zu einem kleinen quadratischen Kasten führten, der Ton in Ton mit den Wänden cremefarben gestrichen war. Im teppichbelegten Flur verhielt Duffy einen Moment, um sich einen der beiden Drucke anzusehen, und konnte sich so einen Blick zurück auf die Tür erlauben, die in das grüne Zimmer führte: Hier gab es, soweit er sehen konnte, nichts.

Als er die Treppe hinunterstrebte, sagte Georgiou zu ihm: »Hoffentlich wartet nicht Jeggo im Scheißhaus unten auf Sie« und kicherte.

Duffy hoffte das auch. Ihm ging viel zu viel durch den Kopf, als dass er sich damit aufhalten konnte, Jeggo eins überzubraten. Nicht dass das besonders schwierig gewesen wäre. Dem konnte man ein Messer in die Hand drücken und sagen, er solle eine alte Dame kaltmachen, und Jeggo würde das Messer an der Klinge packen und sie mit dem Griff totschlagen.

Er fuhr nach Hause, ohne das leichte Gedrängel der frühnachmittäglichen Fahrgäste in der U-Bahn überhaupt wahrzunehmen. Er musste über Big Eddy Martoff nachdenken. Wie unpassend ihm der Name jetzt vorkam! Das war doch bestenfalls der Name für einen Gehirnamputierten mit Haaransatz in Augenbrauenhöhe und Händen, die sich im Gehen in seinen Schnürsenkeln verfingen. Wo es sich doch in Wirklichkeit um einen Mann handelte, der wie einer aus der Talkshow ›Fragen der Zeit‹ plauderte. »Als Gesprächspartner«, murmelte Duffy vor sich hin, »dürfen wir heute Abend Norman St. John Stevas, Richard Marsh, Isobel Barnett sowie einen neuen Gast begrüßen, Big Eddy Martoff, Geschäftsmann in London.« Der Name passte einfach nicht; aber vielleicht gehörte auch der zu seinen Späßchen. Auf seinen Sinn für Humor war er ja sichtlich stolz.

Was Martoff von sich zu erkennen gegeben hatte, erschien Duffy mehr als nur ein bisschen unheimlich. Ein Maltie der zweiten Generation, der die Milieukenntnis mit der Muttermilch eingesogen hatte und dann auf eine der bescheideneren englischen Privatschulen geschickt worden war, um sich dort das Raubritterethos eines englischen Geschäftsmanns anzueignen: keine sehr angenehme Kombination. Er war von Natur aus schlau, genoss seine Macht und richtete sich darauf ein, sie noch eine ganze Weile zu genießen. Und er wollte, dass seine Macht Bestand hatte, damit er auch andere Dinge genießen konnte: Die Kleidung und das Zimmer, beides ließ auf einen Mann schließen, der seinen Reichtum genoss. Das wiederum war typisch für den Ganoven der zweiten Generation. Der ersten Generation sitzt oft noch die Erinnerung an die Armut in den Knochen, die ist deshalb sparsam, ja knickrig: Das sind jene Gangster, die sich nie zu irgendwelchen Spenden und Wohltätigkeiten durchringen können und ihr Geld aller Wahrscheinlichkeit nach unter dem Bett aufbewahren, weil sie den Banken nicht trauen. Die zweite Generation weiß immer besser Bescheid über die Möglichkeiten des Geldes, sie ist viel eher daran interessiert, die Institutionen der legalen Welt für ihre Zwecke zu benutzen. Die Gangster der ersten Generation sehen sich als Outlaws, Außenseiter, schämen sich manchmal geradezu ihres sozialen Ranges. Die Verbrecher der zweiten Generation verstehen sich als Geschäftsleute, die ererbtes Kapital bewahren und vermehren. Manche beschäftigen Buchhalter.

Vermehren: Genau das machte Duffy Kopfzerbrechen. Wie weit gingen Eddys Ambitionen? Er schien Duffy gegenüber vollkommen offen gewesen zu sein, und doch hatte er eigentlich nichts gesagt. Ganz offensichtlich hatte er vor, McKechnie völlig auszubooten: ihn nicht bloß auszuquetschen, sondern auszubooten. Das hätte sich Duffy eigentlich denken können: Keiner stieg gleich so gewalttätig ein, wenn er nicht die Absicht hatte, seine Sache ganz durchzuziehen.

Wie aber stand es um größere Unternehmungen? Eddy hatte ganz gewiss den entsprechenden Ehrgeiz und gewiss auch das Zeug dazu. Und er hatte wohl auch die nötigen Ressourcen für den Fall, dass er ein paar auswärtige Söldner anheuern musste. Er hatte gesagt, es gehöre zu seinen Usancen, die Dinge langsam anzugehen, aber vielleicht war das nur eine Floskel, um die Kunden einzuseifen. Wenn man ein größeres Unternehmen vorhat, ist das Wissen um die Stärke der Konkurrenten das Wichtigste. Man muss abschätzen können, wie groß die Wahrscheinlichkeit ist, dass die Konkurrenten sich gegen einen verbünden, wenn man aktiv wird.

Aber hatte sich Eddy nicht zu genau diesem Punkt abschließend geäußert? »Wissen ist Macht«, hatte er gesagt. Das war so einer dieser allgemein gültigen Sprüche, wie sie Duffy schon oft genug von Kriminellen gehört hatte, die sich besonders großartig vorkamen, doch vielleicht hatte er diesmal auch eine spezifischere Bedeutung. Vielleicht verfügte Martoff tatsächlich über einiges Wissen. Als er den Schnellhefter geöffnet und vorzulesen begonnen hatte, hielt es Duffy bloß für einen gelungenen Trick. Ein Anruf bei einem freundlichen Bullen oder ein mittelgroßes Weihnachtspäckchen für einen Sachbearbeiter in der Registratur, und er hatte das alles beisammen. Der Aktendeckel sollte dem Ganzen bloß eine professionelle Note verleihen, damit Duffy an McKechnie die Botschaft weitertrug, Eddy wisse alles über jeden und McKechnie könne nur noch nachgeben, zahlen und verschwinden.

Aber wenn es eben kein Trick gewesen war? Wenn das alles nur ein ganz normaler Teil von dem gewesen war, was Eddy ständig als »Geschäft« bezeichnete? Schließlich hatte er gewusst, dass Duffy Duffy war, jemand musste Duffy also irgendwann für ihn identifiziert haben. Und wie hörte sich dieses Dossier an – wie das eines

Bullen oder das eines Gangsters? Als es um die Messerstecherei ging, hatte Martoff so etwas wie »Dabei sehr penetrant« vorgelesen und kurz danach »Ausgeschaltet«. Das hörte sich nicht unbedingt nach einem Bullendossier an. Und wenn es sich um Martoffs eigenes Dossier handelte: Wann war es dann angelegt worden? Zur Zeit der Messerstecherei? Sehr wahrscheinlich, denn das Foto war ziemlich alt. Inwieweit wurde ein solches Dossier eigentlich nachgeführt? Wusste Martoff beispielsweise, dass Duffy der Duffy von Duffy Security war? Obwohl, dafür bräuchte er nicht mal ein besonders ausgefuchstes Nachrichtensystem: Ein Blick ins Branchenbuch genügte.

Und noch etwas ergab sich aus dem Dossier – und der Bemerkung »Ausgeschaltet«: Martoff gab zu, dass er es gewesen war, der Duffy damals gelinkt hatte. »Dabei sehr aufdringlich«, »Ausgeschaltet« und »homosexuell« fügten sich bei Duffy zusammen zum Caramel Club, zu der eingetretenen Tür, zu »Entschuldigen Sie die Frage, Sir, aber wie alt ist denn Ihr Freund?«, den Nierenhaken und zu dem hasserfüllt geflüsterten »scheiß schwuler korrupter Polizist«. Eddy war es demnach ganz gleich, ob Duffy wusste, dass er, Eddy, ihn hereingelegt hatte. Und nachdem er ihm durch die Blume gesagt hatte, dass er ihn hereingelegt habe, befahl er ihm auch noch, sich nicht mehr auf seinen Straßen blicken zu lassen. Das bewies einiges Selbstbewusstsein. Und ließ für Duffy im Zusammenhang mit dem Caramel Club nur mehr eine Frage offen: Wer in West Central hatte über ihn gesprochen? Wer war der Verbindungsmann, der Martoff gesagt hatte, wie die Sache einzufädeln wäre?

Von zu Hause aus rief Duffy McKechnie an.

»Schlechte Nachrichten, fürchte ich.«

»Wie?«

»Ich habe mit unserem Freund Salvatore gesprochen.«

»Mit ihm *gesprochen*? Wer ist es?«

»Er heißt Martoff. Big Eddy Martoff. Ein einflussreiches Mitglied der hiesigen Geschäftswelt, jedenfalls seinen eigenen Angaben zufolge. Hat, wie's aussieht, so ziemlich überall seine Finger drin.«

»Und?«

»Und, was er will, Mr McKechnie, ist, fürchte ich, einfach alles, was Sie haben. Es geht hier nicht mehr um Schutzgelder. Es geht um alles, fürchte ich. Er will Ihr Büro, Ihre zwei Lagerhäuser, er will einfach alles, was Sie haben.«

»Und er nimmt wohl an, ich würde ihm das alles auf dem Tablett überreichen.«

»Ich fürchte, genau das nimmt er an, Mr McKechnie.«

»Und wenn ich nicht will?«

»Nun, wenn ich ihn richtig verstehe, dann will er Ihnen eine ziemlich empfindliche Buße auferlegen.« Zu seiner Überraschung merkte Duffy, dass er schon wie Martoff redete.

»Und was machen wir jetzt?«

»Was machen *wir*, Mr McKechnie? Ich glaube, die Frage muss eher lauten: Was machen Sie. Ich bin nur Ihr Angestellter.« Duffy war entschlossen, im weiteren Verlauf des Gesprächs zu mauern, wo es nur ging; er wollte McKechnie ein bisschen schmoren lassen.

»Also dann, was würden Sie mir raten?«

»Ich sehe da nur drei Möglichkeiten. Sie übergeben ihm den Laden, Sie versuchen es nochmals bei der Polizei, oder Sie sehen sich nach ein paar einflussreichen Freunden um. Das wären so die normalen Wege. Natürlich …«

»Ja?«, fragte McKechnie hoffnungsvoll.

»… könnten Sie auch jemand anheuern, der Ihnen Martoff umlegt. In Ihrer Situation haben das auch schon andere gemacht. Ich muss Sie aber darauf hinweisen, dass so etwas einen schwerwiegenden Verstoß gegen die geltenden Gesetze darstellt.«

»Ich melde mich wieder bei Ihnen, Duffy.«

»Jederzeit, Mr McKechnie.«

An diesem Abend, als er gerade eine Büchse Cannelloni aß, erhielt er unerwarteten Besuch. Ein Gesicht aus der Vergangenheit begrüßte ihn an der Tür mit einem etwas verlegenen Augenzwinkern.

»Lange nich gesehen, Duffy.«

»Ja, gibt's denn so was, so eine Überraschung! Doch nicht schon wieder wegen der Rundfunkgebühr! Ich vergesse es einfach immer wieder, Herr Inspektor. Aber morgen kümmere ich mich drum, ganz ehrlich.«

»Darf ich reinkommen?«

Duffy hielt inne, dachte nach, sah Shaw von oben bis unten an und überlegte, was der tun würde, wenn er ihm einfach die Tür vor der Nase zuknallte.

»Klar.« Duffy beobachtete ihn, während er hereinkam. Immer noch das gleiche kleine, sorgenvolle Fuchsgesicht; die Haare inzwischen etwas grauer, der Anzug am Ellbogen noch etwas abgewetzter, aber im Großen und Ganzen war es immer noch der gleiche Shaw. Er hatte nie direkt mit ihm zusammengearbeitet, aber er kannte seinen Ruf: gründlich bis zur Neigung, sich in einen Fall zu verbeißen, weitgehend ehrlich. Es hieß immer, er hätte was von einem Puritaner. Er war fast ebenso lang in West Central wie Sullivan, und doch hieß es, er lasse sich von manchen der auf der Goldenen Meile längst handelsüblichen Vorgänge noch immer schockieren. Duffy brühte ihnen beiden einen Nescafé und fragte:

»Wie gehen die Geschäfte?«

»Oh, kann nich klagen, nein. Immer 'ne Menge los. Man muss halt schauen, wie man den Kopf oben behält.«

»Naja, du kannst das ja. Wie läuft's auf der alten Piste?«

»Oh, eigentlich wie immer, kennst es ja.«

»Schön.« Oder nicht schön, genaugenommen. Shaw tat so, als wäre er wegen einer Hypothekenzahlung oder dergleichen gekommen. Duffy beschloss, ihm einen dezenten Anstoß zu geben.

»Und, braucht ihr 'ne Alarmanlage in West Central?«

»Was? Nein, nein, haha.«

»Na dann, was kann ich für dich tun?«

»Hm, es ist mir einigermaßen peinlich, Duffy, aber ich will nicht lange drumherumreden. Äh, ich komme übrigens in absolut inoffizieller Eigenschaft, du verstehst schon.«

»Nein, verstehe ich nicht. Ich hab's auch nie verstanden, wenn ich die Floskel selbst verwendet habe. Jetzt, wo ich ein gewöhnlicher Teil der Bevölkerung bin, darf ich dich vielleicht um eine Erklärung bitten.«

»Hör mal, Duffy, es hat jetzt keinen Sinn, den Schlauberger zu spielen. Ich weiß, dass du nicht dumm bist, du weißt, dass du nicht dumm bist, also lassen wir's dabei.« Er machte eine Pause. Er wirkte besorgt. Schließlich fuhr er fort. »Ich kann es mit zwei Worten sagen, Duffy: Finger weg.«

»Würdest du sie mir bitte wiederholen?«

»Finger weg.«

»Wer zahlt dich eigentlich, Shaw? Das frage ich dich natürlich in absolut inoffizieller Eigenschaft. Wer hat dich bei den Eiern?«

»Diese Bemerkung will ich überhört haben. Finger weg, Duffy, spiel wieder mit deinen Einbruchsicherungen. Du steckst bis über beide Ohren drin und weißt es nich mal. Hol dir einfach das Honorar für diese Woche ab und verschwinde. Stolper über irgendwas und verstauch dir den Fuß. Red dich auf einen Arbeitsunfall hinaus. Das bringt doch gar nichts, für McKechnie zu arbeiten. Das bringt doch nichts, hinter Martoff herzuschnüffeln.«

»Das soll ich den Profis überlassen, oder wie?«

»Und es bringt auch nichts, wenn du den Leuten in West Central auf die Hühneraugen trittst.«

»Weißt du, Shaw, ich fand diese rote Krawatte nicht besonders toll. So was steht dir einfach nicht. Irgendwie zu knallig. Entspricht nicht deinem Stil.«

»Was soll das heißen?«

»Die rote Krawatte für das Fenster von dem Café. So was machen doch sonst nur Gangster. Dass man gerade zwei Minuten vor der Geldübergabe aufkreuzt und sich dann auch noch den Tisch reservieren lässt – das ist doch nicht dein Stil, Shaw, das ist einfach nicht dein Stil.«

»Es geht hier nicht um Stil.«

»Gut, reden wir von etwas anderem. Es zeugte nicht unbedingt von gewissenhafter Pflichterfüllung, was du dir da geleistet hast, fand ich. Also, du korrigierst mich, wenn ich was Falsches sagen sollte, aber du warst doch nicht mal lang genug da, um zu sehen, wer es holen kam, stimmt's, Shaw? Zweifellos ein anderer Termin. Dringende Geschäfte, ganz bestimmt. Rast die Straße runter, kaum dass mein Klient dir den Rücken zugedreht hat. Wo hast du denn so schnell hin müssen – deine zehn Prozent abholen?«

»Duffy, pass auf.« Shaws Problem bestand darin, dass er beim besten Willen nicht drohend klingen konnte. Er klang nur besorgt.

»Das war natürlich nur eine absolut inoffizielle Vermutung. Aber ich muss Ihnen leider sagen, Mr Shaw, dass mein Klient mit Ihrer Leistung ganz und gar nicht zufrieden war. Und er war auch nicht besonders glücklich über die Lügen, die man ihm auftischte, als er Sullivan wegen eines Berichts anrief. ›Lief zur Regent Street runter und nahm ein Taxi‹ oder etwas in der Art. Wenn du nur zwei Minuten länger dageblieben wärst, dann hättest du den Geldboten gesehen und feststellen können, dass die einzige Möglichkeit für ihn, ein Taxi anzuhalten, die gewesen wäre, sich quer vor ihm auf die Straße zu legen. Also wie viel von den dreihundertfünfzig ist für dich und Sullivan abgefallen?«

»Duffy«, sagte Shaw leise und beinah traurig, »du weißt ja gar nicht, was da dranhängt.«

»Auch diesen Spruch hab ich selber mal draufgehabt

und hab nie verstanden, was er bedeutet. Ich hab ihn immer gebracht, wenn ich nicht mehr weiterwusste.«

»Schön, ich will dir mal einen Tipp geben, einen ganz kleinen Hinweis. Warum hat McKechnie dich geholt?«

»Weil er dachte, dass ich gut bin, vermutlich.«

»Aber wie hat er dich gefunden?«

»Oh, er sagte, er hätte sich rumgehört.«

»Und was hast du dir dabei gedacht?«

»Dass mein Ruf sich schneller verbreitet, als man denken sollte.« Aber es stimmte, Duffy hatte sich mehrfach gefragt, wie McKechnie an ihn geraten war.

»*Ich* hab ihm von dir erzählt, Duffy, *ich* hab dich empfohlen. Er hat sich mit mir getroffen, und *ich* hab ihn zu *dir* geschickt. Frag ihn doch.«

»Werd ich auch. Und warum?«

»Es schien mir eine gute Idee zu sein, damals. Nach allem, was ich wusste. Aber ich wusste noch nicht, was ich jetzt weiß.«

»Klarer könnte man es nicht ausdrücken. Kannst du mir das noch genauer erklären?«

»Nein.«

»Was läuft eigentlich, Shaw?« Shaw antwortete nicht. »Hat Martoff was vor?«

»Kann ich dir nich sagen, Duffy. Ich weiß nicht alles, und was ich weiß, ändert sich ständig. Was ich aber sagen kann, ist Folgendes: Du weißt so gut wie ich, dass in Gebieten wie unserer Piste immer ein labiles Gleichgewicht besteht zwischen uns und den Ganoven. Es ist nicht der große Krieg, den man sich vielleicht in der Öffentlichkeit vorstellt, und es ist auch nicht einfach nur ein Haufen phlegmatischer Bullen, die bloß die Hand aufhalten, wie du dir das vielleicht denkst. Die Ganoven und wir existieren nebeneinander, und es gibt zwischen uns so etwas wie eine Osmose. Du verstehst, was ich mit Osmose meine, Duffy?«

»Ich verstehe sogar, was andre Leute mit Osmose meinen.«

»Also, du störst dieses labile Gleichgewicht, Duffy. Ist das deutlich genug ausgedrückt?«

»Kannst du es nicht noch deutlicher ausdrücken?«

»Nein, kann ich nicht. Also Finger weg.«

»Wie wär's denn mit einem Handel, Shaw? Auf der Piste hier scheinen mir alle ganz geil auf alle möglichen Händel zu sein.«

»Was für einen Handel, Duffy?«

»Wie wär's zum Beispiel damit: Ich lass die Finger davon, wie du das ausdrückst, wenn du mir dafür sagst, wer in West Central mich reingelegt hat.«

»Das macht dir doch nicht etwa immer noch zu schaffen? Das ist doch alles tot und vorbei, Duffy.«

»Gut, wenn's denn tot und vorbei ist, macht es ja auch nichts aus, wenn du's mir sagst. Wer hat Martoff geholfen, mich reinzulegen?«

»Ich war mir nie ganz sicher, Duffy. Ich hatte natürlich meine Vermutungen wie jeder andere, aber auf bloßen Verdacht hin kann man nichts machen, wie du sehr wohl weißt. Obwohl ich mir sonst keinen denken kann, der das getan haben könnte.«

»Also abgemacht? Ich lass die Finger davon, wenn du mir sagst, wer mitgeholfen hat, mich reinzulegen?«

Shaw machte eine kleine Pause.

»O. K., Duffy, abgemacht. Aber mir wär's lieber, wenn du's errätst und ich nicke.«

Wo war da der Unterschied? Damit Shaw leugnen konnte, es Duffy erzählt zu haben? Damit er behaupten konnte, Duffy müsse es wohl erraten haben? Gut, wenn es ihm sein mieses Gewissen erleichterte …

»Sullivan.«

Shaw nickte sofort. Duffy sammelte ihre Tassen ein und trug sie zur Spüle. Dann ging er wortlos zur Tür und hielt sie auf, bis Shaw gegangen war.

Komisch. Es hatte ihm nicht das Geringste ausgemacht, Shaw anzulügen.

Er saß da und dachte über den seltsamen Zufall nach, dass er innerhalb weniger Stunden gleich zweimal verwarnt worden war, das eine Mal von Martoff, das andere Mal von Shaw. Gab es da eine Verbindung? Hatte Martoff Sullivan nahegelegt, einen Botenjungen vorbeizuschicken? Wovon befürchteten sie, dass er es herausfinden könnte? Was sollte das Gerede von dem »labilen Gleichgewicht«? Normalerweise hieß es einfach: »In meinem Stück vom Kuchen hast du nichts zu suchen.«

Um neun Uhr klingelte das Telefon. Nach dem Piepsen des Münzautomaten erkannte er Carols Stimme, aber sie begrüßte ihn nicht.

»Ich rufe dich nicht an, du hast nichts von mir gehört, du hast mich seit einer Woche nicht mehr gesehen.« Sie klang völlig ruhig, als wolle sie ihre Bedingungen nennen.

»Also gut.«

»Das Lagerhaus deines Kunden in der Lexington Street brennt.«

Die Leitung wurde unterbrochen. Kein Gruß, nichts.

Duffy nahm ein Taxi, stieg in der Shaftesbury Avenue aus und schlängelte sich in der Windmill Street zwischen den Trauben von Kunden, die auf die Standfotos an den Kinos glotzten, durch. Das südliche Ende der Lexington Street war von der Polizei abgesperrt. Ein Stück weiter sah er zwei Feuerwehrfahrzeuge stehen. Das eine hatte die Leiter ausgefahren, und ein Feuerwehrmann richtete von da oben einen Schlauch auf das kleine eineinhalbstöckige Lagerhaus. Vom Boden aus waren zwei weitere Schläuche auf das Gebäude gerichtet. Duffy fragte sich, ob die Feuerwehrleute überhaupt wussten, was drin gelagert war. Die Explosionsgefahr war ja sicher nicht gerade klein, wenn man einen ganzen Speicher voll von dem Zeug hatte, das Kinder sich zum Jahresende wünschten: billige Masken, mit billiger, leicht entzündlicher Farbe bemalt; kleine Feuerwerkskörper; Papierhüte.

Duffy überlegte auch, ob die Polizei sich wohl die Mühe gemacht hatte, McKechnie zu informieren. Dann kam ihm eine Idee. Er lief für ein paar Meter die Brewer Street entlang und bog dann in die Great Pulteney Street ein, die parallel zur Lexington verläuft. Auf halber Strecke kam er an eine kurze Gasse, die neben einem Pub herlief und wohl nur von Bierkutschern zur Anlieferung benutzt wurde. Am Ende dieser Gasse war ein Zaun. Duffy kraxelte hoch und sah sich oben um. Er befand sich nur drei Häuser von McKechnies Lager entfernt. Die beiden Straßen lagen nahe beieinander, sie waren nur durch kleine Hinterhöfe getrennt. Fast alle Häuser waren schon vor langer Zeit in Läden und Büros umgewandelt worden. In den Fenstern nirgends Licht; alle waren nach Hause gegangen.

Das Warenlager brannte noch immer grell, als sich Duffy langsam über die Hinterhöfe vorarbeitete. Als er beinah davorstand, blieb er stehen und schaute zu. Die Flammen brachen durchs Dach, obwohl die Feuerwehr unablässig Wasser hinaufpumpte. Es war offensichtlich, dass McKechnies Warenlager völlig zerstört werden würde. Duffy fragte sich, warum Martoff den Befehl dazu gegeben hatte: Mit den Waren würde er nichts mehr anfangen können, ebenso wenig mit dem Gebäude selbst. Er könnte allenfalls die Ruine billig aufkaufen. Vielleicht war genau das seine Absicht gewesen. Oder vielleicht handelte es sich dabei um einen Schachzug, der, ähnlich wie das Anschlitzen von Rosie McKechnie, im Augenblick kein erkennbares Motiv hatte. Vielleicht zahlte sich das Manöver gleich mehrfach aus; vielleicht sollte für Leute in ähnlichen Positionen wie McKechnie ein Exempel statuiert werden.

Plötzlich stürzte das Lagerhaus ein. Das Dach gab mit einem lang gezogenen rumpelnden Grollen nach. Alles schien zur gleichen Zeit in entgegengesetzte Richtungen auseinanderzuplatzen. Das Dach fiel ein, die Flammen schossen hoch, Funken stoben in alle Richtungen, die rückwärtige Mauer kippte nach hinten und brennende Ballen mit McKechnies Waren kamen aus dem Lager in den Hinterhof geflogen.

Duffy hastete zurück, als das Gebäude zusammensackte, und wartete ab, während das Feuer durch die Luftzufuhr an Stärke gewann. Dann bekamen es die Spritzen allmählich wieder unter Kontrolle. Duffy ging quer hinüber zu dem Zaun, der zu dem Büro gehörte, das unmittelbar an das Lager anschloss, und zog sich mehr aus Neugier als aus einem anderen Grund hinauf. Er linste über den Rand auf die brennenden Bündel mit McKechnies Waren, die von der explodierenden Hitze herausgeschleudert worden waren; die Flammen begannen zu erlöschen. Er sah noch mal hin. Dann schwang er rasch ein Bein über den Zaun und ließ sich drüben vorsichtig zu Boden gleiten. Der Einzige, der ihn vielleicht sehen könnte, war der Feuerwehrmann auf der Leiter hoch über dem zerstörten Lagerhaus; dennoch hielt sich Duffy, so gut es eben ging, im Schatten. Vor ihm, nur etwa einen Meter entfernt, lag ein verschnürter Klotz, Teil von McKechnies Warenlager: ein verkohltes Bündel Magazine. Es war nicht die Sorte Magazine, die man einem Kind mit King-Kong-Maske oder einem Clownshut gab.

Duffy streckte einen Fuß aus und kickte das Bündel auseinander. Ein paar von den verkohlten Magazinen an der Außenseite flammten kurz auf, die übrigen breiteten sich aus. Er las die vertrauten Titel: *Top Secret, Klimax, Selection, Sodom, Seltsame Lüste, Eros.* Die gängige Importqualität Hardcore, die geheime Währung der Pornobuchläden. Als Duffy noch auf der Piste tätig war, ging so was für fünf oder sechs Pfund pro Heft weg. Er wusste nicht genau, wie viel für Inflation anzusetzen war, aber er schätzte, dass er eben an fünfhundert

Pfund rumgekickt hatte, wenn man den Einzelhandelspreis der Straße veranschlagte. Big Eddy hatte recht: In McKechnies Stein gab es doch erheblich mehr Blut, als Duffy vermutet hatte.

Er kletterte wieder zurück, erreichte die Great Pulteney Street und lief die Brewer Street hinunter. Wieder pirschte er sich an das Ende der Lexington Street heran, um den neuesten Stand zu erkunden. Inzwischen waren nur noch zwei Spritzen mit dem Feuer beschäftigt; offenbar hatten sie es langsam unter Kontrolle. Er spazierte weiter die Brewer entlang und war sich einigermaßen sicher, dass weder Martoffs noch Sullivans Leute einen Gedanken an ihn verschwendeten. Als er das Ende der Brewer Street erreichte, sah er eine Gruppe Glotzer, die sich an der Ecke zusammengefunden hatte, um in einen Pornobuchladen zu starren. Nicht gerade kundentypisches Verhalten, dachte er. Dann bemerkte er, dass das Schaufenster des Ladens ein Loch hatte und dass es im Innern Brandspuren gab. Der Laden war nicht ausgebrannt – nur da und dort geschwärzt. Durch das Fenster war ein Mann in einem braunen Mantel zu sehen, der Scherben zusammenfegte.

Duffys Gedächtnis jagte zurück durch die letzten fünf Jahre. Hatte dieser Laden nicht Ronnie gehört? Ronnie, dem Zuhälter von Renée? Er dachte noch einmal scharf nach und war sich dann ziemlich sicher. Damals hatten Ronnie vier Läden gehört. Dieser hier, einer ganz in der Nähe, in der Old Compton Street, einer in der Frith und einer in der Greek Street. In seiner bewährten Freiergangart schlenderte Duffy die Old Compton Street entlang.

Vor dem Buchladen stand ein abgerissener fetter Mann, der eine Zeitung über ein Loch in der Scheibe klebte.

»Ziegelstein, Kollege?«, fragte er den Mann kumpelhaft.

»Ziegelstein? Scheiß Ölofen!«

»Wer macht denn so was?«, fragte Duffy so ahnungslos wie möglich.

»Diese Frau Dworkin war's jedenfalls nich, das kann ich dir sagen«, kam die ausweichende Antwort.

Duffy ging um die Ecke zur Greek Street; als er sich dem dritten von Ronnies Läden näherte, sagte ihm der Haufen, der sich darum gebildet hatte, bereits alles, was er wissen musste. Er trat in ein Pub und rief Renée an.

»Duffy hier«, sagte er. »Was ist passiert?«

»Was passiert ist? Du hast Ronnie ruiniert, du Scheißkerl, das ist passiert. Warum hab ich dir überhaupt je was erzählt? Was hast du denn je für mich getan, Bulle? Und dafür hast du jetzt meinen Ronnie um seine ganzen Läden gebracht.«

»Wann ist das passiert?«

»Vor 'ner Stunde ungefähr. Einen Ölofen in jeden Laden. Die Kunden zu Tode erschreckt. Und alles wegen dir, Bulle.«

»Ich bin keiner mehr, Renée. Und woher willst du wissen, dass das irgendwas mit mir zu tun hat? Du hast ja selbst gesagt, dass unser Freund Ronnie bereits bedroht hat.«

»Ja, schon, aber er wollte sich nur einen Laden vornehmen, verstehste? Aber dann bist du bei mir schnüffeln gekommen. Und drum hat er Ronnie eigens angerufen vor einer halben Stunde, um ihm zu sagen, dass er sich eigentlich nur einen Laden vornehmen wollte, aber wie er gesehen hat, wie hilfsbereit ich dir gegenüber gewesen bin, hat er beschlossen, sich alle vier vorzunehmen. Was sagste jetzt, Bulle?«

Duffy wusste nicht gleich, was er dazu sagen sollte, aber das war auch egal; Renée hatte den Hörer aufgeknallt.

Er saß noch eine Weile in dem Pub und versuchte zu verstehen, was passiert war. Es war wie ein Blitzkrieg. Attackierte Eddy gleichzeitig an allen Fronten? Und warum die alte Ölofenmethode? Sie funktionierte nicht so recht, wenn man den ganzen Laden anzünden wollte, war aber sehr wirkungsvoll und einschüchternd. Eine altmodische Technik aus der Generation der, ja nun, der Salvatores. Vielleicht war Eddy ein Nostalgiker, wie er ja auch Salvatores Stimme imitierte; wahrscheinlicher war allerdings, dass Rückgriffe auf solch barbarische Methoden ihm als angenehmer Kontrast zu seinem grünen Büro, den Chintzbezügen, den Fensterbänken und seinen leichten Anzügen vorkamen.

Zwei Drinks später hatte Duffy noch immer keine besseren Antworten, aber er entspannte sich allmählich. Das Pub war voll; er fühlte sich sicher. Er fühlte sich auch ein bisschen geil. Vielleicht hätte er doch ein paar von den noch nicht verkohlten Magazinen aus McKechnies Weihnachtsgabenlager einsacken sollen. Wie er so dasaß und darüber nachdachte, wurde er endgültig und richtig geil. Es war fast eine Woche her, seit der künftige Autor von *Schwulenführer Europa* seine Uhr in der Tupperwarebox deponiert hatte. Jack hatte eingewandt, seine Uhr sei vollkommen geräuschlos, das neueste Modell der Quarztechnologie mit Digitalanzeige. Duffy hatte ihn zweifelnd angesehen und eisern zur Box gedeutet.

Duffy fiel ein, dass er einen Aspekt der Eingeborenenkultur noch nicht untersucht hatte: die Massagesalons. Wenn McKechnie tatsächlich ein so erfolgreicher Geschäftsmann war, wie sein Feuer vermuten ließ, dann konnte er sich sicher eine kleine Abreibung für Duffy leisten. In jeder Branche lässt sich ein gewisser Umsatzanteil als Spesen verjubeln. Duffy konnte ja behaupten, Jeggo habe eine dringend nötige Sauna nehmen wollen, und er habe ihm schließlich auf den Fersen bleiben müssen.

Er verließ das Pub und sah links und rechts die Greek Street hinunter. Keine Zeit für einen Preis-Leistungs-Vergleich; außerdem war er nur zweihundert Meter von Martoffs Hauptquartier entfernt. Er verfiel wieder in den Freierschritt, überquerte die Straße und stieß die Tür zu Aladins Wunderlampe (»Massage für Manager«) auf. In dem kleinen Empfangsraum saß eine mittelalterliche Frau im weißen Nylonkittel; sie lächelte ihn freundlich an. Duffy kam sich vor wie in einem Damenfrisiersalon.

»Äh, ich hätte gern eine Massage, bitte«, murmelte er. Der Satz gehörte nicht zu seinem Repertoire.

»Selbstverständlich, der Herr. Mit Sauna?«

»Äh, nein, nein, ohne.«

»Also, Sie haben die Wahl: ein Mädchen acht Pfund; ein Mädchen oben ohne zehn; zwei Mädchen zwölf; zwei Mädchen oben ohne vierzehn.« Duffy überlegte, was bei den Gebühren inklusive war; nicht viel wahrscheinlich.

»Für wie lange?«

»Zwanzig Minuten.«

Wenn schon, denn schon.

»Ich nehme die zwei Mädchen oben ohne.«

»Bestens, Sir. Nummer drei. Ein Handtuch finden Sie drin.«

Duffy reichte ihr die vierzehn Pfund (fast ein Pfund pro Minute, überschlug er plötzlich) und ging am Tisch der Frau vorbei in einen schmalen Korridor. Hier befand sich eine Reihe von Kabinen aus rohem Kiefernholz. Besonders schalldicht kamen sie ihm nicht vor. Das Licht war gedämpft.

Er öffnete Nummer drei. In der Mitte stand eine Art schmales hohes Bett: Matratze, Decken und obendrauf ein Plastiküberzug. Ein Stuhl für seine Kleider, darüber hing ein Handtuch; ein oder zwei Schränkchen; eine Anrichte, auf der mehrere Öle und Puder bereitlagen. Er zog sich aus und wand sich das Handtuch um die Hüften, wobei er feststellte, dass es zu kurz war, um ganz um seine Hüften zu reichen und zu schmal, um seine Blöße richtig zu bedecken. Dann legte er sich aufs Bett.

Die beiden Mädchen kamen fröhlich plappernd hereinspaziert. Sie trugen abgeschnittene Jeans und Dr.-Scholl-Sandalen. Das eine Mädchen hatte kleine, spitze Brüste, das andere größere, die eher herunterhingen; vermutlich waren die Paare so kombiniert, um bei den Kunden auf Nummer Sicher zu gehen.

»Öl oder Puder, Sir?« Das eine Mädchen stellte eine Küchenuhr auf zwanzig Minuten.

Duffy konnte sich nicht entscheiden. Öl ging sicher schlecht ab? Aber Puder klang nicht gerade viel versprechend. Öl klang eher nach Sex.

»Öl, bitte.«

Sie drehten ihn auf den Bauch und begannen mit der Massage. Die eine konzentrierte sich auf die Schulter- und Rückenpartie; sie rieb ihn mit Öl ein und senkte immer mal wieder ihren Oberkörper, sodass ihre Titten über seinen Rücken strichen; es war das Mädchen mit den größeren Titten, das bekam er ganz genau zu spüren. Das andere Mädchen hielt sich an seine Beine und arbeitete sich immer weiter aufwärts. Duffys wachsende Erektion war eingequetscht zwischen Bett und Oberschenkel.

Dann drehten sie ihn auf den Rücken. Dabei verrutschte offenbar das Handtuch, und seine Erektion kam seitlich herausgebaumelt.

»Oh, so ein schlimmer, schlimmer Junge«, bemerkte das Mädchen am unteren Ende. »Was haben wir denn da?«

Duffy glaubte sich eine Antwort darauf sparen zu können. Die Mädchen bearbeiteten ihn weiter mit ihrem Öl und ihren Brüsten. Wie das Öl an seinem Körper von ihren Brüsten weggewischt wurde, fand Duffy wirklich sehr angenehm. Er fand überhaupt die ganze Sache äußerst angenehm und ganz besonders die Art, wie sich das Mädchen am unteren Ende immer näher an seinen Pimmel heranmachte. Immer wieder schien ihr Ellbogen wie zufällig drüberzustreifen und stupste ihn in eine immer härtere Erektion. Dennoch fasste sie seinen Pimmel nicht eigentlich an. Er erinnerte sich dunkel an irgendwelche juristischen Finessen, die erfüllt sein mussten, bevor sie ihm einen abwichsen konnte. Ja, genau das war es: Der Vorschlag musste vom Kunden kommen. Duffy überlegte, wie so was wohl zu formulieren war. Schließlich versuchte er es mit:

»Ich möchte gern, dass du da weitermachst.«

Wie aus der Pistole geschossen und ohne ihre Handarbeit zu unterbrechen antwortete das untere Mädchen:

»Sie wünschen Erleichterung?«

Ja natürlich, so hieß das. Sie wünschen Erleichterung? Er nickte.

»Erleichterung macht zehn.«

Er deutete zu seinem Kleiderhaufen hinüber, und das Mädchen am Kopfende ging hin, wühlte nach seiner Brieftasche und zeigte ihm die zwei Fünf-Pfund-Noten, die sie herausnahm. Inzwischen hatte das untere Mädchen einen Schlag Öl herausgequetscht und rieb damit sanft seinen Pimmel und seine Eier ein. Ah, das brachte ihm schon einige Erleichterung, fand er. Das Mädchen am oberen Ende rieb ihre Titten mit wahrer Begeisterung an seiner Brust.

»Jetzt ist eine kleine Überraschung fällig«, sagte das Mädchen am unteren Ende, »bitte Augen zu.« Das Mädchen mit den großen Titten war ihm behilflich, indem sie ihre Brüste über sein Gesicht hielt, sie ein wenig hin und herschob und die Nippel schließlich sanft auf seinen Augenlidern zur Ruhe kommen ließ. Selbst als das Mädchen am anderen Ende für einen Augenblick mit dem Reiben aufhörte, pulsierte und ragte sein Pimmel weiter. Er hörte, wie eine Schranktür aufging, dann wieder geschlossen wurde, und fragte sich, was sie da machte. Vielleicht holte sie eine Kleenexschachtel.

Die Nippel des kräftigeren Mädchens waren fest auf seine Augen gepresst. Das Mädchen am Ende zog noch ein paar Mal an seinem eingeölten Pimmel; dann spürte er, wie etwas sanft um den Ansatz seiner Eier geschlungen wurde. Wahrscheinlich irgendein orientalischer Trick, um das Ganze noch aufregender zu gestalten, dachte er.

»Jetzt dürfen Sie gucken«, sagte das Mädchen am unteren Ende. Die Nippel wurden von seinen Augen gehoben, und er sah an seinem Körper hinab. Was Duffy dann sah, war das erschreckendste Ding, das er in seinem ganzen Leben je gesehen hatte.

Um den Ansatz seines Pimmels und seiner Eier war ein dünner Kupferdraht geschlungen. Der Draht war da gekreuzt, wo sein Pimmel aus dem Bauch kam. An jedem Ende des Drahtes befand sich ein Holzgriff; das schlankere Mädchen hielt in jeder Hand einen. Es handelte sich um eine Garrotte. Sie sagte ganz ruhig zu ihm:

»Keine Bewegung, Bulle.«

Das andere Mädchen ging an ihr vorbei und stieß die Tür auf. Herein trat Big Eddy Martoff. Er strahlte über das ganze Gesicht.

VIII

Mit äußerster Vorsicht nahm Eddy dem Massagemädchen die hölzernen Griffe der Garrotte aus den Händen. Er nickte zur Tür hin, und die beiden Mädchen verschwanden. Eddy lächelte noch immer.

»Und meine zehn Pfund?«, fragte Duffy. »Meine zehn Pfund für Erleichterung?«

»Ach, das hier könnte Ihnen Erleichterung von allem aufs Mal bescheren«, sagte Eddy sanft, »von allem und jedem.« Ganz vorsichtig zog er an der Garrotte.

»Und noch was«, sagte Duffy, der, um den Kopf nicht zu verlieren, den Empörten mimte. »Warum nennen mich eigentlich alle ›Bulle‹? Ich bin kein Bulle, das wissen Sie doch. Warum haben Sie ihnen gesagt, ich sei ein Bulle?«

»Diese semantischen Feinheiten, Mr Wright. Und dann auch noch zu einem so überaus günstigen Zeitpunkt. Ich glaube nicht, dass die Mädchen so viel Spaß daran gehabt hätten, es Ihnen zu besorgen, wenn ich ihnen gesagt hätte, Sie seien nur ein Exbulle. Meiner Vermutung nach wären sie dann nicht so sehr mit dem Herzen bei der Arbeit gewesen. Ich darf doch davon ausgehen, dass Sie an den Handreichungen, die Ihnen bis zum Augenblick meines Erscheinens zuteilwurden, nichts auszusetzen hatten?«

»Nicht die geringste Beanstandung«, sagte Duffy. »Ich komme jederzeit wieder her.«

»Das freut mich zu hören.«

Eddy sah auf Duffys Gemächt herunter. Vor Furcht geschrumpelt, lag sein Gerät jetzt wie eine große Schnecke schlaff seitlich über seinem Oberschenkel.

»Oho, wir scheinen einiges von unserem Enthusiasmus eingebüßt zu haben.«

»Wie steht's mit meinen zehn Pfund?«, sagte Duffy. Es war die einzige Möglichkeit, seine Gedanken von furchterregenden Möglichkeiten abzulenken.

»Ich würde meinen, das sei noch Ihr kleinstes Problem.« Eddy war umgekehrt entschlossen, Duffys Gedanken auf genau diese furchterregenden Möglichkeiten hinzulenken; er zog vorsichtig an den Griffen; der dünne Kupferdraht biss sich leicht in den Ansatz von Duffys Pimmel und zurrte seine Eier noch fester.

»Ich darf wohl annehmen, Mr Duffy, dass Sie schon öfter Käse gekauft haben?«

Das hatte Duffy.

»Dann können Sie sich wohl auch erinnern, wie so ein Käse geschnitten wird. Nicht Weichkäse, sondern Hartkäse. Cheddar, Cheshire und dergleichen.«

Das konnte Duffy.

»Schön, denn der Draht, der dafür verwendet wird, ist genauso ein Draht wie derjenige, der im Augenblick für Sie eine ernstliche Verletzung nach sich ziehen könnte.«

Duffy dachte an dreißig Zentimeter starke Cheddarblöcke, wie sie von oben nach unten durchgeschnitten wurden. Selbst die gebrechlicheren alten Frauen an der

Käsetheke gerieten dabei nicht ins Schwitzen. Der Draht flutschte nur so durch den Käse, als wäre er gar kein Hindernis. Duffy war sich nicht sicher, ob er je wieder Käse auf Toast würde sehen können.

»Ich will gern zugeben, Mr Duffy, dass Fleisch erheblich mehr Widerstand bietet als Käse. Diese ganzen Sehnen und Muskeln und Adern, die da gekappt werden müssen. Doch bin ich mir sicher, dass es im großen und ganzen nach dem gleichen Prinzip funktioniert. Wetten, dass ich Ihre Troddel mit einem einzigen Zug abtrennen kann?«

Duffy fielen keine weiteren Beanstandungen mehr ein, mit denen er seine Gedanken von dem, was da passierte, ablenken konnte. Er lag still da, den Blick auf Eddys kräftige Handgelenke, auf seine Finger an den Griffen gerichtet.

»Es ist Ihnen doch hoffentlich klar, Mr Duffy, dass es, wenn ich hier anziehe, für Sie recht eigentlich ›Sense‹ ist? Ich meine damit nicht nur, dass Sie sich von Ihrer zweifelhaften Männlichkeit verabschieden dürfen. Das, ohne Frage, sowieso. Aber aller Wahrscheinlichkeit nach werden Sie auch sterben. Haben Sie das schon mal überlegt?«

Duffy krächzte ein stilles Nein.

»Ah, doch, doch, tatsächlich. Wissen Sie, die Zone, die ich, wie soll ich mich ausdrücken, die ich im Visier habe, stellt eines der Hauptnervenzentren Ihres Körpers dar. Gewöhnlich vermag der Körper den Verlust der Genitalien nicht zu überstehen. So gut wie nie. Der Schock ist einfach zu gewaltig. Sehr wenige Leute haben dieses Ereignis überhaupt je überlebt. Es ist jedoch denkbar, dass Ihr Körper, da ich ihn nun einmal gewarnt habe, Gelegenheit findet, genügend Widerstandskraft gegen den zu erwartenden Schock aufzubauen. Ich bin allerdings kein Experte im Nervensystem, meine Ansicht kann also nicht mehr als eine Mutmaßung sein.«

Duffy war zum Speien; er wollte schreien, Sadist, Mörder, Scheißkerl, Drecksack, Pottsau und so manches andere, was ihm in den Sinn kam. Er war jedoch unfähig, ein einziges Wort herauszubringen; seine Augen blieben weiter auf Eddys Handrücken geheftet.

»Ich möchte meinen, dass die Mehrheit der Bevölkerung meine Handlungsweise wahrscheinlich billigen würde, wenn man ihr klarmachen könnte, dass damit ein Homosexueller aus dem Verkehr gezogen wird.« Eddy geriet ins Sinnieren. »Ich bin ganz allgemein nicht unbedingt der Meinung, dass der größte Teil dessen, was das Parlament an Gesetzen vorlegt, wirklich dem Willen der Bevölkerung entspricht. Das Volk war beispielsweise nie für die Abschaffung der Todesstrafe. Und doch wurde im Parlament beschlossen, dass niemand mehr gehängt werden solle. Also, so etwas empfinde ich als absolut undemokratisch, Sie nicht auch, Mr Duffy? Oh, wir sind ja ganz still geworden! Und wie steht's denn nun mit den Homosexuellen, Mr Duffy? Glauben Sie wirklich im Ernst, dass die große Mehrheit der Menschen in diesem Land die Homosexualität *gutheißt*? Ich nicht. Ich glaube, die meisten Menschen empfinden sie als widerwärtig. Aber begreift das unser Parlament? Nein. Und warum? Weil unser Parlament natürlich selbst voller Schwuchteln steckt, die alle Angst um ihren Posten haben.«

»Ähnlich wie das Parlament voller Mörder steckt, die alle Angst um ihren Hals haben?«

»Sehr gut, Mr Duffy. Ich hatte bereits die Befürchtung, das würde in einen Monolog ausarten. Ja, Sie haben ganz recht, mein Vergleich hat keine umfassende Gültigkeit. Ich bin mir jedoch sicher, dass ich recht habe mit den Homosexuellen im Parlament. Ich erinnere mich an einen, der mit mir in der Schule war. Fürchterlicher Knabe. Verschwand immer hinter dem Cricketpavillon. Heute ist er Abgeordneter – bombensicherer Tory-Sitz irgendwo da oben in einer Jagdgegend. Wenn das seine Wähler wüssten – ich bin mir sicher, das gäbe einen ordentlichen Skandal.« Er machte eine Pause und schien zu überlegen. »Was so Burschen wie Sie nicht glauben wollen, Duffy, ist, dass das britische Volk Schwuchteln hasst. Wirklich wahr. Denken Sie nur an all die üblen Namen, die sie ihnen geben. Es gibt keine freundlichen Bezeichnungen oder? Nennen Sie mir eine, Duffy.«

»Gay.«

»*Gay* im Sinne von ›fröhlich‹?« Eddy kicherte. »Wohl aus Amerika importiert. Auf mich wirken Sie nicht gerade sehr fröhlich, Mr Duffy. Sie haben noch nie sehr fröhlich gewirkt. Ich kann mir auch nicht vorstellen, dass Sie sehr fröhlich dreingeschaut haben, als die Bullen kommen und Ihre Tür eintreten mussten, um den armen unschuldigen Minderjährigen aus Ihren Klauen zu befreien. Wie ich höre, handelte es sich außerdem um einen Schwarzen. Das scheint mir eine sehr unfaire

Art, Ihre Überlegenheit gleich doppelt auszunutzen, Mr Duffy.«

»War er in Ihren Diensten, Martoff? Oder hatten Sie einen Subunternehmer beschäftigt?«

»Ich bin nicht in der Lage, Ihnen darüber Auskunft zu geben. Abgesehen davon beschäftige ich keine Schwuchteln.«

Nicht einmal fünfundzwanzigjährige Schwarze, die jünger aussehen und schauspielern wie die Royal Shakespeare Company, dachte Duffy.

»Dennoch möchte ich jetzt nicht in eine Diskussion über weiterreichende soziale Fragen hineingezogen werden, die sich daraus ergeben könnten, dass Sie ein warmer Bruder sind. Wenn wir uns einmal auf solche Themen eingelassen haben, könnten wir die ganze Nacht weitermachen. So was führt vom Hundertsten ins Tausendste.«

»Hat Ihnen schon mal jemand gesagt, Sie sollten in ›Fragen der Zeit‹ auftreten?«

»Was für ein reizender Gedanke. Ich frag mich nur, wie man in eine solche Runde gelangt.«

»Ich glaube, normalerweise, indem man ein paar Fernsehproduzenten erpresst und ihre Ehefrauen ersticht.«

»Duffy, Sie sind ein witziger Bursche. Diese Unterhaltung mit Ihnen macht mir richtig Spaß.« Eddy lächelte wieder. Er lächelte gerne. »Aber da Sie mir gegenüber zurzeit etwas im Nachteil sind, sollte ich wohl die Gelegenheit nutzen, Sie zu fragen, warum Sie nach wie vor mein Revier mit Ihrer Anwesenheit besudeln? Ich dachte, ich hätte Ihnen in aller Deutlichkeit gesagt, Sie sollten sich von *meinen* Straßen fernhalten.« Eddy lächelte nicht mehr. »Ich glaube mich sogar des Bullenjargons bedient zu haben, sodass selbst Sie fähig wären, die Anweisung zu verstehen: Sie sollten von meiner Piste verschwinden.«

»Sie haben das Lagerhaus meines Klienten niedergebrannt«, sagte Duffy.

»Ts, ts«, sagte Eddy. »Sie scheinen zu vorschnellen Schlüssen zu neigen. Wäre noch ein Dritter zugegen, könnte ich Sie womöglich wegen Verleumdung verklagen. Ja, da bin ich mir sogar sicher. Nicht dass ich viel Geld aus Ihnen herausholen könnte, vermute ich. Sie haben nicht zufällig gewisse Rücklagen, Duffy?«

»Sie belieben zu scherzen.«

»Eben, eben. Deshalb hätte es wohl wenig Sinn, Sie vor Gericht zu ziehen. Mehr als eine Menge Anwaltskosten für mich käme dabei nicht heraus. Gegen Sie vorzugehen hieße wirklich versuchen, Blut aus einem Stein zu pressen.«

»Warum haben Sie eigentlich McKechnies Lagerhaus niedergebrannt? Damit holen Sie doch kein Geld aus ihm heraus. Diese ganzen King-Kong-Masken und Hüte und der Krimskrams, der in Rauch aufging. Ich begreife Sie da nicht, Eddy. Wo soll denn McKechnie Geld herkriegen für seine Ladung verkohlten Kinderspielzeugs?«

Das war die einzige Taktik, die Duffy für sich noch sah. Nicht den völlig Ahnungslosen spielen, darauf fiel keiner rein. Aber den Klugscheißer, der eben doch nicht ganz so viel weiß wie sein Gegenspieler. Es machte den Leuten Spaß, einen Klugscheißer übers Ohr zu hauen.

»Duffy, ich wiederhole, ich habe nicht ›McKechnies Lagerhaus niedergebrannt‹. Wenn Sie mit mir nicht in, äh, Schwulitäten kommen wollen, würde ich die Formulierung ›McKechnies Lagerhaus brannte nieder‹ empfehlen. Die intransitive Form, bitte, sie ist weit weniger problematisch.«

»Schön, jetzt, wo sein Lager niedergebrannt ist, wird er noch viel weniger Geld haben, um Sie zu bezahlen. Ich kann nicht begreifen, warum Sie das getan haben – Verzeihung, ich formuliere um – ich kann nicht verstehen, wie der bedauernswerte Verlust eines Lagerhauses eines meiner Kunden Ihnen zu einem unmittelbaren Vorteil gereichen könnte.«

»Trefflich, trefflich, Mr Duffy. Wobei ich natürlich von Ihrer Ausdrucksweise spreche, nicht von Ihrem Gedankengang.«

»Was hat er denn jetzt noch? Noch ein weiteres Lager voller Spielzeug und Krimskrams. Darin bestehen seine gesamten Aktiva. Plus ein angemietetes Büro. Sie können ihn dazu bringen, ich meine, er könnte sich entschließen, zu verduften und den Laden, äh, an Sie zu verkaufen. Aber wer hat denn was von einem ausgebrannten Lagerhaus?«

Plötzlich sah Duffy, was er längst hätte sehen müssen. Die Versicherung. Natürlich, das war es. Als er selbst damals seinen Laden aufgemacht hatte, sagte er seinen Kunden immer, dass sie sich mit einer Versicherung am meisten Sicherheit erkauften. McKechnies Lager war natürlich versichert. Also: Statt alle zwei Wochen auf hundert oder ein paar mehr Pfund zu drängen, ist Eddy

McKechnie dabei behilflich, die Hälfte seiner Vermögenswerte auf einen Schlag flüssigzumachen, indem er ihm nämlich seinen Speicher niederbrennt. McKechnie bekommt das Geld von der Versicherung, und Eddy verlangt gleich den ganzen Haufen, indem er vermutlich damit droht, dass sonst etwas sehr Unangenehmes passieren könnte. Eddy erklärt sich außerdem bereit, den Mietvertrag für das Lager oder das, was davon übrig geblieben ist, zu übernehmen; dies zu Konditionen, die für ihn nicht allzu ungünstig sind.

Das einzige Problem bei dieser Theorie war, dass das Warenlager in Pornomagazinen bestand. Die Versicherungsgesellschaften hatten wahrscheinlich wenig Lust, diese Art Waren zu ersetzen. McKechnie würde also kein Geld bekommen. Nein, wahrscheinlicher war, wie Duffy einfiel, dass das Lager nur zu einem Teil aus den Pornos bestand. Aus Tarnungsgründen betrieb McKechnie vermutlich noch ein durchaus legales Unternehmen nebenher. Das taten die meisten. Wenn sein Lagerhaus also niederbrannte, wurde er von der Versicherung für den Verlust seiner ehrbaren Waren entschädigt, während die Bullen – Eddy würde da wohl ein wenig nachhelfen – ihm für seine geheimen Vorräte an *Seltsame Lüste* auf den Pelz rückten. McKechnie hatte dann zwar Geld, aber das durfte er sofort an Eddy weiterreichen; und außerdem hatte er die Polizei am Hals. Und das alles für den Preis einer Schachtel Streichhölzer. Wenn er die Sache tatsächlich so betrieb, dann war er wirklich ein geriebener Bursche. Aber hatte Eddy überhaupt vorher gewusst, was sich in dem Lager befand? Immerhin, sein

Slogan lautete »Wissen ist Macht«; zuzutrauen war es ihm auf jeden Fall.

Doch zuallerletzt wollte Duffy Eddy ahnen lassen, in welche Richtung seine Vermutungen gingen. Seine einzige Hoffnung war es, weiterhin den unterbelichteten Klugscheißer zu markieren.

»Oder vielleicht wollen Sie bauen, wo bisher das Lager stand?«

Das war so ein richtig bescheuerter Vorschlag, wie er bei Eddy Anklang fand. Er kicherte in sich hinein.

»Ich fürchte, Mr Duffy, vom Geschäftsleben haben Sie nicht den geringsten Schimmer.« Und dann, nachsichtig: »Obwohl, vielleicht baue ich dort wirklich einmal, später, ja, die Möglichkeit ist nicht auszuschließen.«

Eddy schien nachzudenken. Sein Griff an der Garrotte ließ ein wenig nach. Der Draht um Duffys Gerätschaften lockerte sich ein bisschen.

»Ich glaube, ich muss mir erst mal überlegen, was ich mit Ihnen machen soll«, sagte er schließlich. »Als ich noch ein kleiner Junge war, sagte mein Vater immer, eine überstürzte Entscheidung sei meist eine falsche Entscheidung. Ich werde etwas über Sie nachzudenken haben, Duffy. Sie müssen sich derweilen noch etwas gedulden. Georgiou«, rief er.

Die Tür öffnete sich, und der rote Quadratschädel von Eddys Nummer Zwei tauchte auf. Er lächelte Duffy zu.

»Immer noch auf der Suche nach dem Scheißhaus, Kollege?«

Duffy schüttelte den Kopf.

»Untersuch seine Kleider.«

Georgiou durchsuchte Duffys Kleider und erklärte sie für sauber. Die Garrotte wurde vorsichtig gelöst, und er hatte sich anzuziehen. Duffy dachte einen Augenblick daran, ihnen auszubüchsen, aber die Erfolgsaussichten waren nicht sehr groß. Sie wurden sogar noch kleiner, als sich die Tür ein weiteres Mal öffnete und Jeggo hereinkam.

»Ah, Mr Jeggo«, sagte Eddy, »ich darf doch annehmen, dass wir Geldabholen geübt haben?«

Jeggo machte ein finsteres Gesicht. Er brachte ein Paar Handschellen zum Vorschein.

»Ja, Mr Duffy«, sagte Eddy, »wir müssen Ihnen leider Handschellen anlegen, um Sie zu, naja, an einen anderen Ort zu überführen. Würden Sie bitte Ihre Hände auf den Rücken legen?«

Duffy tat wie geheißen. Jeggo ließ die Handschellen zuschnappen und zog sie fest. Dabei wisperte er Duffy ins Ohr:

»Dich mach ich kalt, Arschloch.«

»Jeggo«, sagte Georgiou, »du wirst doch nicht etwa Mr Duffy bedrohen?«

Jeggo drehte sich um.

»Bulle an der Kette«, sagte er und lachte.

Sie führten Duffy durch den Flur an den anderen Massagekabinen vorbei und zur Hintertür hinaus. Duffy sah sich um – eine kleine Abwechslung, mal nicht wie ein Freier nur auf den Boden zu stieren – und berechnete, wo sie wohl langgingen. Durch einen Hof, einen Garten, am Hinterhof eines Pubs vorbei – wahrscheinlich der Duke of Hamilton –, nach links durch ein Tor und hinaus in einen weiteren Garten, diesmal einen mit Steinplatten belegten. Sie führten ihn an eine Hintertür, durch eine Küche, mehrere Treppen hoch und stießen ihn dann vor sich her in eine Kammer. Drin standen drei verschlissene Sessel und ein Tisch; schief an der Wand hing ein Kalender mit einer Ansicht vom Lake District.

»Ich muss mir wirklich einmal etwas einfallen lassen wegen der Möbel hier«, bemerkte Eddy. »Es ist gar zu deprimierend. Und dann die Beleuchtung. So geht das nicht, all diese Räume mit einem einzigen zentralen Beleuchtungskörper, Georgiou.«

Georgiou nickte zustimmend. Er winkte Duffy zu einem Sessel. Er und Jeggo besetzten die anderen beiden, während Martoff die Tür zumachte und wegging. Jeggo saß Duffy genau gegenüber und starrte ihn mit zufriedenem Hass an. Nach dem Martyrium im Massagesalon sehnte Duffy sich nur noch nach Erholung. Er hatte keine große Lust, Jeggo zu piesacken. Außerdem wäre es gar nicht fair gewesen, Jeggo zu piesacken. Bei ihren zwei Begegnungen hatte er ein Vokabular von knapp einem Dutzend Wörtern vorgeführt, von denen fünf in demselben Wort bestanden: »Arschloch«. Während Duffy darüber nachdachte, enthüllte Jeggo unerwartet eine neue Qualität seines Vokabulars.

»Bis'n Detlev?«

Duffy hatte ihn nicht angesehen und reagierte nicht auf die Bemerkung. Jeggo stand langsam auf und trat ihn gegen den Fußknöchel. Dann setzte er sich wieder hin und wiederholte:

»Bis'n Detlev?«

Duffy sah um Aufklärung bittend zu Georgiou hinüber. Georgiou lächelte. Das musste ein Trick sein, den er seinem Boss abgeschaut hatte.

»Ich glaube, du musst das erklären«, sagte Georgiou.

»Bis'n Detlev?«, wiederholte Jeggo noch mal. »'n süßer Detlev? 'n warmer Bruder, Bulle? Bis' doch warm. Warum haste den Ohrring, wenne nich warm bis'?«

Duffy antwortete nicht. Von den üblichen Antworten schien keine passend, und da seine Hände hinter seinem Rücken gefesselt waren, hatte er keine große Lust, Jeggo dazu zu provozieren, ihm weiterhin ungehindert gegen den Knöchel zu treten.

»Hey, Georgiou, der Bulle is 'n Detlev. Wir haben 'n Detlev geschnappt. Hä, hä.« Zum ersten Mal in der kurzen Zeit ihrer Bekanntschaft schien Jeggo Zeichen des Vergnügens von sich zu geben. Er wachte richtiggehend auf. Er wirkte geradezu umgänglich. »Ich möchte nicht in deinen Schuhen stecken, Bulle. Mr Eddy mag keine Detlevs. Bullen mag er auch nicht besonders, aber Detlevs *hasst* er. Ich wette, für dich denkt er sich was ganz Besonderes aus. Hä, hä.«

Duffy antwortete nicht. Er versuchte außerdem, nicht an die Garrotte zu denken.

»Soll ich's ihm erzählen, Georgiou? Soll ich ihm paar Dinger erzählen, die Mr Eddy sich ausgedacht hat?«

»Wenn du meinst, Jeggo, irgendwie müssen wir die Zeit ja totschlagen.«

»Wir müssen auch paar Arschlöcher totschlagen.« Jeggo schien einen Rückfall in seine Standardformulierungen zu erleiden. Duffy wartete. Er hatte gar keine andere Wahl.

»Weiß noch, wie wir mal 'n Detlev hatten. Der durfte ein kleines Restrant führen. War 'n Fehler von uns, ja. Und was macht er? Stellt einen warmen Haufen als Kellner ein. Das Niveau in der Gegend ging ganz schön runter.« Duffy überlegte, welcher Art eine Gegend sein müsste, wo ein Jeggo das Niveau heben würde. »Und wir sagten noch 'ne Zeit lang, 's gibt sone und solche. War damals zu weich mit den Detlevs, Mr Eddy. Und was passiert? Er bleibt mit den Zahlungen zurück. Gut, wir hatten sie bisschen erhöht, wo er doch diese Warmen in die Gemeinde geholt hat. Jedenfalls, er zahlt nich. Bittet um Aufschub. Wir also rein und machen 'n bisschen Rambazamba. War nich viel, aber mir scheint, paar Kunden ham sich schwer in die Hosen gemacht. Die sind alle auf die Straße gerannt und ham geschrien, wie sie die Suppe wieder aus ihren Spitzenrüschen kriegen sollen.

Dieser Detlev hat jedenfalls genug und bittet Eddy, dass er sich den Pachtvertrag zurückkauft. Und Eddy zahlt ihm einen fairen Preis, nich grade viel zwar, weil das Lokal bisschen angekratzt is; außerdem wollte er ja so lange nich verkaufen, nich? Eddy is also bisschen enttäuscht, bisschen sauer, weil die Sache mit diesem Restrant so schlecht gelaufen is. Dann tut er also diesen Typ auf, richtig hübscher Bursche, 'n Norweger war's glaub ich, kommt frisch vom Schiff, dem schiebt er paar Scheine rüber und schickt ihn zu dem Restrant. Hättest sehen sollen, wie dem Detlev von dem Restrant das Wasser im Mund zusammengelaufen is; der meint, der hat seinen Glückstag erwischt, der meint, er hat im Lotto gewonnen, meint der.

Was er aber nich weiß, is, was Eddy weiß. Gibt der also dem Kerl ein stinkfeines Essen auf Kosten des Hauses, sie werden handelseinig, und er nimmt den Typ mit nach Hause. Drei Wochen später juckt's ihn. Dann muss er Rasierklingen pissen. Dann muss er in diese Klinik für Detlevs, und die sagen ihm, er hat die schlimmste Syph, die sie seit Jahren dagehabt haben. An drei Stellen gleichzeitig.«

Jeggo schien geradezu beseligt zu sein. Er gluckste und schien sich zu freuen, dass Duffy mal bei ihnen vorbeigeschaut hatte. Und für den Fall, dass jemand die Pointe verpasst haben sollte, fasste er noch mal zusammen: »Er mag keine Detlevs, Mr Eddy nich.«

»Sag bloß«, gab Duffy zurück.

Sie saßen eine Zeit lang schweigend da, bis Eddy den Kopf zur Tür reinstreckte und Georgiou herauskommen ließ.

»Sie werden Mr Duffy schön unterhalten, ja, Jeggo?«

Wieder Schweigen. Duffy hoffte, dass für Jeggo Unterhaltung darin bestand, dass er ihn seinen eigenen Gedanken überließ. War aber nicht so.

»Mehr Detlevgeschichten fallen mir momentan nich ein«, sagte er, »aber ich weiß diese eine lustige Geschichte von Mr Eddy und dem Zinker.«

»Ich bin kein Zinker«, sagte Duffy, der die Geschichte mit Logik abzuwehren hoffte.

Jeggo war sauer; er war unterbrochen worden, bevor er sich so richtig dem narrativen Fluss hatte ergeben können.

»Bis' aber 'n Bulle.« Warum kapierten die Leute hier einfach nicht, fragte sich Duffy. »Zinker und Bullen sind so ziemlich gleich schlimm.«

Duffy ließ ihm das durchgehen.

»Also, wir hatten da mal einen Zinker hier«, fing Jeggo von Neuem an. »Also, wenn wir in der Branche eines hassen, dann sind das Zinker. Detlevs hassen wir auch ziemlich, aber nicht so sehr wie Zinker. Wenn wir allerdings einen Zinker finden könnten, der auch noch ein Detlev ist ...« Jeggo schien sich in Träumen zu verlieren.

»Jedenfalls hatten wir hier mal einen Zinker. So'n Ire. Eigentlich ganz nett, aber ein Zinker. Er hat der Konkurrenz 'n Tipp gegeben wegen 'ner Ladung Bücher, die für uns war. Weiß nich, warum er das gemacht hat. Muss das Geld gewesen sein. Jedenfalls haben ihn zwei Burschen geschnappt und zu Mr Eddy gebracht. Mr Eddy war ganz schön sauer, kann ich dir vielleicht sagen. Mr Eddy verzinkt man nicht, das ist nun mal so.

Aber Mr Eddy hat nichts überstürzt. Er denkt gern lange nach, bevor er was unternimmt. Großer Denker, Mr Eddy. Und nachdem er eine Zeit lang nachgedacht hat, kommt er rein und schickt mich um eine Tube Superkleber. Du weißt schon, was ich meine: Sekundenkleber. Auf der Packung steht, man soll's auf dem oberen Regalbrett lagern, weil sonst die Kinder es finden und sich die Finger verkleben damit. Und dann muss man ins Krankenhaus mit ihnen.

Ich hol also diesen Kleber und bring ihn Mr Eddy, und wir gehen zu diesem irischen Burschen. Der hat sich sauber in die Hosen gemacht, kann man sich ja vorstellen.

Mr Eddy war richtig vorsichtig mit ihm. Hat sich natürlich bisschen gewehrt, wie er sah, was da auf ihn zukam. Mr Eddy schmiert ihm den Kleber auf die Lippen. Da zieht der Kerl die Lippen ganz zurück. Also schmiert ihm Mr Eddy auch noch Kleber auf die Schneidezähne. Und dann haben wir ihm das Maul zusammengedrückt.«

Duffy zuckte zusammen. Das war offenbar Eddys Art, die Strafe dem Vergehen anzupassen.

»Und jetzt kommen wir zum besten Teil. Mr Eddy wollte, dass der Ire kapierte, was er angestellt hatte. Wegen ihm haben wir schließlich 'n Haufen Bücher verloren. Mr Eddy ging es nicht nur um das Verzinken, sondern auch um den geschäftlichen Verlust. In dem Wagen waren viele Bücher gewesen.

Also der Ire, also, wie soll ich sagen, also er war kein Jude, verstehste? Wir nahmen ihn mit in ein Zimmer, er hielt sein Gesicht irgendwie komisch, aber sonst fehlte ihm nichts, und ein oder zwei von uns haben ihn festgehalten, und dann hat ihm Mr Eddy, weil, der gibt was auf eine persönliche Note, also Mr Eddy hat dem Iren die Hosen runtergezogen. Dann packte er sein kleines Stückchen Fleisch, zog ein bisschen daran und hat es zusammengeklebt. Sekundenkleber, wie gesagt, und so fest, dass es zwei Elefanten braucht, um's wieder ausnanderzukriegen. Es sah so säuberlich aus, wir machten uns vor Lachen fast in die Hosen. Und der Ire sah bloß an sich runter. Dem ist vielleicht der Schweiß ausgebrochen, kann ich dir sagen!

Da wusste er bloß noch nich, dass es nich besser würde. Wir haben ihm die Hände auf'n Rücken gefesselt – könnten glatt die Handschellen gewesen sein, die du jetzt hast – und zogen ihm die Hose ganz aus und brachten ihn in ein anderes Zimmer. Big Eddy hatte sich was ganz Besonderes ausgedacht. In dem Zimmer gab's nichts als Bücher, also so Hefte. Alle ausgebreitet und geöffnet. Genau so'n Zeug, das wir durch ihn losgeworden sind. Und dann haben wir ihn da eingesperrt. Musst dir vorstellen – wo er auch hinschaute, nix wie Titten, Mösen und Eierkuchen. Und immer kann man die Augen ja nich zulassen. Und wenn man sie zuhat, sieht man es halt im Kopf.

Glaub nich, dass ihm das besonders gefallen hat. Wenn der noch länger dageblieben wär, der wär uns durchgedreht. Aber nach einem Tag oder so ließ ihn Eddy laufen. Wir setzten ihn in ein Auto und warfen ihn raus vor einem Krankenhaus. Glaub nich, dass der Ire da noch mal jemanden verzinkt hat.«

Zum zweiten Mal an diesem Abend war Duffy zum Kotzen zu Mute. Es war nicht das Gewalttätige und Wahnsinnige, was ihm Übelkeit verursachte. Es war dieser abscheulich logische Zug, den alles hatte, was diese Leute anstellten. Die Art Logik, bei der das Opfer dazu gebracht wird, einen Sinn in den Gewalttaten zu sehen, denen es ausgesetzt wird. Es gab noch einen weiteren Grund, warum Duffy liebend gern gekotzt hätte. Es war nicht anzunehmen, dass der Abend für ihn schon gelaufen war.

»Mr Duffy, fehlt Ihnen was?« Eddy war wieder ins Zimmer getreten und hatte sich über ihn gebeugt. »Sie haben ihn doch nicht beleidigt, Jeggo?«

»Ich hab ihm erzählt, was wir mit diesem irischen Zinker angestellt haben.«

»Ach du liebe Güte, ja. Aber seien Sie ganz beruhigt, Mr Duffy. Ich glaube nicht, dass heute Abend noch ein Kleber zur Anwendung kommt. Ich darf aber hoffen, dass Sie noch bei Kräften sind, wo wir doch noch ein gutes Stück Nacht vor uns haben.«

Sie führten ihn aus dem Zimmer heraus und einen Gang entlang. An jeder Tür, die sie passierten, warf Duffy einen prüfenden Blick auf den Rahmen. Am Ende des Gangs stießen sie auf Teppichboden. Teppichboden und Drucke mit Jagdszenen. Den einen überflog Duffy im Vorbeigehen. Ein Landedelmann saß nach einem Morgen angestrengten Schießens unter einer Eiche; seine langläufige Muskete ruhte in seiner linken Ellenbeuge und auf dem Knie; der eine Hund schlief zu seinen Füßen, der andere kam auf sein rechtes Knie zugesprungen, begierig darauf, noch mehr zu töten; am Boden neben ihm lag ein unordentlicher Haufen von toten Hasen, die in der Darstellung des Künstlers blutlos und pittoresk wirkten. Duffy las die Bildunterschrift: »Hasenjagd – La chasse aux lapins«. Bereits mit dem Gedanken an den Exportmarkt gedruckt, überlegte er – genauso wie die Pornomagazine heute, deren kurze Texte viersprachig gehalten waren.

Durch eine weitere Tür, und sie erreichten das Elegante Zimmer. Duffy, nach wie vor in Handschellen, wurde zum Sofa geführt. Als er sich eben hinsetzen wollte, hielt Eddy ihn plötzlich auf.

»Nein, nein, das muss ja furchtbar unbequem sein, so

zu sitzen. Wir legen sie Ihnen vorn an. Sie werden sich doch nicht wehren oder sonst was Unvernünftiges versuchen?«

»Kann ich mir die Gelenke ein wenig reiben?«

»Selbstverständlich. Aber ich denke, erst setzen wir Sie aufs Sofa. Es dürfte schwerfallen, jemanden zu überraschen, wenn man auf einem Sofa sitzt.«

Sie setzten ihn hin und gruppierten sich um ihn, während sie seine Handschellen aufschlossen. Duffy rieb sich ein paar Minuten die Gelenke, dann streckte er die Arme nach vorn.

»Vielleicht diesmal nicht so straff«, befahl Eddy. Jeggo sah enttäuscht aus. »Wir haben es hier ja nicht mit Houdini zu tun.«

Dann schickte er Jeggo fort und hieß Georgiou dableiben. Duffy sah sich wieder im Zimmer um, vorgeblich, um alles zu bewundern, in Wirklichkeit aber, um die Türen und Fenster zu überprüfen. Letztere waren durch bodenlange Chintzvorhänge verdeckt, die zum Sofa und den Sesseln passten. Messingstehlampen lieferten die Art Beleuchtung, die sich Eddy offenbar auch für seine anderen Räumlichkeiten wünschte. Duffy dachte, nicht zum ersten Mal, darüber nach, dass Finanzierung und Unterhalt dieses geschmackvoll vornehmen Zimmers, der Drucke und Eddys eleganter Anzüge auf Spannern beruhten, die durch gläserne Briefschlitze starrten, auf dem verstärkten Heulen von Schäferhunden und Staubsaugern und auf *Lust in Ketten* und *Silicon Mountains* in Tausenden von Exemplaren. Er behielt diese Überlegungen für sich.

»Sehr hübsch«, murmelte er nur.

»In der Tat. Nun, Mr Duffy, es ist zwar bereits Mitternacht, doch ich fürchte, wir werden Sie noch ein wenig länger aufhalten müssen. Vielleicht noch ein, zwei Stunden. Ich darf doch hoffen, dass niemand auf Sie wartet?«

Duffy antwortete nicht. Eddy beobachtete ihn über die Höhe seines Schreibtisches hinweg.

»Natürlich geht mich Ihr Privatleben nichts an. Doch darf ich wohl annehmen, dass die meisten Gäste in Aladins Wunderlampe, im Großen und Ganzen gesehen, nicht zu irgendwelchen Bettpartnern heimkehren, wenn ich einen möglichst neutralen Ausdruck verwenden darf. Georgiou und ich haben manchmal bis tief in die Nacht zu arbeiten, aber wir versuchen immer, unsere Gattinnen davon rechtzeitig in Kenntnis zu setzen. Natürlich haben wir ihnen auch gesagt, dass wir heute Abend Überstunden zu machen hätten, allerdings wussten wir vor Ihrem Auftauchen natürlich noch nicht genau, wie lange es dauern würde. Aber so geht es nun einmal zu in der Geschäftswelt. Übrigens ganz nebenbei, Mr Duffy: Ist Ihnen auch aufgefallen, wie angemessen der Name ist, den ich für Aladins Wunderlampe gewählt habe? Ich darf hoffen, dass Sie ihn ebenso witzig finden wie ich.«

Darüber hatte Duffy eigentlich noch gar nie nachgedacht. Und er bezweifelte, dass es viele der anderen Kunden taten.

»Mr Duffy, ich möchte gern möglichst offen mit Ihnen sprechen. Ich darf hoffen, dass Sie in gleicher Weise offen zu mir sind. Ich bin natürlich mehr als nur ein wenig verstimmt darüber, dass Sie meine Anweisung, sich von meinem Pflaster fernzuhalten, so leichtfertig in den Wind geschlagen haben. Wo ich Sie aber einmal hier habe, möchte ich die Gelegenheit für einen kleinen Informationsaustausch nutzen. Wir halten unsere Dossiers gern auf dem neuesten Stand. Sie also haben die Truppe vor etwa vier Jahren verlassen, wie wir bereits besprochen haben. Was haben Sie seither getan?«

Duffy wusste nicht, wie viel mehr Eddy in seinem Dossier hatte, als er beim letzten Mal bekannt gegeben hatte, und so spielte er mit vergleichsweise offenen Karten.

»Ich habe mich als Sicherheitsexperte selbstständig gemacht. Ich berate Unternehmen darüber, wie sie ihr Personal überprüfen können, solche Sachen.«

»Ich verstehe. Eine durchaus angemessene Beschäftigung. Was sind die anderen solchen Sachen?«

»Ich erzähle ihnen, wie sie ein Monitorsystem einrichten, um das Klauen zu unterbinden, solche Sachen.«

»Ah, da könnten wir uns vielleicht einmal um Rat an Sie wenden. Im Augenblick sind die Spanner in den Läden viel zu ängstlich, als dass sie davonlaufen würden, ohne zu bezahlen. Das ist ein Vorteil gegenüber anderen Branchen. Und wie gehen die Geschäfte in Ihrer Firma?«

»So lala. Saisonabhängig. Eine schöne Häufung von Verbrechen ist immer hilfreich.«

»Wie ironisch. Sie hängen mit Ihrer Arbeit also vom Verbrechen ab. Ich bin abhängig von dummen Gesetzen und der allgemeinen Prüderie, damit sich mein Geschäft rechnet. Doch als sich Mr McKechnie an Sie wandte, kam er nicht wegen einer Kameraüberwachung.«

»Nein. Er wollte, dass ich herausfand, wer ihn erpresste.«

»Und warum kam er damit zu Ihnen?«

»Er wusste, dass ich nebenher so dies und das mache, wenn das Geschäft nicht so besonders läuft. Ich war ihm empfohlen worden.«

»Und Sie haben herausgefunden, wer ihn erpresste?«

»Ja. Sie.«

»Und Sie haben ihm gesagt, um wen es sich handelt?«

»Selbstverständlich.«

»Und was haben Sie ihm für sein weiteres Vorgehen geraten?«

»Ich sagte, er hätte drei Möglichkeiten: Ihnen zu geben, was Sie wollen; einen weiteren Versuch zu unternehmen, in West Central einen ehrlichen Bullen zu finden; oder sich nach mächtigen Freunden umzusehen.«

»Das klingt vollkommen vernünftig. Und wie hat er reagiert?«

»Er würde mich wieder anrufen.«

»Und, hat er?«

»Nein.«

»Und haben Sie ihm noch irgendwelche anderen Möglichkeiten vorgeschlagen?«

Duffy überlegte. Plötzlich kam ihm ein Verdacht. Vielleicht war ihre Unterhaltung doch nicht ganz privat gewesen. Er sagte leichthin:

»Ich sagte ihm, er könne natürlich auch versuchen, Sie umzubringen. Ich habe ihn aber auch darauf hingewiesen, dass das ungesetzlich wäre.«

»Das wäre es, Mr Duffy. Ich freue mich, dass Sie ihm

das klargemacht haben. Es wäre mir nicht recht, wenn er sich Rosinen in den Kopf gesetzt hätte. Sich selber haben Sie für das Projekt nicht angeboten?«

»Nicht im Ernst, das wäre denn doch etwas anmaßend gewesen.«

»Und hat McKechnie Ihnen gegenüber irgendwelche Andeutungen gemacht, ob er sich einflussreiche Freunde suchen wollte oder nicht?«

»Nein.«

»Glauben Sie, dass er welche hat?«

»Keine Ahnung. Ich glaube aber nicht, dass einflussreiche Leute an der Freundschaft mit einem bankrotten Importeur von King-Kong-Masken interessiert sind.«

»Trefflich formuliert, Mr Duffy. Um es kurz zu machen: Würden Sie sagen, dass der Auftrag, für den Sie McKechnie engagiert hat, erledigt ist?«

»Ich glaube schon.«

»Keine inneren Vorbehalte? Keine Gewissensbisse?«

»Nein.«

»Schön, Mr Duffy. Ich glaube, Sie waren sehr offen mit mir. Offener sogar, als ich es erwarten durfte. Jetzt will ich Ihnen ein, zwei Dinge mitteilen. Sie waren, wenn ich das sagen darf, ohne allzu gönnerhaft zu klingen, mit Ihren Nachforschungen sehr erfolgreich. Sie haben offenbar sorgfältig und tüchtig gearbeitet. Seit wir Ihre Anwesenheit zum ersten Mal zur Kenntnis genommen haben, haben Sie nichts getan, was die Aufmerksamkeit unnötig auf Sie gelenkt hätte. Ja, als Georgiou Sie mir zum ersten Mal auf der Straße gezeigt hat, sagte ich, Sie würden auf mich wie ein ganz gewöhnlicher Freier wirken. Als Geschäftsmann bewundere ich diese Professionalität.

Sie haben verschiedene Dinge herausgefunden, und Sie haben das erworbene Wissen weitergegeben. Auf Ihre kleine Art verstehen Sie, was ich im großen Stil betreibe. Ich denke, dass ich schon bei unserem letzten Zusammentreffen von meiner Philosophie gesprochen habe, nach der die Grundlage der Macht im Wissen besteht. Und als logische Folge daraus ergibt sich, dass Ihr bescheidenes Wissen durch mein weit größeres Wissen mühelos neutralisiert werden kann. Das bescheidene Stückchen Macht, das Sie sich durch Ihre Nachforschungen erworben haben, lässt sich durch die bei Weitem größere Macht, die mir durch meine bei Weitem gründlicheren Nachforschungen zugewachsen ist, völlig unschädlich machen. Warum wohl haben sich bedeutende Männer immer große Bibliotheken angelegt? Weil sie das Geheimnis der Macht kannten.

Sie brauchen mich nicht so anzusehen, Mr Duffy. Nur weil ich von bedeutenden Männern spreche, heißt das noch lange nicht, dass ich größenwahnsinnig bin. Das würde Ihnen gefallen, nicht wahr, weil es gar zu gut in Ihren Bullenschädel passte. Nein, ich habe im Gegenteil keine Ansprüche und auch nicht den Ehrgeiz, in irgendeiner Hinsicht ein bedeutender Mann zu sein. Ich bin ein erfolgreicher Geschäftsmann mit sehr genau definierten geschäftlichen Zielen. Das Wissen, das ich mir erwerbe, dient zu nichts anderem, als diese Ziele zu erreichen.«

In dieser gepflegten, keimfreien Sprache klang das alles sehr vernünftig. Duffy hatte alle Mühe, sich selber daran zu erinnern, dass zur Erreichung der »geschäftlichen Ziele« auch Ölöfen durch die Schaufenster von Ronnie und ein Stanleymesser an der Schulter von Rosie McKechnie gehörten. Er war sich auch nicht klar darüber, ob ihm Eddy wirklich Geheimnisse anvertraute: ob er viel preisgab oder überhaupt nichts.

»Nehmen wir als Beispiel den vorliegenden Fall: Sie. Viele Geschäftsleute in meiner Lage würden äußerst ungnädig auf Ihre Anwesenheit reagieren, ja schon auf Ihre bloße Existenz. Ich könnte mir durchaus vorstellen, dass der normale hiesige Geschäftsmann, wenn er sich in meiner Lage befände, recht heftig reagieren würde. Meinen Sie nicht auch?«

»Kommt darauf an, wie clever der ist«, sagte Duffy.

»Oh, bitte nicht, es besteht überhaupt kein Anlass, mir zu schmeicheln. Was ich mit Ihnen anstellen werde, ist längst beschlossene Sache, und es dürfte Ihnen nicht gelingen, mich noch umzustimmen. Nein, wir sprechen hier über praktische Fragen ganz allgemein. Der normale Geschäftsmann würde, nachdem er Sie bereits aus seinem Einflussbereich verwiesen hat, wie ich das erst gestern getan habe, Ihre Rückkehr als schwere Beleidigung seines Mackerstolzes auffassen. Er wäre außerdem der Ansicht – zu Recht oder nicht –, dass das, was Sie herausgefunden haben, eine Bedrohung für ihn darstellt. Naturgemäß wäre er deshalb Ihnen gegenüber sehr unfreundlich. Diese Unfreundlichkeit würde sich ohne jeden Zweifel in Gewalt äußern. In manchen Fällen könnte die Gewalttätigkeit einen Grad erreichen, der Ihren Tod zur Folge hätte.

Das soll nun nicht heißen, dass ich grundsätzlich gegen derartige drastische Maßnahmen im Interesse eines geregelten Geschäftsgangs eingestellt bin. Und wenn ich im geschäftlichen Interesse hinsichtlich Ihrer Person zu einer solchen Entscheidung käme, ergäben sich bei der Durchführung keine größeren Schwierigkeiten; Sie werden mir bestimmt beipflichten – wenn Sie an die doch eher feindselige Einstellung Jeggos Ihnen gegenüber denken –, dass die Durchführung wohl kein ernsthaftes Problem darstellen dürfte. Eben diese Verfahrensweise ist für Ihren eigenen Fall nachdrücklich vorgeschlagen worden, doch ich tendiere zu einer anderen Lösung. Wieso denn eliminieren, sage ich immer, wenn man genauso gut neutralisieren kann? Wozu dieser Stolz auf sein Wissen, wenn man es sich nicht zu Nutze macht?«

Eddy stand plötzlich hinter seinem Schreibtisch auf und verschwand im Nebenzimmer, eben jenem mit dem winzigen cremefarbenen Kästchen über der Tür. Er kam mit mehreren Schnellheftern unterm Arm zurück und ließ sich neben Duffy auf dem Sofa nieder. Er klopfte auf den ersten Ordner.

»Der dürfte Ihnen ja bekannt vorkommen.« Er öffnete ihn, und Duffy sah, dass es sich um sein eigenes Dossier handelte. »Aktualisiert, wie Sie sehen«, sagte Eddy und deutete auf das neueste Polaroid von Duffy. Es zeigte ihn genau an dem Platz, auf dem er jetzt saß; in der Hand hielt er das frühere Foto aus dem Dossier.

»Ein überaus ironisches Bild, finden Sie nicht? Wir könnten jetzt ein weiteres machen, wie Sie dasitzen und ein Bild von sich sehen, auf dem Sie dasitzen und ein Bild von sich sehen. Wie diese gegenüberliegenden Spiegel, in denen Ihr Spiegelbild sich im Unendlichen verliert.«

Er legte Duffys Dossier weg und klopfte auf die anderen. »Es wäre nicht besonders klug, wenn Sie alle die zu sehen bekämen, aber ich will Ihnen immerhin so viel zeigen, dass Sie auf den Geschmack kommen.« Er klappte das Erste auf, und Duffy sah einen Schwung Fotos von Ronnie; Eddy blätterte rasch die darunterliegenden Papiere durch: Berichte, Transkriptionen von Telefongesprächen, Fotokopien von Ronnies Briefen, ein skizzenhafter Lageplan, Fotos von Renée und anderen Nutten. Das Dossier wirkte mindestens so erschöpfend wie das Dossier über Ronnie, das sie wohl in West Central angelegt hatten.

Eddy öffnete den zweiten Ordner und kicherte. Duffy sah sich das erste Foto an; nach einer Weile sagte er: »Mein Gott«, und Eddy kicherte wieder. Es handelte sich um McKechnies Sekretärin. Sie trug weder ihr Silberkreuz noch ihren langen Rock. Sie trug gar keinen Rock. Oder Unterrock. Oder sonst was. Sie hatte die Haare völlig anders frisiert und sah so aus, als würde sie jeden Augenblick auf die Bühne einer Peepshow springen.

»Eine von Ihnen?«, fragte Duffy.

»Berufsgeheimnis«, sagte Eddy. »Obwohl es ja egal ist. Ich kann mir gut vorstellen, dass sie mit einer schweren Grippe im Bett liegt, wenn sie morgen zur Arbeit gehen müsste.« Er öffnete den Dritten, den umfangreichsten Ordner und sagte: »Hier wäre es wahrscheinlich ein Fehler, Ihnen mehr als nur die Fotos zu zeigen.«

Duffy sah hin.

Sullivan! Sullivan verwackelt, wie er eine Straße langging. Sullivan in Bermudas an einem Strand, vermutlich im Ausland, umgeben von Geschäftsleuten, die gleichfalls Bermudas trugen; Duffy erkannte keinen aus seiner Zeit in West Central wieder; sie erhoben alle die Gläser zur Kamera. Sullivan in einem Restaurant mit Eddy, wie er reichlich verstört in das überraschende Blitzfeuer einer versteckten Kamera guckte. Sullivan wirkte sehr viel jünger – vielleicht zwanzig Jahre jünger; das war ja interessant. Sullivan mit etwas am Arm, das allenfalls durch einen glücklichen Zufall keine Nutte war. Eddy klappte den Ordner zu und ging zum nächsten über.

»Und den Nächsten sollte ich Ihnen vermutlich überhaupt nicht zeigen.« Er drehte den Ordner nur so, dass Duffy den Namen auf dem Rücken lesen konnte: McKechnie.

Eddy sammelte seine Ordner ein und trug sie wieder ins Nebenzimmer zurück. Dann ging er zu seinem Schreibtisch zurück, nahm den Hörer von einem der Telefone ab und drückte auf einen Knopf.

»Seid ihr so weit? ... Ja ... Schön ... Zwei Minuten.«

Er sah zu Duffy hinüber. »Und jetzt, Mr Duffy, während Sie noch über die Weiterungen dessen nachdenken, was Sie eben zu sehen bekamen, werden Sie den Unterschied zwischen Eliminieren und Neutralisieren kennenlernen.«

Diesmal legten sie ihm eine Augenbinde an. Sie führten ihn den Flur entlang, durch den sie gekommen waren, und dann eine Treppe hinab; sie drehten ihn so viele Male herum, dass ihm schwindlig wurde, führten ihn ein

Stück weiter, schoben ihn wieder eine Treppe hinauf, ins Freie, dann wieder nach innen, einen Gang entlang, an etwas Heißem vorbei und hießen ihn sich schließlich auf etwas niederlegen, was ihm wie ein hohes Bett vorkam. Die gefesselten Hände wanden sie ihm über den Kopf und klemmten sie ihm unter seinen Nacken. (Hatten sie ihn deshalb im grünen Zimmer etwas bequemer gebunden?) Er hörte ein leises Klicken und stellte fest, dass er die Hände überhaupt nicht mehr bewegen konnte. Dann wurden ihm Schuhe und Socken entfernt, die Hose und die Unterhose ausgezogen. Er lag still da; es hatte wenig Sinn, um sich zu treten, wenn man nichts sah und einem die Hände hinter dem Kopf gefesselt waren. Zwei Leute fassten ihn an den Füßen, zogen ihm die Beine ein wenig auseinander und befestigten eine Art Gurte an seinen Knöcheln. Er fühlte sich hilflos und ausgestellt und als werde er gleich kastriert.

Dann schnitten sie ihm am Oberkörper einfach die Kleider auseinander. Er merkte, wie eine große Schere die Arme an seinem Blouson, dann bis zum Hals hinauf hochschnippte; das Kleidungsstück fiel in drei Teilen von ihm ab. Auch das Hemd fiel der Schere zum Opfer. Jetzt war er vollkommen nackt und hilflos festgeschnallt. Jemand legte Stoffstücke – vermutlich Handtücher – über die Gurte, die seine Knöchel festhielten. Seine Gedanken jagten sich im Kreis. Und die ganze Zeit hatte niemand ein Wort von sich gegeben. Dadurch wurde die Isolierung noch schlimmer.

Und davon wurde das, was dann folgte, noch seltsamer. Ganz in der Nähe roch er etwas Süßes. Dann merkte er, wie etwas Feuchtes auf seinen Bauch geschüttet wurde. Dann begann eine Hand damit, seinen Bauch vorsichtig mit Öl einzumassieren. Dann kam eine zweite Hand dazu und verteilte das Öl nun auch über seine Brust. Kurz darauf begann ein anderes Händepaar mit der Arbeit an seinen Beinen. Immer wieder spürte er, wie Titten ihn sanft streiften. Dann geschah etwas, was sich von seinem letzten Besuch in Aladins Wunderlampe unterschied: Ganz sachte näherte sich ein Mund seinem Schwanz und begann ihn zu lecken.

Wenn der Körper den Befehlen des Gehirns gehorchen könnte, wäre sein Schwanz das schrumpelige, winzige, verzagte Ding geblieben, das er bis zu diesem Moment gewesen war. Doch der Körper ist störrisch, launenhaft und ungehorsam. Duffy kannte das von seinen Nächten mit Carol: Wie oft hatte er sein widerspenstiges Fleisch verflucht? Und jetzt, obwohl sein Kopf vor Angst verkrampft war, entspannte sich sein Körper. Als das Öl sanft in seinen Schwanz eingerieben wurde, wuchs er und gedieh. Titten streiften freundlich über seine Brust und verschwanden dann wieder. Sein Schwanz wurde mit der sanften Strenge einer Berufsmäßigen hochgebracht. Er spürte, wie ein Körper zwischen seine Knie glitt – wahrscheinlich kniete das Mädchen, das an seiner Brust zugange gewesen war, mittlerweile zwischen seinen Beinen. Die Stille dauerte an, nichts war zu vernehmen außer das leise Schmatzen eingeölten Fleisches. Er spürte eine neue Berührung an seinem Schwanz, und dann aus Dunkelheit und Stille – urplötzlich, grauenerregend brachen Licht und Lärm der Welt über ihn herein.

Nachdem ihm die Augenbinde entfernt worden war, brauchte Duffy vielleicht fünf Sekunden, um sich an das Licht zu gewöhnen und zu sehen, was sie mit ihm angestellt hatten. Und in fünf Sekunden kann eine Polaroidkamera mit Motor gut und gern ein halbes Dutzend Bilder schießen. Die Bilder, die Eddy nach den ersten sechs machte, hatten wahrscheinlich keinen großen Wert für ihn, weil Duffy mit verzerrtem Gesicht vor Schmerz und Wut aufbrüllte, sodass Jeggo ihm hart aufs Ohr schlagen musste, um ihn zum Schweigen zu bringen. Doch das erste halbe Dutzend, mit dem engelsgesichtigen, flachshaarigen, siebenjährigen Bübchen, das Duffys Erektion gepackt hielt und mit Duffy selbst, die Arme im Nacken verschränkt in Genießerpose und mit einem von Lust überraschten Gesichtsausdruck – diese sechs Bilder würden Eddys Absichten voll genügen.

Sie banden Duffy los und hießen ihn, seine Kleider zusammensuchen. Er zog seine Hose an, seine Schuhe und das zerfetzte Hemd und legte die drei Bestandteile seiner Jacke zusammen. Sie warfen ihn durch eine Seitentür hinaus, und er stand tränenüberströmt draußen auf der Frith Street. Ein freies Taxi kam vorbei, weigerte sich aber, für diese heulende Vogelscheuche anzuhalten, die bestimmt wieder so ein Besoffener aus Soho war. Duffy war zum Speien elend, als er sich zu Fuß auf den Heimweg machte.

IX

Als Duffy seine Wohnung erreichte, dämmerte es, und die ersten Milchmänner machten Flaschen klirrend ihre Runden. Durch das Küchenfenster sah er auf die in Plastik gewickelte Uhr. Es war zwei Minuten nach sechs. Er fiel aufs Bett und schlief geräuschlos, traumlos. Die Träume kamen, als er aufwachte, Blitzlichtbilder der vergangenen Nacht durchzuckten den Morgen. Das Surren und Klacken der Polaroid, die ihre Fotos ausspuckte. Eddy, Georgiou und Jeggo, die sich drüberbeugten und, während die Bilder sich entwickelten, kicherten wie Schulbuben bei ihrem ersten Porno. Eddy, der sich umwandte und zu Duffy sagte: »Gehen Sie noch nicht weg, wir brauchen vielleicht noch einen Durchgang.« Das Kind zwischen seinen Beinen, das aussah, als hätte man es in einen besonders tollen Laufstall gesetzt. Die zwei Mädchen, die ihn gewichst hatten und plötzlich mütterliche Gefühle entwickelten, als das Kind bei Duffys Gebrüll zu weinen anfing. Eddys triumphierendes Lächeln, sein Wissen, dass er Duffy nicht erst die Feinheiten zu erklären brauchte. Und Eddys abschließende Geste, bevor sie ihn zur Straße hinausstießen – er hatte rübergelangt und Duffy die am wenigsten brauchbare Aufnahme in die Hemdtasche gestopft.

Duffy kam plötzlich ein Gedanke. Vielleicht zeigte

das Foto, wie Jeggo auf ihn einschlug. Vielleicht zeigte es die Handschellen. Vielleicht konnte er es zur Polizei bringen, zu irgendeiner Polizei irgendwo, und ihnen beweisen, dass das Ganze gestellt war. Er holte das Foto heraus, sah es an, würgte und verzweifelte. Das Bild war so eindeutig wie nur möglich: ein masochistischer Pädophiler, der es genoss, angekettet und geschlagen zu werden, während ihm ein kleiner Junge den Schwanz hielt. So betrachtet konnte Duffys im Schmerz aufgerissener Mund nichts anderes bedeuten, als dass hier ein Perverser den Höhepunkt erreichte.

Duffy zerknautschte das Foto und schmiss es in den Abfalleimer. Dann klaubte er es wieder heraus, legte es auf die Nirostaabtropffläche und steckte es mit einem Streichholz an. Das steife weiße Papier fing nur langsam Feuer und brannte dann auf den Rand des Bildes zu. Duffy hatte fast erwartet, dass es ausgehen würde, sobald es die Chemikalien erreichte, aber das Feuer brannte heftiger, entwickelte eine enthusiastische Flamme und gab wolkenballenweise schwarzen Rauch ab. Blasen liefen vor den Flammen her über die Bildoberfläche; das Foto verzog sich, bäumte sich auf, als die Flammen allmählich verlöschten. Duffy schnüffelte an dem tiefschwarzen Rauch; die Dämpfe rochen nach brennenden Erdölraffinerien in irgendeinem fernen Land.

Den ganzen Tag lang saß Duffy da mit einem Körper, der nach Rache glühte, und einer kühlen, klugen Stimme in seinem Kopf, die ihm sagte, dass er nichts tun könne. Big Eddy hatte ihn ebenso neutralisiert wie vor ihm Sullivan und Ronnie und sogar McKechnies Sekretärin, die wie eine religiöse Fanatikerin aussah und dabei einen Körper für die Peepshow hatte. Duffy dachte über Sullivan nach, darüber, wie sie ihn eingewickelt hatten. Ein langer, langsamer Prozess, gar kein Zweifel, ein allmähliches Zusammensetzen von Beweismaterial, das sorgfältige Festhalten von Dingen, die Außenstehende vielleicht als kleine Gefälligkeiten taxieren würden, Sullivan aber harmlos vorgekommen waren, damals vielleicht auch wirklich harmlos waren. Zum Beispiel das Foto, auf dem er mit Eddy beim Essen war. Sullivan war vielleicht von einem Dritten zum Lunch eingeladen worden: einem Informanten etwa oder jemandem, mit dem er etwas auszuhandeln hatte. Sie setzen sich hin zum Lunch – sie zahlen vielleicht getrennt, möglicherweise zahlt auch Sullivan –, sie nehmen ein paar Drinks, und nach einer Weile taucht Eddy auf und begrüßt den Zuarbeiter wie einen guten Bekannten. Was tut man da an Sullivans Stelle? Etwa aufstehen und gehen? Eddy setzt sich also, man stellt ihm ein Glas hin, er bestellt sich vielleicht auch einen Happen, um einem Gesellschaft zu leisten, und plötzlich explodiert einem das Blitzlicht eines ambulanten Restaurantfotografen mitten ins Gesicht. Steht man etwa auf, um ihn zu verhaften? Eddy scheint genauso aufgebracht wie man selbst, er jagt den Mann hinaus, kommt zurück und spricht davon, wie schlecht so ein Bild für seine Geschäfte sein könne. Man vergisst es also. Nur dass das Foto in Eddys Dossier landet, wo es aber was zeigt? Einen Hauptkommissar von West Central, der mit einem der übelsten Gangster in seinem Revier einträchtig beim Lunch sitzt – gute Kumpel bei einem guten Tropfen. Der Zuarbeiter ist irgendwie hinter Eddys Körper verborgen, und auf dem Bild sieht es so aus, als würden Sullivan und Eddy in größter Vertraulichkeit miteinander lunchen.

Und danach wird es leichter. Leichter für Eddy, und in gewisser Weise auch leichter für Sullivan. Sehr bald verliert man das Gefühl dafür, wo die Grenzen zwischen der eigenen und der Welt der Gangster verlaufen. Man trifft sich mit Eddy sogar auf gesellschaftlicher Ebene: Man könnte ja vielleicht einiges aus ihm herausbekommen. Vielleicht wird er betrunken und lässt dann etwas raus. Natürlich muss man dann selber wacker mithalten, um ihn zu ermuntern. Und was bedeutet schon ein Feuerzeug; man hat ohnehin gerade eins gebraucht; das ist doch wohl kaum Bestechung. Natürlich ist es nicht Bestechung – das ist doch klar wie sonst was. Welcher Polizist würde schon seinen Beruf wegen eines Feuerzeugs aufs Spiel setzen – deshalb *kann* es gar keine Bestechung sein. Selbst wenn es eine eingravierte Widmung hat. Und dann fährt man vielleicht mit ein, zwei Burschen, die man beim Trinken kennengelernt hat, in Urlaub. Bisschen in die Ferne, Tapetenwechsel, die hübschen Mädchen am Strand bewundern, paar Mal hoch die Tassen, was macht das schon, muss ja die Alte nicht unbedingt dabei sein, sagt man halt, es wäre eine Interpolkonferenz oder so was. Und Eddy taucht auf; hatte gerade geschäftlich in der Nähe zu tun, dachte, er könnte ja mal vorbeischauen. Macht bei allem mit, Eddy is'n guter Kumpel, der bringt Schwung in die Bude, noch eine Runde, und jetzt ein paar Fotos, und dann, wo es doch all die andern auch machen, Eddy auch, da will man doch kein Spielverderber sein, sondern auch mal mit einer Einheimischen, na also. Das Mädchen ist sehr nett zu einem, scheint ihr nichts auszumachen, dass man nicht so besonders parlare italiano, scheint ihr auch nichts auszumachen, dass man ein bisschen fett und ein bisschen betrunken ist und es nicht so rasend toll bringt. Und dann verabschiedet sich Eddy von allen, möchte den Hauptkommissar ja nicht in eine peinliche Situation bringen, indem er gleichzeitig mit ihm in Heathrow ankommt, also dann, bis bald, ciao. Und weg ist er. Doch all das landet in Eddys Dossier, und ganz egal, wie es war, ganz egal, wie genau Sullivan weiß, wie es wirklich war, es kann nur so wirken, wie es in Eddys Dossier eben wirkt.

Und nach dem Essen und dem Urlaub und dem Mädchen und dem Feuerzeug wird alles immer leichter und leichter. Die Gefälligkeiten kommen: Eddy liefert Sullivan den einen oder anderen kleinen Gauner; schließlich liegt es ja in *seinem* Interesse, dass Sullivan ein erfolgreicher Bulle bleibt. Natürlich nicht *zu* erfolgreich, damit er nicht versetzt wird, und deshalb liefert ihm Eddy im Wesentlichen nur kleine Fische; aber das hilft ihm schon, im Geschäft zu bleiben. Und dann, mit der Zeit, zahlt es sich aus, oder vielmehr: Es beginnt sich ein bisschen zu lohnen, denn so was dauert und dauert und dauert, und es wird andauern, bis nichts mehr zum Auszahlen da ist. Es geht mich ja nichts an, Ernest (inzwischen reden sie sich mit Ernest und Eddy an), aber nach dem, was ich höre, hast du wohl den Falschen hochgenommen in der kleinen Geschichte, wo sie den Loddel angeschlitzt haben: Ich habe mich umgehört und dabei Folgendes in Erfahrung gebracht – und die Beweislage ist so gut, dass es jeder Bulle kaufen würde, den Verdächtigen laufen und den Mann verhaften lassen würde, den Eddy auszuschalten beschlossen hat. Und Eddy zeichnet natürlich auch deine Anrufe auf.

Und so geht es weiter. Übrigens Ernest, ich habe da ein kleines Problem mit einem neuen Knaben namens McKechnie. Ich weiß nicht, was du über ihn in den Akten hast, aber ich lass dir zukommen, was ich weiß; er scheint mir ein kleiner Störenfried zu sein. Ich kann mir nicht vorstellen, dass er einen guten Einfluss auf die Piste hätte. Und dann, ein wenig später, Ernest, komische Sache war da, stell dir vor, da kommt heute so ein kleiner Bursche zu mir, wirklich ein cleveres Bürschchen. Ein Gesicht aus der Vergangenheit, du erinnerst dich bestimmt an ihn, Duffy heißt er. Ja, ganz genau, ja, die Schwuchtel. Cleverer Kerl, aber ich glaube, er ist da in schlechte Gesellschaft gekommen, Ernest. Scheint nämlich irgendwie für McKechnie zu arbeiten; nein, ich weiß nicht so genau, was, aber ich bin mir doch ziemlich sicher, dass der gar nicht weiß, was McKechnie so treibt. Ich meine, ich hätte es nicht gern, wenn ein Knabe wie er in Schwierigkeiten kommt, selbst wenn er der schwule Bulle ist, den wir loswerden mussten; ich habe mir überlegt, ob du vielleicht jemanden schicken könntest, der ein ernstes Wort mit ihm spricht? Gleich jetzt? Nein, nein, so eilig ist es nicht, Ernest, allerdings jetzt, wo du selber sagst, das wäre vielleicht ganz nützlich. Du hast doch seine Adresse? Schön.

Für Duffy war Korruption keineswegs unbegreiflich, und er kam sich auch gar nicht über alles erhaben vor. Jeder konnte in Sullivans Situation geraten und dann während der nächsten zwanzig, dreißig Jahre immer mal wieder da und dort was abstottern, die Dinge nur ein bisschen zurechtbiegen und es sich selbst gegenüber damit rechtfertigen, dass man doch einige Verhaftungen vorzuweisen hatte – und die ganze Zeit hatte man einen Bandwurm im Innern sitzen, der einem den Mumm wegfraß. Nicht direkt Schuldgefühle, und es war auch zu diffus, um Angst zu sein; es war eine gemeine Art von Sorge, die nörgelnde Gewissheit, dass man eines Tages aufgefordert würde, zu viel zu liefern, dass einem eines Tages alles schwarz auf weiß präsentiert würde statt dieses angenehm neutralen Graus, dass Eddy eines Tages mit allem, was er über einen wusste, herumwedeln und dann sagen würde: »Mach das, du Arsch, oder ich mach dich fertig!« Und man wusste ganz genau, wenn man es nicht tat, dann würde er einen fertigmachen; und wenn man es tat, dann würde einen wer anders fertigmachen, aber es gab noch eine kleine Chance, dass man damit durchkommen und dass es nicht aufkommen würde, und drum war es immer noch besser, das zu tun, was einem Eddy nahelegte. Man tat es also, und diesmal ging es schief, und man wurde geschnappt, fertiggemacht, zerkaut und ausgespien, für ein paar Jahre weggeräumt, während die Alte mit der Schande, der Einsamkeit und dem plötzlichen Verlust der Pension zurechtkommen musste; was sie geheiratet hatte, war also nicht etwa ein erfolgreicher Verbrechensbekämpfer aus Soho, sondern ein fetter Verbrecher, der nie besonders nett zu ihr gewesen war, der sie angelogen hatte und mit Kriminellen in Urlaub gefahren war und mit ausländischen Huren geschlafen hatte und der jetzt, am Ende seiner Laufbahn, nicht mal eine Pension für sie nach Hause brachte. Und wie soll sie denn mit *diesen* Berichten in den Zeitungen je wieder den Nachbarn unter die Augen treten können, die Mrs Sullivan, ohne einen Besuch beim Doktor und das Gejammer von Stress und den Wechseljahren und eine Flasche voll kleiner Pillen, und dann, was soll's, Ernest sieht's ja nicht, wie schnell jetzt der Sherry leer wird, jetzt, wo er draußen im Wormwood-Scrubs-Gefängnis sitzt.

Das war einer der Punkte bei der Korruption; man dachte zunächst nie an die Nebenwirkungen. Wenn man anstieß und in die Bermudas stieg, dachte man nicht unbedingt an ein Stanleymesser, das einen sieben Zentimeter langen Schnitt auf dem rechten Schulterblatt von Rosie McKechnie hinterließ, die vielleicht mit einem reichlich verdächtigen Gesellen verheiratet war, aber selbst wenn man mit einem Mörder verheiratet war, war das schließlich noch lange kein Verbrechen. Das ist die Verbindungslinie, die man nicht zieht, man glaubt nicht, dass Ursache und Wirkung sich so zueinander verhalten, und doch verhält es sich genau so, es ist genau die Art Gleichung, auf die es schließlich hinausläuft, vielleicht vor Gericht, vielleicht im eigenen Kopf, obwohl es zu diesem Zeitpunkt im eigenen Kopf derart stürmt und schneit, dass man nicht einmal so simple Gleichungen wie die nachvollziehen kann. Nein, sagt der Kopf, *ich* war es doch nicht, der Rosie McKechnie angeschlitzt hat, das kann man doch nicht *mir* anhängen, der ich meilenweit entfernt an meinem Schreibtisch saß, nein, der ich zu dieser Zeit sogar jemanden festgenommen habe. Hat man vielleicht, aber das war nur ein Vorwand.

Duffy verstand Sullivan ganz und gar; und dieses Verständnis verhinderte, dass er sich ihm moralisch überlegen fühlte; es gab ihm aber die Freiheit, Sullivan mit all dem Zorn zu hassen, der ihm zur Verfügung stand. Denn eines der kleinen Kettenglieder von Ursache und Wirkung, die Sullivan vielleicht begriff, vielleicht auch nicht mehr begriff, bestand darin, dass er es gewesen war, der Duffys Karriere zerstört hatte. Sicher, Eddy hatte die Falle gestellt, hatte Duffy den schwarzen Jungen untergejubelt; sicher, Eddy tat es, weil Duffy hinter Eddy her war; aber ohne Sullivan als Informanten, Sullivan als den Mann der guten Tipps, der möglicherweise auch als krönenden Abschluss die Polizei in Paddington angerufen hatte – ohne Sullivan wäre da nur ein Gangster gewesen, der versuchte, einen Bullen reinzulegen. Womit man gewöhnlich nicht sehr weit kam. Sullivan war es, dem der Erfolg zu verdanken war.

Und jetzt war Duffy auf seine alte Piste zurückgekehrt und hatte sich von Neuem in Eddys Netz verfangen. Und Eddy hatte ihn wie eine riesige Spinne ordentlich eingesponnen, ihm etwas eingespritzt, das ihn völlig harmlos machte, und ihn dann laufen lassen. Eddy wusste ganz genau, dass die bruchstückhaften Informationen, die Duffy gesammelt hatte, verglichen mit einer Ecke eines einzigen Fotos, das Eddy letzte Nacht geschossen hatte, vollkommen wertlos waren. Als er aus der Seitentür in die Nacht auf der Frith Street gestoßen worden war, hatte Duffy, während ihm die Tränen übers Gesicht liefen, Eddy ganz leise gedroht, zurückzukommen und ihm den Schwanz auszureißen. Mit einem Glucksen hatte Eddy erwidert:

»Probieren geht über Studieren, Mr Duffy, Probieren geht über Studieren.«

Und die drei Männer hatten gekichert, wie sie schon gekichert hatten, als sie zusahen, wie sich die Polaroids entwickelten.

Duffy wollte Carol anrufen, war sich aber nicht sicher, ob er es wagen konnte. Er war sich nicht mal sicher, dass sie ihm glauben würde, was er ihr erzählte. Er war sich nicht sicher, ob er nach dem, was vorgefallen war, überhaupt je wieder die Nacht mit ihr verbringen sollte. Als ihn Eddy das letzte Mal zur Schnecke gemacht hatte, war er danach nicht mehr in der Lage gewesen, es mit Carol zu machen; er war zu einem zwanghaften Einmalvögler geworden, einem, der Huren und Teilzeitler benutzte, ein geschlagener, misstrauischer Hund, wenn es um eine emotionale Beziehung ging. Welche Folgen würde es diesmal haben, dass Eddy ihn fertiggemacht hatte? Er wollte gar nicht dran denken.

Es gab noch eine ganze Menge Dinge, an die er im Verlauf des Tages nicht zu denken versuchte. Er wanderte in seiner Wohnung umher, aß etwas nebenbei, lief durch die Straßen, ging kurz in sein Büro, um zu sehen, ob auf dem Anrufbeantworter etwas drauf war, ging nach Hause, zog sich fünf geschlagene Stunden Fernsehen rein und versank in einem weiteren traumlosen Schlaf. Das war so überraschend nicht, da sämtliche Schrecken ja bereits tagsüber ungehindert an die Oberfläche traten.

Am anderen Morgen versuchte er sich selbst zur Arbeit zu treiben. Er holte einige Bürogrundrisse hervor und versuchte sich Aufgaben zu stellen, etwa mit der Frage, was für ein Überwachungssystem oder was für eine Alarmanlage sich unter Berücksichtigung der örtlichen Gegebenheiten und ihrer spezifischen Probleme am billigsten und wirkungsvollsten installieren ließe. Der Haken war nur, es interessierte ihn kein bisschen. Ihn interessierte allein das, was im Untergrund seines Kopfes vor sich ging.

Im Laufe des Tages erhielt er drei Anrufe, die ihm alle halfen, zu einer Entscheidung zu gelangen. Der erste war der kürzeste.

»Oh, Duffy, hier ist Brian McKechnie.«

»Verpissen Sie sich, McKechnie.«

»Wie bitte?«

»Ich sagte, verpissen Sie sich, McKechnie.«

Am anderen Ende ein unbestimmtes Stottergeräusch.

»Oh, McKechnie, legen Sie noch nicht auf. Noch eins. Ist Ihre Sekretärin zufällig da?«

»Meine Sekretärin? Warum? Nein, die ist nicht da. Grippe. Eine Art Sommergrippe, vermute ich.«

»Vielen Dank. Jetzt verpissen Sie sich aber, McKechnie.«

Duffy legte auf. Der zweite Anruf kam gegen Mittag. Duffy hatte die Sache fast vergessen. Als er den Hörer abnahm, hörte er einen schweren russischen Akzent.

»Miieeesta Daffy, Iihrrre Kontrrrrollä hiiieeer. Meeechten Sie dem Genossen Phiiilby noch diieeesä Wochä oda nächstä Wochä in Moskva die Hand schitteln?«

»Geoff, hallo. Was gibt's?«

»Was es gibt? Bloß die kleine Aufgabe, die du mir gestellt hast. Nixons Sekretärin mit dem Fuß auf dem Selbstlöscher – du weißt doch.«

»O ja, entschuldige, ja. Ich hab letzte Nacht verdammt schlecht geschlafen.«

»Sitzt du bequem?«

»Ja.«

»Dann fang ich mal an. Ich nehme an, dass die Kassette, die du mir geschickt hast, mit einem Sony Portable SK 6500 bespielt worden ist?«

»Weiß ich nicht; das heißt, doch, es war ein Sony.«

»Dann muss es auch ein SK 6500 gewesen sein. Zum Glück können die nicht so besonders gut löschen – die Hersteller gehen meist davon aus, dass man auf diesen Kleingeräten eigentlich nie löscht, um vollkommene Stille zu erreichen, sondern nur, um die Kassette neu zu bespielen. Und der Kerl, der hier gelöscht hat – ich nehme an, es ist der gleiche, der auf dem gelöschten Abschnitt gesprochen hat …«

»Kann ich dir nicht sagen, Geoff. Man weiß ja nie, wer alles zuhört.« Duffy triezte Bell immer wieder gern mit seiner Paranoia. Und Bell fiel immer wieder drauf rein.

»Ganz richtig, ganz richtig. Jedenfalls der Kerl, der gelöscht hat, hat dafür dasselbe Gerät verwendet, mit dem er auch aufgenommen hat, was man allerdings nicht tun sollte, wenn man etwas ernsthaft loswerden will. Und so besonders gut scheint er sich mit diesen Geräten sowieso nicht auszukennen, weil er nämlich nur einmal drübergegangen ist.«

Bell machte eine Pause. Die Techniken, die es brauchte, um etwas herauszufinden, faszinierten ihn weit mehr als das, was man herausfinden konnte, wenn man diese Techniken anwendete. Duffy gab ihm einen Schubs.

»Phantastisch. Und was hast du gefunden?«

»Ja, das hat seine Zeit gebraucht. Die Restmagnetisierung war nicht so besonders, ich musste sie überspielen, hochziehen, entzerren – also, wenn du wissen willst, was genau ich alles gemacht …«

»Mir wär's lieber, wenn du mir sagst, was in der Lücke war.«

»Ach so.« Er klang enttäuscht. »Soll ich's dir am Telefon sagen?«

»Riskieren wir's?«

»Ich mag das Wort ›Risiko‹ nicht. Ich selber gebrauche es nie. Also der Satz lautete, wo ist mein Transkript, der lautete: ›Mir kommt kein dahergelaufener‹ LÜCKE LÜCKE LÜCKE ›auf meine Piste, um mir zu erzählen, wie ich den Laden zu führen habe.‹ So der Stand, bevor ich die Lücke füllen konnte.«

»Ja, Geoff, und nachdem du sie gefüllt hast?«

»Also, wo ist mein anderes Transkript … ›Mir kommt kein dahergelaufener schmieriger Ex-Hehler aus dem Norden auf meine Piste, um mir zu erzählen, wie ich den Laden zu führen habe.‹ Ich hatte ein bisschen Schwierigkeiten, um das ›schmierig‹ aus der Aufnahme herauszukitzeln, aber ich bin mir ziemlich sicher, dass es das war.«

»Und keine Zweifel beim anderen?«

»Überhaupt keine.«

»Dank dir herzlich, Geoff.«

»Was wird mit der Kassette?«

»Könntest du sie zusammen mit den Transkripten bei einer Adresse abliefern, die ich dir gleich gebe? Heute noch?«

»Also …« Geoff klang vage.

»Ich kann dir jetzt am Draht im Moment leider nicht sagen, warum.« Das reichte.

»Selbstverständlich.«

Der dritte Anruf kam am späten Nachmittag, als Duffy schon seinen Werkzeugschrank umgrub, um das Nötige herauszusuchen. Während er den Hörer abnahm, musterte er weiter seinen Satz Schraubenzieher, die Kombizange mit den Plastikgriffen und die Messer, die er brauchen könnte. Er hörte die sich überschlagenden Piepstöne des Münzfernsprechers, dann kam Carols Stimme. Wie beim letzten Mal nannte sie keinen Namen.

»Ich sage es nur ein einziges Mal. Geboren als Brian Kelly 1929, in Newcastle. '49 London, '52 wieder im Norden, Leeds, Manchester, Newcastle, '73 London. '51 Hehlerei in London. '53 Hehlerei Leeds. '54 Hehlerei Leeds. '61 den Postversand für Schmutz-und-Schund-Material benutzt. '65 Verstoß gegen das Pornographiegesetz in Manchester. '70 Hehlerei in Newcastle. Bewährung, sechs Monate, sechs Monate, Geldstrafe, drei Monate, ein Jahr. Freigekommen '71, seither unbescholten, und bitte mich nie wieder, so was für dich zu tun. Duffy, geht's dir gut?«

»Ich muss dich heut Abend sehen, Carol.«

»Tut mir leid, Duffy, bin verabredet.«

»Nein, ich meine, ich muss, Carol. Muss. Bitte sag ab.«

Stille am anderen Ende.

»Ich hab dich noch nie darum gebeten, was abzusagen. Das war immer Teil unserer Abmachung, dass ich dich nie bitte abzusagen. Aber jetzt bitte ich dich darum. Ich mein's ernst, Carol.«

»O. K.«

»Bei dir, bitte. Ich komm spät. Wahrscheinlich sehr spät.«

»Ich will nicht hören, warum, Duffy. Sag mir bloß nicht, warum.«

»Sag ich auch nicht. Und danke.«

Carol legte auf. Duffy setzte seine stillen methodischen Vorbereitungen fort. Er breitete alles, was er vielleicht brauchen könnte, vor sich auf dem Tisch aus und wählte dann aus nach der Wahrscheinlichkeit des Bedarfs. Es hatte überhaupt keinen Sinn, wie ein verdammter Sherpa mit Ausrüstung behängt loszuziehen. Genauso gut hätte er sich einen dicken Sack mit der Aufschrift BEUTE über die Schulter werfen können.

Er überlegte, was die beste Zeit sein könnte. Jeder behauptete, zwei Uhr morgens sei die beste Zeit. Für Duffy war diese Zeit nur saublöd. Um zwei Uhr morgens trägt jeder Lärm unendlich weit, ein verzogenes Fenster braucht nur leicht zu quietschen, und schon hören das drei Funkstreifen, die meilenweit entfernt sind. Um zwei Uhr in der Nacht schauen Schlaflose zum Fenster raus und warten sehnlichst auf einen Vorwand, um die Polizei anzurufen, nur um mit jemand zu sprechen, mit irgendjemand. »Äh, Herr Wachtmeister, da ist eine reichlich verdächtige Katze auf dem Nachbardach. Sie hat vier Füße, ein rötliches Fell und ein Brecheisen in der Hand.« Um zwei Uhr morgens gehen nur Einbrecher einbrechen, die erwischt werden wollen.

Duffy entschied sich für halb elf. Da waren noch haufenweise Freier auf der Straße, in den Pubs herrschte Hochbetrieb, alle möglichen Geräusche von überall her. Die Nutten erreichten ihren zweistelligen Tagesumsatz.

Er trug einen Anorak mit vielen Taschen, Jeans und Schuhe mit weichen Sohlen. Wie üblich nahm er die U-Bahn zum Picadilly Circus, wanderte die Avenue entlang und fiel in seinen Spannergang, als er in eine Seitenstraße einbog. Er arbeitete sich zur Greek Street vor, querte auf die östliche Straßenseite, um nicht am Vorderfenster von Aladins Wunderlampe vorüberzumüssen, querte zurück und ging in den Duke of Hamilton. Er kaufte sich ein kleines Helles und ging damit in den winzigen Wirtsgarten auf der Rückseite. Es war eine kühle Nacht, und als Einziges saß da ein Paar, das an einem Tisch Händchen hielt. Sie sahen nicht auf, als Duffy an ihnen vorbei an den letzten Tisch ging und sich dort niederließ. Sie sahen auch nicht, wie Duffy langsam an seinem Bier nippte und sie aus den Augenwinkeln beobachtete. Als der Barmann »Polizeistunde« rief und sie die Blicke aus den Tiefen ihrer Augen losreißen mussten, bemerkten sie nicht einmal, dass sich außer ihnen keiner mehr im Garten befand.

Als er im schattigen Teil des Hofs hinter dem Double

Blue saß, musste er feststellen, dass er sich verrechnet hatte. In den oberen Fenstern brannte zwar nirgends mehr Licht, aber das Kino war noch in vollem Gang. Aus einem Fenster hinten quollen die Geräusche verstärkter Lust und wurden zu ihm geweht: die Laute von klagenden Schafen und von Fledermäusen, die zu Tode geknüppelt wurden.

Um elf hörte der Lärm auf. Zehn nach elf wurden die Lichter abgedreht. Um halb zwölf meinte Duffy, es sei Zeit. Er zog sich hauchdünne, durchsichtige Gummihandschuhe an, trat aus dem Schatten und lief schnell zum Notausgang des Kinos hinüber. Eine Sekunde lang drückte er sein Ohr gegen die Tür, sprach nicht unbedingt ein Gebet, äußerte aber doch einen tief empfundenen Wunsch und drückte vorsichtig gegen den rechten Türflügel. Er gab ein paar Zentimeter nach, noch mal ein paar, dann war die Kette straff gespannt. Duffy verhielt, fischte in einer Tasche herum, holte ein bleistiftdünnes Metallstück von etwa acht Zentimetern Länge heraus und zog an einem Ende. Es ließ sich wie eine Teleskopantenne in drei Stufen auseinanderziehen bis zu einer Länge von etwa dreißig Zentimetern. Er steckte es durch den Spalt zwischen den beiden Türflügeln, zog den rechten Flügel heran, bis er die Metallrute beinahe einklemmte, und schob diese dann langsam nach oben, bis sie die Kette berührte.

Durch das Zuziehen des Türflügels hatte Duffy die Kette so weit wie möglich gelockert. Mit seiner Rute drückte er nach oben gegen die Kette und quetschte dabei ein Auge an den millimeterschmalen Spalt zwischen den Türflügeln. Nichts geschah. Er drückte wieder und begann die Kette mit seiner Metallrute auf und ab zu schütteln. Plötzlich hakte das präparierte Kettenglied aus, und die beiden Enden der Kette fielen nach unten, wobei das linke klirrend gegen die Metalltür schlug.

Duffy lauschte und drückte dann vorsichtig gegen den rechten Türflügel. Er linste noch mal durch den Spalt. Das Vorhängeschloss hing eindeutig an dem Kettenstück zu seiner Rechten, dem einen, das er nicht sehen konnte; doch das Gewicht des Vorhängeschlosses hatte zur Folge, dass eben das Kettenstück sich dank Duffys Druck allmählich freimachte – wobei es mit jedem Glied, das über das Metall der Griffstange lief, leise klirrte –, welches er sehen konnte, das auf der Linken. Auf jeden Fall wollte er vermeiden, dass das Ende der Kette sich ganz löste, wegsauste und dann gegen den anderen Türflügel knallte. Duffy drückte, bis die Tür etwa fünfzehn Zentimeter offenstand, und entschied sich dann für eine andere Vorgehensweise. Er führte seine Metallrute durch eines der Glieder am linken Abschnitt und begann die Kette ganz einfach zu heben. Damit kam die Kette frei, und gleichzeitig war die Möglichkeit ausgeschlossen, dass ein Teil oder die ganze Kette in den freien Fall geriet.

Als sich die Kette von der Griffstange des linken Flügels gelöst hatte, drückte Duffy die Tür so weit auf, dass er durchkam, und glitt dann ins Innere. Leise rekonstruierte er den vorherigen Zustand der Kette und hängte das aufgetrennte Kettenglied wieder ein. Schließlich, in dem Bestreben, doppelt – also vielleicht unnötig – vorsichtig zu sein, verriegelte er auch noch den offenen Türflügel wieder.

Mit dem Hellen im Bauch und dem langen Warten darauf, dass das Double Blue zumachte, hatte sich in Duffy ein unmenschlicher Blasendruck aufgebaut. Er wusste, dass er an nichts anderes mehr würde denken können, wenn er jetzt nicht pinkeln könnte, und ging deshalb den Gang zum Kino entlang, wo er die Toilette fand. Er sann einen Augenblick darüber nach, ob er die Tür offen lassen sollte, um mehr Licht zu haben, oder ob er sie schließen sollte, um eine bessere Lärmdämpfung zu erzielen. Schließlich schob er die Tür zu, machte seine winzige Schlüsselbundlampe an und schiffte vorsichtig gegen den Beckenrand. Dann stieg er auf das Becken, fischte im Wasserbehälter und holte seinen schweren stupsnasigen Metallschneider heraus. Nur kein Beweisstück mehr zurücklassen als unbedingt nötig.

Er wischte den Schneider am Oberschenkel seiner Jeans trocken und stieg so leise wie möglich die Treppe hinauf. Er stand schon auf dem Treppenabsatz und wollte eben die mittlere der drei Türen öffnen, als er unter der Tür auf der rechten Seite plötzlich einen Lichtschein bemerkte. Dann hörte er etwas leise klappern und scharren, gefolgt von deutlichem Husten. Scheiße. Gottverdammter Mist. Er überlegte, ob vielleicht nachts jemand hier schlief. Oder vielleicht sperrten sie nur die Einnahmen aus dem Double Blue weg. Alle Türen öffneten sich vom Treppenabsatz nach innen in die Zimmer, was Duffy nicht gelegen kam. Schließlich entschloss er sich, gegen die Mauer an der Seite der rechten Tür gepresst, zu warten. Er wartete da ungefähr fünf Minuten lang, dann hörte er, wie sich Schritte näherten.

Als Jeggo den Kopf vorstreckte, um nach dem Lichtschalter auf dem Absatz zu suchen, schlug ihm Duffy mit aller Kraft den Metallschneider seitlich an den Kopf. Selbst die kürzesten Kämpfe sind lärmintensiv. Jeggo brüllte vor Schmerzen, und Duffy schlug noch mal zu, diesmal näher an der Schläfe, wobei er vor Anstrengung ächzte. Jeggo stürzte ungefähr so leise zu Boden wie ein Sack Kohlen, der über eine eiserne Schütte in den Kohlenkeller geleert wird.

Duffy hatte genügend Leute bewusstlos geschlagen, um zu wissen, dass sie nicht unbedingt so lange in diesem Zustand blieben, wie man das gern gehabt hätte. Er packte Jeggo hinten am Kragen und zog ihn, wobei er sorgfältig dem Blut auswich, das ihm über die rechte Gesichtshälfte troff, durch die mittlere Tür und den teppichbelegten Gang entlang. Er knipste das Licht an, stieg auf einen Stuhl und untersuchte das gesamte Umfeld des Türrahmens am Ende des Gangs. Da war nichts. Er drückte die Klinke und stellte fest, dass die Tür zugesperrt war.

Als Erstes linste er durch das Schlüsselloch, um zu sehen, ob der Schlüssel innen steckte. Er steckte. Dann holte er eine kleine Sonde mit einem Magneten am einen Ende heraus, der sich an den Bart des Schlüssels hängte und es Duffy damit erlaubte, den Schlüssel zu manipulieren. Der Magnet war nicht stark genug, um die Tür mit dem Schlüssel zu öffnen, aber jedenfalls stark genug, um ihn in eine vertikale Position zu drehen, sodass er sich vorsichtig nach hinten drücken ließ, wo er dann innen auf den Teppich fiel. Duffy brachte seinen Satz Dietriche zum Vorschein und hatte die Tür nach einer Minute offen.

Er zog Jeggo durch in das grüne Zimmer und ließ ihn auf den Boden plumpsen. Er blutete friedlich den Teppich voll. Die Vorhänge waren gezogen, und deshalb konnte Duffy ein Licht anmachen, die Messingstehlampe beim Eingang zum Nebenzimmer. Dann zog er einen Stuhl vor die Tür und stieg hinauf. Er presste die Schlüsselbundlampe so nah wie möglich an das cremefarben bemalte Kästchen, untersuchte jede Kante davon, fand mehrere dick übermalte Schrauben und sprengte mit einem kurzen Schraubenzieher die verhärtete Farbe weg. Dann lockerte er langsam die Schrauben. Als sie sich lösten, drückte er gegen den Deckel des Kästchens. Die Schrauben fielen zu Boden, und nur seine Hand hielt den Deckel noch fest. Er führte das Gesicht nahe an die linke Seite des Deckels und hob ihn dort ganz wenig an. Dann machte er das Gleiche auf der rechten Seite. An die Oberkante kam er nicht ran und fuhr deshalb mit einer dünnen Klinge zwischen der Oberkante und der Mauer durch. Auch hier nichts. An die Unterkante kam er überhaupt nicht ran, weil sie zu knapp auf dem Türrahmen auflag. Aber diesen Schwachpunkt galt es einfach zu riskieren. Duffy sah sich nach dem direktesten Fluchtweg um, für den Fall, dass sich auf der Unterseite ein Kontakt befand. Dann begann er vorsichtig den Deckel abzunehmen.

Nichts geschah. Nichts geschah, außer dass Duffy, als

er die Alarmanlage sah, beinahe losgekichert hätte. Und dann kicherte er los. Jackson und Horwill waren mit diesen Dingern 1952 in Produktion gegangen und hatten sie aus irgendwelchen Gründen bis Mitte der sechziger Jahre hergestellt. Sie waren keineswegs schlecht – das heißt, sie gingen zuverlässig los, veranstalteten einen gehörigen Lärm, sie erforderten keine große Wartung –, bloß, na ja, Einbrecher übten mit solchen Dingern, wenn sie noch in die Grundschule gingen. Es waren Alarmanlagen, deren Entschärfung die Gauner ihren besseren Hälften beibrachten, damit die eine Ahnung davon bekamen, womit sich ihr Oller seine Brötchen verdiente. Geschichten von Einbrechern, die mit der allerneuesten High-Tech-Ausrüstung ankamen und dann einen Jackson und Horwill Baujahr 52 vorfanden, gehörten zu den ältesten Hüten.

Zwei Minuten und ein paar Schlüssel später hatte Duffy die Tür zum Nebenzimmer offen. Als er so weit war, hörte er ein Geräusch vom Boden. Jeggo regte sich und veranstaltete ein wenig Lärm. Duffy lief rasch zu ihm hin und trat gegen die Schädelseite, die ihm am nächsten lag – die Seite, die noch kein Blut aufwies. Wenn das Jeggos Kopfinneres aufmischen sollte, dachte er, dann würde es ihm nur von Vorteil sein.

Das Zimmer war sauber und übersichtlich eingerichtet. An der gegenüberliegenden Seite befanden sich die Schnellhefter, die etwa drei Regale beanspruchten. A bis Z. Er langte ins obere Regal und zog »Duffy« heraus. In einer Tasche an der Innenseite des Deckels steckten die Polaroids der vorletzten Nacht. Er legte das Dossier auf die Seite. Dann suchte er nach ein, zwei bestimmten Namen. Dann schaute er, einem plötzlichen, leicht krankhaften Impuls nachgebend, nach Carol. Gottseidank, sie war nicht dabei. Er suchte nach Shaw. Ein sehr dünnes Dossier, ein, zwei Fotos, nichts Besonderes, paar Notizen, als hätten sie entweder gar nicht erst versucht, ihm etwas anzuhängen, oder als sei er wirklich ein hartnäckig ehrlicher Bulle.

Duffy zog auch die anderen Dossiers heraus und schmiss sie auf den Boden. Fest gebündelte Blätter brennen schlecht, deshalb breitete er sie aus. Danach sah er sich im Zimmer um und entdeckte zwei metallene Ablageschränke. Sie waren abgesperrt, aber Duffy hätte sie mit verbundenen Augen öffnen können. Der eine war vollgepackt mit Tonbandkassetten, die wiederum alphabetisch geordnet waren. Er ging sie langsam durch. Im anderen war eine größere Anzahl Super-8-Filme gesammelt. Er brach eine Filmbox auf, ging in das grüne Zimmer zurück und hielt den Filmstreifen gegen das Licht. Danach stapelte er Kassetten und Filme oben auf die Dossiers.

Er nahm sein Eigenes, öffnete es und legte es flach auf den Teppich. Er nahm die Polaroids heraus und baute daraus ein Kartenhaus. Dann nahm er eine Streichholzschachtel und steckte ein Foto am Rand an. Es fing Feuer, der Rand brannte und mit einem plötzlichen Aufflackern entzündeten sich die Chemikalien. Bald brannten alle Fotos, und auch die Akten drum herum gerieten in Brand. Er sah unverwandt zu, wie die Polaroids Blasen warfen und aufflammten, wie sie Rauchwölkchen abgaben und nach brennendem Erdöl zu riechen begannen.

Er beobachtete, wie sie sich verwarfen und verdrehten, und dann stürzte das Kartenhaus, das er errichtet hatte, zusammen. Immer mehr Akten gerieten in Brand, das Feuer brannte jetzt lustig; Duffy nährte die Flammen mit Kassetten und Filmen, gab dann weitere Dossiers dazu und beschloss dann, seinen Abgang zu machen.

Er sorgte dafür, dass die Tür zum Nebenzimmer offen blieb, um dem Feuer Luft zuzuführen. Im Weggehen zog er Jeggo mit sich und machte jede Tür sperrangelweit auf. Schon als er das grüne Zimmer verließ, konnte er die Glut des Feuers spüren. Er zerrte Jeggo polternd die Stufen hinunter, zog die Kette von der Tür des Notausgangs, schob die Riegel zurück und öffnete beide Flügel. Damit war jedenfalls für Zug gesorgt.

Nach wie vor sorgsam bemüht, ja keinen Blutfleck abzukriegen, zog er Jeggo in die finsterste Ecke des Hinterhofs und ließ ihn dort liegen. Falls Jeggo, wenn er wieder zu sich kam, die Lust anwandeln sollte, sich ins Feuer zu stürzen und die Flammen auszutreten, dann sollte er das ruhig versuchen. Duffy sprang über mehrere Zäune, bis er eine Gasse erreichte, die ihn zurück auf die Greek Street brachte. Ein paar Taxis waren noch immer unterwegs auf der Suche nach betrunkenen ausländischen Freiern, die sie zu einem Hotel in nächster Nähe bringen konnten, um ihnen dann dafür zehn Pfund abzuknöpfen. Eine habgierige Bande, diese Taxifahrer, vor allem mitten in der Nacht, aber Duffy war das egal. Als das erste Taxi nicht anhalten wollte, winkte er dem Fahrer des Zweiten einfach mit einer Fünf-Pfund-Note und nannte ihm Carols Adresse.

Eddy käme bestimmt nicht auf die Idee, dass es Duffy war, der ihn erledigt hatte. Zumindest nicht sofort. Duffy war überzeugt davon, dass Jeggo nicht genug Zeit gehabt hatte, ihn zu erkennen. Doch Eddy könnte durch allmähliche Eliminierung draufkommen. Er konnte Duffy Security mit der Tatsache in Verbindung bringen, dass jemand die Alarmanlage von seinem Nebenzimmer ausgeschaltet hatte. Und er konnte im gleichen Augenblick auf den Namen kommen, in dem ihm aufgehen musste, was er verloren hatte. Wie hatte er doch seinerzeit gesagt? Bedeutende Männer haben ihre Bibliotheken. Eddy hatte seine Dossiers und Kassetten und Filme und Polaroids. Nur dass Eddy sie jetzt nicht mehr hatte. Wissen ist Macht; und ohne dieses Zimmer würde Big Eddy Martoff nichts weiter sein als ein eher penetranter Gangster aus Soho.

Duffy wollte nicht unbedingt greifbar sein, wenn das Martoff zu Bewusstsein kam. Er wollte gar nicht daran denken, wie Martoff mit dem Finger die Spalte im Telefonbuch herunterfuhr, um Duffys Wohnanschrift zu finden. Duffy würde also um keinen Preis in sein Apartment in Paddington zurückkehren. Nach den beiden Einbrüchen war ohnehin nicht mehr viel übrig geblieben, an dem er hing. Es war alles ersetzbar: Kleider, Werkzeug, Fernseher.

Natürlich waren da noch ein paar letzte Dinge zu regeln, ehe Duffy in einem anderen Bezirk von London verschwand. Während er im Taxi saß, betastete er die Vorderseite seines Anoraks. Mit den Dossiers wirkte er wie eine Schwangere. Zwei hatte er mitgenommen:

das von Sullivan und das von McKechnie. Am Morgen, nachdem er sie wieder unter seinem Kissen hervorgeholt hätte, würde er um die Ecke gehen und Sullivans Dossier kopieren. Fünf Exemplare. McKechnie war ihm nicht so wichtig, aber Sullivan würde ihm nicht davonkommen.

Dann würde er die Dossiers verpacken, das Band und die Abschriften, die Bell mittlerweile bei Carol abgeliefert haben dürfte, dazulegen und alles zusammen an die Abteilung für Polizeiliche Selbstkontrolle expedieren. Er wusste nicht, was die mit McKechnie anstellen würden – wahrscheinlich das Dossier einfach weiterleiten –, aber er wusste ganz genau, was die mit Sullivan anstellen würden. Und um ganz sicher zu gehen, dass sie auch wussten, wie sie mit Sullivan zu verfahren hatten, würde er vier Exemplare des Dossiers an Polizeireporter in der Fleet Street schicken. Das Fünfte würde er selber behalten. Damit waren Sullivan wenigstens fünf Jahre sicher, je nachdem, welchen Richter er bekam.

Als Duffy in Carols Wohnung ankam, war sie noch auf. Das Päckchen von Bell lag auf dem Küchentisch. Sie hatte Duffy seit Monaten nicht mehr so fröhlich gesehen. Er grinste sie an, drückte seinen dossiergestärkten Anorak an sie und gab ihr einen Kuss. Dann sah er sie komisch an, schuttelte den Kopf ein winziges bisschen und sagte »'tschuldigung«. Was wohl heißen sollte, dachte sich Carol, »'tschuldigung, falls du das falsch verstanden hast«. Aber sie stellte keine Fragen. Sie fragte weder, was er gemacht hatte, noch, warum er die Nacht über bei ihr bleiben wollte, noch, warum sie ihre Verabredung hatte absagen müssen. Sie fragte nicht, weil sie es gar nicht wissen wollte. Sie sagte nur:

»Duffy, ich hab mir gedacht, du hast bestimmt Hunger, deshalb habe ich uns ein wenig Brot und Käse hergerichtet.«

Er sah hoch und schien sich dann plötzlich in Erinnerungen zu verlieren. Er dachte an die letzten Tage, an die Angst und die Wut; er dachte an die Kabine in Aladins Wunderlampe und an den dünnen Kupferdraht, der so bedrohlich um ihn gewickelt war. Aber die einzige Erklärung, die er Carol zum Thema Martoff und Jeggo und Georgiou, zu Sullivan und Shaw, zu McKechnie und Bell gab, das einzige, was er zu all dem, was ihm in den letzten Wochen zugestoßen war und was er getan hatte, sagen mochte, war:

»Ich glaube nicht, dass ich im Moment den Anblick von Käse ertragen könnte, Liebling.«

Und dann schenkte er ihr ein rätselhaftes Lächeln.